比较文学原理新编
（第二版）

乐黛云　陈跃红
王宇根　张　辉　著

图书在版编目(CIP)数据

比较文学原理新编/乐黛云等著.—2版.—北京：北京大学出版社，2014.5
(21世纪比较文学系列教材)
ISBN 978-7-301-24101-1

Ⅰ.①比…　Ⅱ.①乐…　Ⅲ.①比较文学—文学理论—高等学校—教材　Ⅳ.①I0-03

中国版本图书馆CIP数据核字(2014)第068355号

书　　　名：	比较文学原理新编(第二版)
著作责任者：	乐黛云　陈跃红　王宇根　张　辉　著
责 任 编 辑：	张　冰
标 准 书 号：	ISBN 978-7-301-24101-1/I·2743
出 版 发 行：	北京大学出版社
地　　　址：	北京市海淀区成府路205号　100871
网　　　址：	http://www.pup.cn　新浪官方微博:@北京大学出版社
电 子 信 箱：	zbing@pup.pku.edu.cn
电　　　话：	邮购部62752015　发行部62750672　编辑部62754149 出版部62753027
印　刷　者：	北京虎彩文化传播有限公司
经　销　者：	新华书店
	650毫米×980毫米　16开本　15.25印张　255千字 1998年8月第1版 2014年5月第2版　2023年1月第3次印刷(总第20次)
定　　　价：	35.00元

未经许可，不得以任何方式复制或抄袭本书之部分或全部内容。
版权所有，侵权必究
举报电话：010—62752024　电子信箱：fd@pup.pku.edu.cn

目　录

序一 ·· 季羡林(1)
序二 ·· 李赋宁(7)

第一章　文化转型与比较文学的新发展 ················ (1)
　第一节　二十世纪与文化转型时期 ···················· (1)
　第二节　世纪转折时期的文化危机 ···················· (4)
　第三节　文化危机呼唤新的人文精神 ·················· (9)
　第四节　比较文学在未来文化发展中的地位 ············ (14)
　　一、异质文化之间文学的互识、互证和互补 ·········· (15)
　　二、比较文学研究将更加深入文化内层 ·············· (18)
　　三、比较文学向总体文学发展 ······················ (20)
　　四、翻译在比较文学学科中被提到非常重要的地位 ···· (21)
　　五、文学的跨学科研究 ···························· (25)

第二章　历史、现状与学科定位 ······················ (28)
　第一节　比较文学产生的历史条件与学理依据 ·········· (30)
　　一、学科产生的历史条件 ·························· (30)
　　二、学科产生的学理依据 ·························· (35)
　第二节　发展中的定位与定位中的发展 ················ (39)
　　一、学科发展及发展中存在的问题 ·················· (40)
　　二、当代历史文化语境对学科定位与发展的要求 ······ (51)
　　三、发展与定位的原则：动态平衡 ·················· (55)

第三章　方法论：对话与问题意识 ···················· (62)
　第一节　文学对话与比较文学方法论 ·················· (62)
　　一、文学对话与比较文学的方法论基点 ·············· (62)

二、文学对话与文学研究的跨文化视野 ………………………… (66)
　　三、文学对话的当代语境与问题意识 …………………………… (69)
　第二节　文学对话中的历史联系 …………………………………… (73)
　　一、文化过滤与文学关系研究 …………………………………… (73)
　　二、事实联系与实证研究方法 …………………………………… (78)
　　三、建立历史联系的一般模式 …………………………………… (82)
　第三节　文学对话中的逻辑关联 …………………………………… (84)
　　一、文学性的优先地位 …………………………………………… (84)
　　二、比较文学与文学理论的互动 ………………………………… (89)
　　三、跨文化逻辑关联的价值与困扰 ……………………………… (92)
　第四节　文学对话的理论维度 ……………………………………… (94)
　　一、双向阐发：文学对话的深层意蕴 …………………………… (94)
　　二、交流理性与文学对话的理论意义 …………………………… (97)

第四章　研究领域：范式的形成及其发展 ………………………… (100)
　第一节　方法与范式的互动 ………………………………………… (100)
　第二节　研究类型的建构与流变 …………………………………… (105)
　第三节　类型化研究的功能模式及其价值取向 …………………… (113)
　第四节　中国比较文学实践与阐发研究类型 ……………………… (120)
　第五节　文化语境的转变与研究范式的重组 ……………………… (135)
　　一、理论进展与比较文学的回应 ………………………………… (135)
　　二、理论冲击下的研究类型更新与发展 ………………………… (140)
　　三、新的文化语境与类型化研究的前景 ………………………… (147)

第五章　比较诗学：文学理论的跨文化研究 ……………………… (151)
　第一节　比较诗学的必然性 ………………………………………… (151)
　　一、"诗学"概念梳理 ……………………………………………… (151)
　　二、理论对比较文学的重要性 …………………………………… (154)
　　三、中西比较诗学的必然发展 …………………………………… (155)
　第二节　同异关系与二元互动：比较诗学的认识论前提 ………… (161)
　　一、共同的诗学问题 ……………………………………………… (161)
　　二、不同的理论表述 ……………………………………………… (164)
　　三、二元互动 ……………………………………………………… (169)

四、二元动态关系的扩展与演变 …………………………(176)
第三节 跨文化阐释:比较诗学的方法论基础 …………………(179)
一、阐释:文学研究的主要方法论特征 ……………………(180)
二、跨文化阐释:比较诗学方法论的特异性 ………………(185)
第四节 实例分析:中国诗学文本阐释模式的特征 ……………(189)
一、内外互动互制 ……………………………………………(189)
二、以意逆志与知人论世 ……………………………………(195)
三、本文与互文 ………………………………………………(197)

第六章 比较文学与世界文学:疆界与融合 ……………………(201)
一、学科创构与整合张力 ……………………………………(201)
二、历史命名与实践悖论 ……………………………………(204)
三、学术重构与价值超越 ……………………………………(207)

结　语 面对新世纪的比较文学 ………………………………(213)
附录一 比较文学学科发展大事记 ……………………………(218)
附录二 主要参考书目 …………………………………………(221)
1998年初版后记 …………………………………………………(225)
第二版补记 ………………………………………………………(227)

序 一

季羡林

在属于文学的各个学科中，比较文学兴起得比较晚，在中国则更晚，甚至晚于印度和日本。建国前能够提到的有关比较文学的人名和书名，寥寥可数。建国后，情况有了点改变。但是，在那种疯狂肆虐的真假"阶级斗争"声中，年年斗，月月斗，天天斗，学者们与别人斗，与自己斗之不暇，哪里有多少时间和心情来从事真正的学术研究！

一直到了"十年浩劫"之后，改革开放之时，在百废待举的气氛中，比较文学这一门在国际上早已成为显学的学科，才在中国重新萌芽。筚路蓝缕，以启山林者，不是别的学校，而正是北京大学。我们首先成立了北大比较文学研究会，开设了比较文学的课程，以后又成立了专门研究比较文学的机构，无论如何，总算是得风气之先。此后别的学校相继响应，一直到成立了全国的比较文学学会，而比较文学遂成燎原之势，使得国际上的同行们也不能不刮目相看，我们成了世界比较文学大家庭中的重要的一员，第一个比较文学博士生导师也出在北大。

我说这些话，决无意为北大评功摆好。我不过是想指出创业维艰，激励我们继续前进而已。现在全国许多高等院校已经开设了比较文学的课程，有的还成立了比较文学的专门研究机构。老、中、青三代比较文学的研究队伍已经形成，一个万紫千红，百花竞放的比较文学的春天，已经降临中华大地。我们都应该为之雀跃欢呼，为之手舞足蹈。

至于我自己，当年也可能算是中国比较文学队伍中的一个马前卒，立过一点微不足道的汗马功劳。但是，到了今天，老朽昏庸，不但不能成为比较文学队伍中的马前卒，连马后卒也不够资格，我早已被队伍远远地抛在后面，遥望前方，只能隐约看到队伍前进的身影，听到前方胜利的声音。可是我一不悲伤，二不落寞，我的落后标志着我国比较文学队伍的前进，标志着这支队伍的胜利，我也为之雀跃欢呼，手舞足蹈。

但是，不幸的是，别人没有把我忘掉，没有忘掉我这一匹并不识途的老马，常常找我做些事情，主要是写序之类。这不是，前几天乐黛云教授又拿给一份目录，看章、节的名称是关于比较文学的，让我写序。对乐黛云的要求我一向是有求必应的，这次当然也不能例外。可是她竟马虎到连书名也没有告诉我，我也竟马虎到连书名也没有问。老马虎对上了小马虎，真可谓珠联璧合。乐黛云甩下了目录，一走了之，我却吃了苦头。普天下有这样写序的吗？我也懒怠再打电话去追问。把书名和稿子追问出来，恐怕我也没有时间看稿子，看也不一定能看得懂。我想做一个"始作俑者"，向吉尼斯申请专利，序就这样写吧。

但是，我究竟要写些什么呢？我想从最广阔的宏观上来谈比较文学，比较文学的基础离不开比较文化。我就谈一谈我对中西比较文化的看法。这样一来，庶不致离题万里，至多也不过八九千里。乘飞机，几个小时就可追上的。

现在一谈到中西文化比较问题，恐怕大家都会认为，这是一个很"摩登"的题目。实则不然。在相当古的时代，已经有人发现了中西文化之差异。这件事我曾在很多地方都讲到过，但是语焉不详。我这个说法的来源是千真万确的。过去我都没有详细叙述。我根据的书是法国阿里·玛扎海里著，耿升译《丝绸之路·中国——波斯文化交流史》（中华书局，1993年）。这部书比较太专门，也或许是太冷僻，搞比较文学的学者们不一定有这个兴趣来读此书，因此，我在这里从原书抄上几段，以利读者：

> 在伊斯兰教初期（羡林按：约相当中国的初唐），还流传着有关中国人的另一种传说："中国人是雅弗的后裔"，他们创造了大部分专门艺术（艾敏-艾哈迈德·拉乔：《七大洲世界》，约为公元1617—1618年。羡林按："艺术"似应为"技术"）。根据这种在十七世纪时还可以解释一种事实真相的传说认为，中国在工艺和技术方面都较西方民族发达，是中国发明了大部分艺术。在当代的欧洲，大家还认为是希腊创造了所有的艺术，"希腊奇迹"是官方教育中所热衷的内容。在波斯，大家则持另一种观点。他们在承认希腊人于科学理论领域中无可争议的功德的同时，却发现他们在技术领域中完全无能。

（中略一段）

其他人同样也介绍了下面另外一种说法，它无疑是起源于摩尼教："除了以他们的两只眼睛观察一切的中国人和仅以一只眼睛观察的希腊人之外，其他的所有民族都是瞎子。"（扎希兹：《书简：论黑人较白人的优越性》）（羡林按："黑人"指的是"有色人种"，中国人和阿拉伯人都属于这一类。）（下略）所以（波斯）国王（哈桑，1453—1478年）回答他（按指威尼斯使节）说："先生，当然如此。您当然知道一句波斯谚语：中国人有两只眼，同时法兰克人则只有一只。"（第329页）

下面再抄一段：

（前面讲到丝织物和钢刀等都起源于中国，这毫无可疑。诸如泥浆—水泥等事物百分之九十九也可能起源于中国）我们这样一来就可以理解安息—萨珊—阿拉伯—土库曼语中的一句话的重大意义："希腊人只有一只眼睛，唯有中国人才有两只眼睛。"（第376页）

我抄得不算短了。我之所以这样做，无非是一想为我过去屡次提到的说法提供出处；二想给读者节省点精力，免得他们亲自去查那样专门冷僻的一部书。

从上个世纪末开始，中经本世纪二三十年代的几次大辩论，一直到今天的中西文化异同的争论和议论，实有重要的不得不辩的意义。至于我自己，我是最不擅长义理，也最不喜欢义理的，到了垂暮之年，"老年忽然少年狂"，最近几年侈谈东西文化异同问题，实在是环境促成的。"吾岂好辩也哉！吾不得已也。"详细情况，无须叙述。我的总的看法是：东西文化有同有异。其间之异，无论如何是否定不了的。无论是在国家建设问题上，或是在学术研究问题上，这个问题我们都想躲避也躲避不开的。

我对中西文化的看法究竟是什么呢？

想起来似乎很复杂，说起来其实很简单。我认为，东西文化差异之根本原因在于东西方思维模式之不同，东方的思维模式是综合的，而西方则是分析的。正如常言说的"金无足赤"一样，天下事物百分之百纯粹者绝无仅有。东方以综合为主，但并非没有分析；西方以分析为主，也并非没有综合。这本属于常识性的东西，然而竟有人抓住我这个二分法，大做文章，实在不值得一驳。我讲的只是一个大的轮廓，大的倾向而已。我在上面引用的《丝绸之路》一书中还有这样的话：希腊只有理论而没有技术。中国只有技术而没有理论。对第二句话，我有保留意见：中国也不是没有理论的。仅就《丝绸之路》一书引用的那些话来说，也可以看出中西思维模式之不同：分析出理论，综合出技术。泾渭分明，不可混淆。

在目前，中国著名的数学家吴文俊教授说：西方数学从公理出发，中国数学从问题出发。从中也隐约可见中西思维模式确有不同之处。吴文俊教授是一个自然科学家，从来不谈什么中西文化的差异问题。他说的话毫无所蔽，因而更是客观可信的。

我在上面刺刺不休地饶了半天舌，所为何来？我不过是想说明下面几个问题：第一，讨论或观察中西文化之不同，不自今日始，并不"摩登"，而是古已有之，不过于今为烈而已。第二，中西文化确有其差异之处，其共性自然也是存在的，不必细说。第三，中西文化之所以有差异，根源在于思维模式之差异。至于为什么产生这种差异，有的学者已经尝试着去解答。这个问题与我要谈的无关，我不去管它。第四呢？

第四，我就想把离开比较文学这个话题已经有八九千里的话头拉回来，拉到比较文学上来。文学是文化的一种表现形式。讲比较文学而不讲比较文化，无论如何也是十分困难的。我个人甚至认为，离开了比较文化，离开了对中西文化异同的探讨，而侈谈比较文学，必然搔不着痒处，必不能探骊得珠，甚至必然会南辕而北辙。不管你用的话语多么摩登，不管你引用了多少外国流行的主义，都是无济于事的。也决不会促使比较文学这个学科前进。

我在上面已经说过，我自己从一个比较文学的"马前卒"，逐渐退化，退到今天，连一个"马后卒"的地位都岌岌可危，我已经快成为一个比较文学的"槛外人"了。可是"槛外人"自有其优越之处，他不像真正的内行那样，有自己在本行内的面子，在本行内的尊严，而面子和尊严又必须尽一切努力来保护的人有如一个什么体育项目里面的世界冠军。我无面子和尊严可保护，从而敢于说话。事物的辩证法就是如此。至于我说得对不对呢？那只能由广大学者群来确定，不管我自己的感觉多么良好，都是无用的。

去年，1997年，我痛感于一些中国学者提出来的中国在国际文艺理论的论坛上毫无声音,成了一个"无声之国"的现象,忽发狂想,写了两篇关于中西文论和美学转型的文章,都发表在《文学评论》上,一篇叫《门外中外文论絮语》,一篇叫《美学的根本转型》。我虽然自称为"怪论",实在是站在某一些读者立场上来说话的,只能算是一种以退为进的措辞的手段。我自己当然不会真正认为那是"怪论",我自己认为那都是"正论"。否则的话,把"怪论"拿出来发表,岂不是想欺世盗名吗?

至于为什么我们这个有五千年璀璨的文明的大国,到了今天竟在国际学坛上变成了无声之国,对其原因我有自己的看法。无声这个现象是一个客观存在,是无法否认的,其中也包括了比较文学在内。难道是中华民族的本来很高的智商,到了我们这些"不肖子孙"身上就突然降低了吗?否,否,决不是这样。对于这个问题我们应当反求诸己,进行认真的实事求是的反思。一不要怨天尤人,二不要视若当然,三不要掉以轻心。我个人反思的结果是:在当前中国文史界相当大的一部分学者中,存在着严重的,病入膏肓的"贾桂思想",总觉得自己这也不行,那也不行,在外国学者面前挺不起腰杆。一提"西化",则眉飞色舞。一提"东化"——这似乎不是一个现成的名词——则笑得连鼻子都要笑歪。如果不健忘的话,世界历史上何尝没有"东化"?中国汉唐时期,邈矣远矣,不必是阿Q的腔调,来说什么"我过去比你阔哩"。只要看一看艾克曼的《歌德谈话录》1827年歌德谈论在中国只能算二三流的作品《好逑传》的说法,就能明白当时中国文化在当时欧洲最伟大的天才心目中的地位。我决不想推倒"欧洲中心主义",换上一个"东方或中国中心主义"。文化总是会交流,总会融合的;但是在交流、融合中总有一个以哪个为主的问题。欧洲文化在过去几百年是为主的,这一点是无法否认的。但是任何文化也不能"万岁"。英国大历史学家汤因比已经雄辩地证明了这一点,尽管遭到了许多人的反对甚至讽刺,我仍然认为,二十一世纪在世界上东西文化继续交流和融合的基础上必以东方文化为主。

我反思的第二点就是:我们当前有许多学者,老、中、青都在内,勤奋不够。我并非认为,研究学问是唯一高尚的事业。社会上的五行八作,都是人民所需要的。其间没有什么高下之别,只有为人民服务得优劣之分。出洋、下海,只要能做好事,热爱祖国,我也并不反对。但是,既然你选择了研究学问,包括研究比较文学这一条道路,就应该专心致志，心无旁骛，倾全力干下去。唐代韩愈在《进学解》一文中讲道："先生口不绝吟于六艺之文，手不停披于百家之编。纪事者必提其要，纂言者必钩其玄。贪多务得，细大不捐。焚膏油以继晷，恒兀兀以穷年。先生之业，可谓勤矣。"我们今天的学者都能做到了这一点吗？对于比较文学的学者们来说，韩愈的"贪多务得"是一句十分重要十分有意义的话。你们必经"贪多"，也就是必须了解至少两个国家的文化和文学，多多益善，只有这样，比较才有扎实的基础。这是从面上来说。从深度上来说，你们必精通中国文学和中国文艺理论。对于外国文学和文艺理论也必须是钻得越深越好。决不能浅尝辄止，浮光掠影，这样做是没有前途的。

对于一部书，我连书名都不知道，连作者是谁还不全清楚，我竟敢答应写序，而且序竟然写成。完全是"闭门造车"，出而合辙不呢？这要由乐黛云、孟华等专家和广大读者来决定的。至于我自己，我是自我感觉颇为良好的，因为，这样做，一方面证明了我糊涂，我老朽昏庸；可也证明了别人说"初生犊子不怕虎"，我却是"垂暮老牛不怕虎"。最初感到不知如何下手写；然而，一旦下笔，竟刺刺不休，如悬河泻水，欲罢不能，一下竟写了五千多字。最初感到写得不切题，最后竟感到十分切题。你道怪也不！我就这样在矛盾心理支配下，写完了这一篇序。质诸乐黛云、孟华等专家学者以为何如？

1998.1.14

快雪时晴，心旷神怡

序 二

李赋宁

英国传统教育以往一贯重文轻理。到了十九世纪产业革命后，传统的文科教育再也不能满足工业社会的需要，因此在知识界和工业界要求教育改革的呼声很高。英国企业家乔赛亚·梅森爵士捐款建立伯明翰科学学院，提倡科技教育，排斥文学课程。1880年该校开学典礼会上著名科学家托马斯·亨利·赫胥黎教授发表《科学和文化》演说，强调自然科学在教育方案中的重要性，希望大力扭转英国传统教育重文轻理的偏差。赫胥黎虽然承认文学对于培养科学家也是需要的，但为了改革积习，造成风气，使全国都重视自然科学在教育方案中的地位，他针对他同时代的著名诗人兼文学批评家马修·阿诺德给"文化"所下的定义，强烈反对传统的文科教育。事实上，赫胥黎并不反对文学，只是反对把文学作为教育的唯一内容，而忽视自然科学的重要作用。阿诺德对"文化"下的定义是："文化是世界上人们所发表过的最好的思想和言论。"赫胥黎却把阿诺德所说的"文化"仅仅理解为文学，而且是"纯文学"。或"美文学"，无实用价值。事实上，阿诺德所说的"文化"包括人类文化在各个领域内的最好的成就，当然也包括科学和技术方面的成就。不过阿诺德特别强调"文化"的教育作用，就是要对人的道德行为和审美意识起良好的影响。他认为文科教育比理科教育更为重要，因为，在他看来，自然科学和工业技术对人的道德行为和审美意识没有直接影响。但是赫胥黎认为理科教育的重点不在于教给人如何去应用科学知识和技术，而在于教给人以科学观点和科学方法，也就是要塑造人的科学世界观。在这个意义上，科学也能影响人的道德行为和审美意识。既然"文化"包括文、理两方面，文、理科并重应是最佳的教育方案，因为这样的教育同时培养了人的科学世界观、美学世界观和道德世界观，体现了真、美、善的结合。文学家阿诺德和科学家赫胥黎二人是好友，实际上二人对教育作用的观点是一致的。他们的分歧只是在教育内容的侧重上：阿诺德重文，赫胥黎重理。二人在这个问题上曾有一场思想交锋。真理愈辩愈明。从他二人的这场辩论可以得出这样的结论：我们的教育应该文科和理科并重，应该培养具有科学世界观、美学世界观和道德世界观全面发展的人。这也是综合性大学办学的宗旨。

作为综合性大学课程设置当中一门课程，"比较文学"的讲授内容和目的要求是什么，这是我想讨论的主题。"比较文学"是一门文学理论课，它探求文学创作和文学阅读的规律，根据这些规律制定出一套科学方法来指导创作和阅读实践。"比较文学"研究的对象不是民族文学或国别文学，而是总体文学。世界文学是歌德最先提出的。世界文学包括全世界的民族文学或国别文学。国别文学研究着重分析国别文学作品，世界文学研究着重分析文学名著。总体文学所研究的内容是世界文学中最普遍的最根本的一些问题。总体文学的研究方法是从世界文学中提取若干有代表性和倾向性的因素（例如，古典主义、浪漫主义、巴罗克艺术风格、黑色幽默等）来进行比较和综合研究，或从世界文学中提取关于文学作品类型（如，史诗、悲剧、传奇、小说等）的理论，加以比较和综合，以便制定出一套总体文学类型的理论。"比较文学"是从国别文学和世界文学通向总体文学的桥梁。"比较文学"运用比较和综合的方法，把国别文学或世界文学的一些特殊规律提高成为总体文学的普遍规律。

"比较文学"的原理和比较、综合的方法也适用于人文科学和社会科学的其他学科，对人文科学来说，尤其重要。我们企图培养人文科学方面的通才，即贯通文、史、哲三方面的人才，集词章、考据和义理之学于一身的"博雅之士"。我认为"比较文学"也是通向这一目的之桥梁。理由是文、史、哲三方面是相通的，而且是相互结合的。柏拉图认为真、美、善的理念是一致的。东、西方古往今来的思想家，如庄周、司马迁、柏拉图、培根、卢梭、托尔斯泰、罗素等，往往既是哲学家，又是历史学家，还是诗人、小说家、散文家等。文、史、哲三方面的经典著作都可以被看作文学作品，因为称得上是"文学"的作品必须是伟大思想和优美文字相结合的产物。在这个意义上，"比较文学"所比较和综合研究的内容就不局限于"纯文学"的文本，而应扩展到人文科学和社会科学领域中其他文字优美的经典著作上，也就是说，"比较文学"的研究对象应是马修·阿诺德所说的"文化"，即："世界上人们所发表过的最好的思想和言论。"运用"比较文学"的原理和方法,对全世界的不同文化体系,对东、西方文化的精髓,加以比较和综合研究,有利于促进相互了解,对巩固世界和平大有好处。

基于以上的看法,我建议综合性大学开设"比较文学"课程,供各系学生必修或选修。乐黛云等同志编著的《比较文学原理新编》是一部很好的教材,特向读者推荐。

第一章
文化转型与比较文学的新发展

第一节 二十世纪与文化转型时期

所谓文化转型时期是指在某一特定时期内，文化发展明显产生危机和断裂，同时又进行急遽的重组与更新，如西方的文艺复兴、中国的魏晋六朝时期和五四时期。文化发展总是通过"认同"和"离异"两种作用来进行的。"认同"表现为与主流文化一致的阐释，是在一定范围内向纵深的发展，是对已成模式的进一步开掘，同时表现为对异己力量的排斥和压抑，其作用在于巩固主流文化已经确立的种种界限和规范，使之得以发达和凝聚。我国汉代的"罢黜百家，独尊儒术"，"定于一尊"就是一例。"离异"则表现为批判和扬弃，即在一定时期内，对主流文化怀疑，甚至否定，打乱既成规范和界限，对被排斥和曾经被驱逐到边缘的加以兼容，把被压抑的能量释放出来，因而形成对主流文化的批判，乃至颠覆。这种"离异"作用占主导地位的阶段就是文化转型时期。在这种时期，人们要求"变古乱常"，在一定程度上中断或削弱了纵向的聚合，而以横向开拓为特征。横向开拓也就是一种文化外求，外求的方向大致有三：第一是外求于他种文化，如文艺复兴时期西欧文化对希腊文化的借助，汉唐之际中国对印度、西域文化的吸收；第二是外求于同一文化地区的边缘文化（俗文化、亚文化、反文化），如中国文学发展史中，词、曲、白话小说的成长都包容吸收了俗文化的因素；第三，外求于他种学科，弗洛伊德学说与达尔文进化论对文学观念的刷新就是一例。

二十世纪后半叶，人类正在进入一个新的文化转型时期。促成这种文化转型的原因有三：首先是科学技术的高度发达给人类生活带来了从所未有的巨变;第二是殖民体系的瓦解和冷战的结束根本改变了整个世界的格局;第三是人类思维方式的新发展开辟了前所未有的新视野。

过去,以蒸汽机为代表的第一次工业革命和以电气机为代表的第二次工业革命已经给人类生活带来了不可估量的巨大变化,目前以电脑化为代表的第三次工业革命所造成的世界巨变更是以往任何历史时期都无法比拟的。如果说前一个世纪之交,科学把人类引入到一个以原子为核心的物理世界,那么,在眼前的世纪之交,科学正在把我们引入一个崭新的以"比特"(bit,量度信息的基本单位)为核心的信息世界。信息网络使人们进入了一个"数字化生存"的时代。一切都可化作数字,通过电脑进行运算。这种运算不仅是数值运算,而且也包括逻辑判断和思维推理,因而大大促进了体力劳动向脑力劳动的转化,脑力劳动取代了大量人类的体力劳动。据估计,全世界汽车马力的总和是人类体力的一百倍,而全球两亿台计算机的处理能力则是全人类计算能力的三十三万倍![1] 电脑主宰了大工业生产,整个工业体系正在进行急遽的改组和更新,世界进入了信息时代。由电脑操作的多媒体互联网的终端,融合了电话、电视、电脑三种主要传媒的功能于一体,用声音、图像、文字和数据以及活动影像等多种媒介来传送信息,为经济、政治、教育、文化、艺术、医疗、商务、金融、娱乐等社会生活的各个领域提供服务,制约着人类的思考和判断。目前,国际互联网已联结全世界近一亿人口,并正以空前速度向前发展。高速发展的电脑电讯、多媒体、互联网、信息高速公路正在极其深刻地改变着人类的思维方式、生活方式,以至生存方式。

二十世纪五十年代以来,统治世界三百余年的殖民体系已经分崩离析,独立的亚、非、拉各民族国家构成了从未有过的、蓬勃发展的第三世界;作为二十世纪前半叶帝国主义特征的垄断寡头经济,已逐渐被世界多元经济所代替,也就是说,发达国家为了追求资源、廉价劳动力和市场,把他们的企业管理、科学技术、名牌商标等等和平转移到发展中国家,以获取更大利润和解救自己国内的经济危机,发展中国家也可以向发达国家投资,开辟自己的特殊市场。这就形成了互相依赖、互相渗透的、新的经济体制。一个没有战争、没有罢工、没有动乱的稳定环

---

[1] 参见安秋顺、黄晓宏:《网络服务社会的主角——Internet》,见《信息系统工程》,1997年第三期。

境，成了各方面人士的共同关切和共同需要。加以苏联的解体和冷战的结束，世界遂有可能获得一段时间的和平，这就为人类文化的交流、转型、发展创造了新的条件。

另一方面，人对世界的认识能力有了极大的提高。二十世纪前半叶，爱因斯坦的相对论、马克思主义的社会革命论、弗洛伊德的精神分析学分别使人类对自然、对社会、对人本身都有了全新的认识。二十世纪后半叶，人类经历着认识论和方法论的重大转型，即在逻辑学范式之外，现象学范式也得到了蓬勃发展。

逻辑学范式，是一种内容分析，通过"浓缩"，将具体内容抽空，概括为最简约的共同形式，最后归结为形而上的逻各斯或黑格尔的绝对精神。从这种范式出发，每一个概念都可以被简约为一个没有具体内容、没有实质、没有时间的纯粹的理想形式，一切叙述都可以简化为一个封闭的空间，在这个固定的空间里，一切过程都体现着一种根本的结构形式。例如许多英雄神话的叙述都可归纳为"生—入世—退缩—考验—死—地狱—再生—神化"这样一个结构。许多这样的叙述结构结合成一个有着同样结构的"大叙述"或"大文本"，体现着一定的规律、本质和必然性。

现象学范式与逻辑学范式不同，它研究的对象不是抽象的、概括的形式，而首先是具体的人，一个活生生地存在、行动、感受着痛苦和愉悦的人。现象学强调对自觉经验到的现象作直接的研究和描述，尽量排除未经验证的先入之见，强调"诉诸事物本身"，亦即对具体经验到的东西采取尽可能摆脱概念前提和理性分析的态度，"回到直觉和回到自身的洞察"。经过这一"还原"，一切已知的东西就成为感官中的现象，也就是通过直觉、回忆、想象和判断等意识形式而被直接认识。这样的"还原"倒转了人们的视野方向，从面向客体转为面向意识。所谓现象学范式就是首先从人的意识出发，在这个人的周围，没有什么绝对固定的客体，一切都不是固定的，都是随着这个具体人的心情和视角的变化而变化。因此，现象学研究的空间是一个不断因主体的激情、欲望、意志的变动而变动的开放的拓扑学空间。从现象学范式出发，后现代主义将人们习惯的深度模式解构了：现象后面不一定有一个本质，偶然性后面不一定有一个必然性，"能指"后面也不一定有一个固定的"所指"；中心被解构了；原先处于边缘的、零碎的、隐在的、被中心所掩盖的一切释放出新的能量；历史被解构为事件的历史和叙述的历史两个层面，事件被"目睹"的范围是很小的,我们多半只能通过叙述来了解历史,而叙述中材料的选择、详略、叙述角度和视野都不能不受主体的制约,所以说一切历史都是当代史,也就是当代人所阐释的历史。当然,在现实生活中,这两种范式往往同时存在而运用于不同的领域,正如牛顿力学和量子力学可以运用于不同的领域一样。在文化研究的范围内,第二种范式起了消解中心、解放思想、逃离权威、发挥创造力等巨大作用,但它也导致了某种离散和互不相关。

由于物质世界和人类精神世界的巨变,人们不能不重新思考百年来主流文化的弊端,寻求横向开拓,致力于新的发展。在这样的新的认识高度,回首百年历史,人们不能不看到,百年来,人类被屠杀的数字远远超过了历史上任何一个世纪。帝国主义争夺市场的两次世界大战和不计其数的局部战争,使人类的自相残杀达到了空前的规模。高科技迅速发展带来的负面影响给人类生活造成了严重威胁:据统计,本世纪原子能泄漏事件达二十七次之多,核试验、核废料污染不断;日本奥姆真理教集中了日本相当优秀的高科技力量,目的却在制造有最高杀伤力的毒气;能源枯竭,环境恶化就更不用提了。精神方面对人的残害也更远胜于中世纪,仅奥斯维辛集中营,便虐杀了六百万犹太人!俄国的古拉格群岛、中国的"文化大革命",对人性的屈辱和迫害也都是空前的。这一切都说明文化转型的需要已迫在眉睫。

第二节 世纪转折时期的文化危机

然而,二十世纪末期毕竟是与过去不同了。瓜分势力范围、帝国主义大战、核战争、冷战等毕竟已是昨日梦魇。从目前情况来看,文化冲突(民族、宗教、权力、野心等)似乎已占引发战争的因素之首位(西亚、非洲、中欧、俄罗斯、印度半岛皆不乏实例),于是有了亨廷顿(Samuel Huntington)关于西方与非西方的文化冲突将引发世界大战的预言。这里对亨廷顿的预言先不置评,但他所提出的文化冲突问题的确是未来世纪最核心的问题之一。

文化冲突首先起源于某种文化中心论,起源于一种文化对他种文化的压制。亨廷顿先生之所以紧张,首先是因为他从西方中心论出发,感到过去以西方为中心的文化建制正在衰落,随着殖民制度的崩溃,各民族文化都正在重新发现自己,并正在彰显自己的文化特色。对我们,对任何不带偏见者来说,这种彰显实在太重要了,因为没有差异就不会有发展。保存并发扬文化的多样性正是世界文化之幸,人类之幸。就举西方文化的发展为例,无论是非洲音乐对当代通俗音乐的影响,日本绘画对梵高、莫奈的影响,中国建筑对欧洲建筑的影响,都可以充分说明当代欧洲艺术的发展确实得益于我们这个世界仍然存在的文化差异。英国哲学家罗素(Bertrand Russell)1922年在《中西文化比较》一文中说:"不同文化之间的交流过去已被多次证明是人类文明发展的里程碑。希腊学习埃及,罗马借鉴希腊,阿拉伯参照罗马帝国,中世纪的欧洲又摹仿阿拉伯,而文艺复兴时期的欧洲则仿效拜占庭帝国。"[①] 不同文化的差异构成了一个文化宝库,经常诱发人们的灵感和创造性而导致革新。如果不再有这些差异,也就不再有激发人们灵感和创造性的文化资源。

然而,世界文化的多样性发展确实正在受到多方面的威胁。最明显的威胁就是顽固存在的各种文化中心论。首先是西方中心论。西方文化界许多人总是顽强地认为西方文化是最优越的,包含最合理的行为模式和思维方式,最应普及于全世界。在比较文学学科领域内,这种西方中心论更为突出。自从1886年英国学者波斯奈特(H. M. Posnett)第一次用"比较文学"命名他的专著到1985年中国比较文学学会成立,这一百年来比较文学发展的历史,几乎就是以泯灭亚、非、拉各民族文化特色为己任的历史。在比较文学极为兴盛的二十世纪二十年代末,著名的法国比较文学家洛里哀(Frederic Loliée)就曾在他那部《比较文学史》中公开作出结论说:

> 西方之智识上、道德上及实业上的势力业已遍及全世界。东部亚细亚除少数山僻的区域外,业已无不开放。即使那极端守旧的地方也已渐渐容纳欧洲的风气……从此民族间的差别将渐被铲除,文化将继续它的进程,而地方的特色将归消灭。各种特殊的模型,各样特殊的气质必将随文化的进步而终至绝迹。到处的居民,将不复有特异于其他人类之处;游历家将不复有殊风异俗可以访寻,一切文学上的民族的特质也都将成为历史上的东西了。……总之,各民

[①] 罗素:《中西文化之比较》,见《一个自由人的崇拜》,时代文艺出版社,1988年版,第8页。

族将不复维持他们的传统,而从前一切种姓上的差别必将消灭在一个大混合体之内——这就是今后文学的趋势。①

不言而喻,作为核心,统治这个"大混合体"的当然是欧洲(包括美国),而在他看来,实现这样的趋势,正是比较文学的最终目的。现在看来,这样的主张自然是近乎天方夜谭,但在前半个世纪,认同这种思想的比较文学家恐怕也还不在少数;今天它也还蛰伏在许多西方学者的灵魂深处。要改变这种现象远非一朝一夕之事。意大利比较文学研究者、罗马知识大学教授阿尔蒙多·尼兹(Armando Gnisci)把对西方中心思想的扬弃这一过程称为一种"苦修"。他在《作为"非殖民化"学科的比较文学》一文中说:

> 如果对于摆脱了西方殖民的国家来说,比较文学学科代表一种理解、研究和实现非殖民化的方式,那么,对于我们所有欧洲学者来说,它却代表一种思考、一种自我批评及学习的形式,或者说是从我们自身的殖民中解脱的方式。这并非虚言,条件是我们确实认为自己属于一个"后殖民的世界",在这个世界里,前殖民者应学会和前被殖民者一样生活、共存。我说的"学科"与西方学院体制的专业领域毫无关系,相反,它关系到一种自我批评以及对自己和他人的教育、改造。这是一种苦修(askesis)。②

可见先进的西方知识分子已经觉悟到在后殖民时代抛弃西方"中心论"的必要和困难。

其实,也不仅是西方中心论,其他任何以另一种中心论来代替西方中心论的企图都是有悖于历史潮流、有害于世界文化发展的。例如有人企图用某些非西方经典来代替西方经典,其结果并不能解决过去的文化霸权问题,而只能是过去西方中心论话语模式的不断复制。中国中心论也不能不说是一种潜在的威胁。中国本来就有"中央之国"、"定于一尊"、"统一至上"的传统,一旦"阔"起来,就难免会陶醉于自己已有的成绩。

---

① 洛里哀:《比较文学史》,傅东华译,上海书店,1989年版,第352页。
② 阿尔蒙多·尼兹:《作为"非殖民化"学科的比较文学》,罗湉译,《中国比较文学通讯》,1996年第一期,第5页。

更有甚者，还有某些"政治家"公然维护文化一元化，将本国文化中心论强加于人，并以此作为统治国家的首要决策。前面提到的亨廷顿最近就著文宣称：虽然"美国的流行文化和消费品席卷全世界，渗透到最边远和最抗拒的社会……在经济、意识形态、军事、技术和文化方面居于压倒优势"，但"要想重新唤起较强的国家特性感，还需要战胜美国存在的崇尚多样性及多文化主义的思想"，他甚至得出结论说："如果多文化盛行，如果对开明的民主制度的共识发生分歧，那么，美国就可能同苏联一道落进历史的垃圾堆！"为了维系这种"共识"，"增强人民之间的凝聚力"，就必须制造一个"假想敌"。① 由此可见，要削弱各种"中心论"，走向文化的多元化实在还有很长的路程。

世纪末文化危机的另一来源是文化相对主义。文化相对主义的本义是将事物和观念放到其自身的文化语境内去进行观照的一种方式，它赞赏文化的多元共存，反对用产生于某一文化体系的价值观念去评判另一文化体系，承认一切文化，无论多么特殊，都自有其合理性和存在价值，因而应受到尊重。正如文化相对主义的重要理论家赫斯科维奇(Melville J. Herskovits)所言："文化相对主义的核心的核心是尊重差别并要求相互尊重的一种社会训练。它强调多种生活方式的价值，这种强调以寻求理解与和谐共处为目的，而不去评判甚至摧毁那些不与自己原有文化相吻合的东西。"②

文化相对主义认为，文化差异是现阶段普遍存在的现实，正是这些差异赋予人类文化以多样性。事实上，正是由于差异的存在，各个文化体系之间，才有可能相互吸取、借鉴，并在相互比照中进一步发现自己。正如苏轼所说，"不识庐山真面目，只缘身在此山中"（《题西邻壁》），必须从外部、从另一种文化的陌生角度来观察自己，才能看到许多从内部无法看到的东西。近代社会，特别是以电脑电信化为主的第三次工业革命以来，人们关于其他文化的知识逐渐丰富，又由于帝国主义时代告终，殖民体系土崩瓦解，原帝国主义国家的文化影响力相对减弱，各个新的独立国都在致力于寻回并发扬光大自身原有的文化，这些

---

① 亨廷顿：《美国国家利益受到忽视》，美国《外交》杂志 1997 年 10 月号，译文见《参考消息》，1997 年 10 月 16—18 日。
② 赫斯科维奇：《文化相对主义——多元文化观》(Melville J. Herskovits, *Cultural Relativism*, *Perspectives in Cultural Pluralism*. New York: Random House, 1972)，第 32 页。

新的发展迫使原有的强势文化不能不改变自己的思考方向。在这种情况下，文化相对主义就获得了很大的发展。

文化相对主义相对于过去的文化征服（教化或毁灭）和文化掠夺来说，无疑是很大的进步，并产生了重要的积极作用；但是，另一方面，文化相对主义也显示了自身的矛盾和弱点。例如文化相对主义承认并保护不同文化的存在，反对用自身的是非善恶标准去判断另一种文化，这就有可能导致另一极端，即文化保守主义的封闭性和排他性，只强调本文化的优越而忽略本文化可能存在的缺失；只强调本文化的"纯洁"而反对和其他文化交往和沟通，唯恐受到"污染"，甚至采取文化上的孤立和隔绝政策；只强调本文化的"统一"而畏惧新的发展，甚至进而压制本文化内部求新、求变的积极因素。此外，完全认同文化相对主义，否认某些最基本的人类共同标准，就不能不导致对某些曾经给人类带来重大危害的负面文化现象也必须容忍的结论，例如日本军国主义和德国纳粹也曾是在某一时代、某些地区被广泛认同的一种文化现象。事实上，要完全否定人类普遍性的共同要求也是不可能的，如丰衣足食的普遍生理要求、寻求庇护所和安全感的共同需要等；况且，人类大脑无论在哪里都具有相同的构造，并具有大体相同的能力，历史早就证明不同文化之间的相互理解、相互吸收和渗透不仅是完全可能的，而且是非常必要的。最后，处于同一文化中的不同群体和个人对于事物的理解也都不尽相同，因为人们对事物的认识总是与其不同的生活环境相联，忽略这种不同，只强调同一文化中的"统一"，显然与事实相悖。文化相对主义本身所包含的这些缺陷于是发展为世纪末另一方面的文化危机。

特别是由于认识到文化多元发展所遇到的种种阻碍和挫折及其远非乐观的前景，一部分有识之士感到自身民族文化有被淹没以至消亡的可能，于是奋起突出彰显本民族文化。这对于保护和发展世界文化的多样性无疑具有极为重要的意义。遗憾的是，在这一潮流中，文化相对主义发展为封闭、孤立、倒退的文化孤立主义。文化孤立主义无视数千年来各民族文化相互交往、相互影响的历史，反对文化交往和沟通，要求返回并发掘"未受任何外来影响的"、"以本土话语阐述的"、"原汁原味"的本土文化。其实，这样的本土文化是根本不存在的。如果我们说的不是"已成的"、不变的文化遗迹如青铜器、古建筑之类，而是不断发展的文化传统，那就必然蕴涵着不同时代、受着各个层面的外来影响的人们对各种文化现象的选择、保存和创造性阐释。企图排除历时性和共时性的影响超时空地去寻求本源,结果必然发现葱头剥到最后原来是空的。

文化孤立主义常常混迹于后殖民主义的文化身份研究之中,但它们之间有根本的不同。后者是在后殖民主义众声喧哗、交互影响的文化语境中,从历史出发为自身的文化特点定位;文化孤立主义则是不顾历史的发展,不顾当前纵横交错的各方面因素的相互作用,只执着于在一个封闭的环境中虚构自己的"文化原貌"。结果是导致本文化的停滞,以至衰微。为保卫这种顽固的孤立和隔绝,甚至引发战争也并非不可能。

另外,人类文化的多元发展也不能不面对科学技术高度发达所形成的挑战。如前所述,高速发展的电子信息时代正在极其深刻地改变着人类的思维、生活、生存。而信息的交往首先要有双方都能解码的信息代码。目前网络上通行的是英文,首先是 ASCII 码,即"美国信息交换标准代码"(American Standard Code for Information Interchange)。虽冠以"美国"二字,但实际上已是国际标准代码。这种以某种语言为主导的跨国信息流是否会压抑他种语言文字从而限制人类文化的多样性发展呢?更严重的是信息的流向远非对等,而是多由发达国家流向发展中国家。随着经济信息、科技信息的流入,同时也会发生意识形态、价值观念和宗教信仰等文化的"整体移入",以致使其他国家民族原有的文化受到压抑,失去"活性",最后使世界文化失去其多样性而"融为一体"!历史已经证明任何"文化吞并"、"文化融合"、"文化一体化"的企图都只能带来灾难性的悲剧结局。这将是下一世纪世界文化发展的重大危机,也是全人类在二十一世纪不得不面临的新问题。

综上所述可以看到,随着二十一世纪的到来,人类文化发展实际上面临两方面的危机:一方面是文化中心论和高科技使文化的多元发展受到严重威胁,使文化的多样性受到削弱,这必然导致世界文化资源无可挽回的流失;另一方面是文化相对主义所造成的文化孤立和隔绝,这不是引向文化对抗就是引向文化衰微。文化危机和科学的新挑战呼唤着新的人文精神。所谓"新",不仅是指所面对的问题新,而且是指人类当前的认识方法和思维方式也应和过去有所不同。

第三节 文化危机呼唤新的人文精神

我们这里说的"人文"是指西方十五六世纪开始广泛使用的拉丁文

"Humanitas"（原意是人性、教养），也指中国文化传统所讲的"观乎天文以察时变，观乎人文以化成天下"（《周易·贲·彖》）中的"人文"。西方的"人文"原指与人类利益有关的学问。在古罗马哲学家西塞罗（Marcus Tullius Cicero）那里，这是指一种使个人的才能得到最大限度发展的、具有人道精神的教育制度。十八世纪启蒙运动之后，"人文"是指对人的价值、人的尊严的重视，以及研究如何提高人的地位，了解人的本质、前途和利益的种种考虑，其着重点大部分是落在保证个人的自由发展上，以与中世纪的神学统治对人的压抑相抗衡。中国的"人文"所强调的也是如何将人类社会化育为一个与天地相协调的、符合人的本性的"天下"。但达到这一目的的途径不是个人的自由发展，而是对人性的坏的方面的限制和约束。因此说"刚柔交错，天文也"，"文明以止，人文也"（《周易·贲·彖》）。人文的目的是止于其所当止，以维持社会的和谐和安宁，也就是中国社会长久遵循的"发乎情而止乎礼义，不及于乱"的共同原则。因此，王夫之在解释"贲"卦象辞中上述两句话时说："礼者文也，著理之常，人治之大者也"，又说："及情者文，不及情者饰"①。他所理解的"人文"，一方面体现着合理的人类行为规范，另一方面又反映着人类无矫饰的真情。二十世纪三十年代，哈佛大学比较文学系创始人欧文·白璧德（Irving Babbitt）所倡导的"新人文主义"就是参照中国的这种人文精神来立论的。他指出"人如真正是人，便不能循着一般的'我'来自由扩张活动，而要以自律的工夫，使这一般的'我'认识分寸和轻重本末"，而"在明白认识知分寸本身便由谦逊中来这一点上，孔子是优于许多西方人文主义者的"。他认为孔子是一个优秀的人文主义者，他所提出的"内在克制，'克己复礼为仁'的定律"增强了人性中的"向心因素"，"可以使人在精神上团结"，若只有"物质上的接触"，则只能产生"精神上的离心力"。② 事实上，孔子的"克己复礼为仁"、"中庸"、"自律"已成为他所提倡的新人文主义的基本支柱。他正是以此为基础来反对以培根为代表的超乎伦理的客观科学主义，也反对以卢梭为代表的、率性而行、不受道德规范的极端个人主义。

到了二十世纪下半叶，萨特（Jean-Paul Sartre）进一步提出，人要成为

---

① 王夫之：《周易外传》，中华书局，1962年版，第44页。
② 白璧德：《中国与西方的人文教育》，侯健译，见《从文学革命到革命文学》，台北：《中外文学》月刊社，1974年版，第264、265、267页。

人，需要超出自身，寻求人生的更高目的。超越的方向总是指向未来，而"投向未来"的选择是由主观的个体来决定的，"人文"也只能实现于一系列的自由选择之中。马尔库塞（Herbert Marcus）则认为人的本质本来就是历史和自我意识的产物。它是一个在历史中形成，同时又靠自我意识实现的过程。他们把共同的人生目的、共同的历史环境与个人自由意志、个人主观意识的矛盾更鲜明地提了出来，并寻求协调的办法。

综上所述，可以看到无论中西，"人文"的本意，都是要超越只对一己的关心，而致力于寻求一个更适于人类生存、更有意义的人类生活环境。但西方的着重点在于对个人作用的发挥，而中国的着重点则在于对个人的约束。显然，过分强调个人作用可能导致社会的涣散和无序，过分强调约束又会导致对个人创造性的压抑。在萨特和马尔库塞的时代，这就成为一个寻求共同的人生"更高目的"与"个体的主观性"或"历史形成"与"自我意识形成"的悖论。

这一悖论在世纪之交，在前一节谈到的文化中心论、文化相对论以及高科技对人类"物化"的威胁等因素交相影响下，就演变为一系列两难处境：文化的多元化与一元化，整体化与零碎化，一体化与相对化，全球化与本土化。新世纪的人文精神必须面对这些问题以解决迫在眉睫的文化危机。新人文精神的提出就是为了探索解决这一危机的途径。

经历过二十世纪认识论与方法论转型的新人文精神继承了过去人文主义的优秀部分，强调首先要把人当作人看待，反对一切可能使人异化为他物的因素；强调关心他人和社会的幸福，关怀人类的发展和未来。它接受科学为人类带来的便利和舒适，但从人的立场出发，对科学可能对人类造成的毁灭性灾难保持高度警惕；它赞赏对中心和权威的消解，对人类思想的解放，但同时也企图弥补它所带来的消极方面——零碎化、平面化和离散。新人文精神用以达到这些目的的主要途径是沟通和理解：人与人之间、科学与人文之间、学科与学科之间、文化与文化之间的沟通和理解；在动态的沟通和理解中，寻求有益于共同生活（我们只有一个地球）的最基本的共识。如果说过去的形而上学、"绝对精神"追求的是最大的普遍性，那么，新人文精神则是将这种普遍性压缩到最低限度，而尽量扩大可以商谈、讨论和宽容的空间。这种普遍性又不是一成不变、由某些人制订的，而是在不同方面"互为主观"（尽量站在对方的立场考虑，类似中国传统的"将心比心"）的基础上达成的。

"互为主观"是德国哲学家哈贝马斯提出的。他认为任何体系的构成都必须首先划定范围，也就是"自我设限"，有所规范，无边无际就无法构成体系。但体系一经完备就会封闭，封闭就是老化的开始。解决这一悖论的唯一途径是"沟通"，即找到另一个参照系，在与参照系的相互比照中，用一种"非我的"、"陌生的"，也就是"他者"的眼光来重新审视自己，这样才能找到能够突破原体系的资源和刺激，才有可能发展和扩大自己，以承受和容纳其他因素而得到更新。这种开放融合也正是对原体系的批判。一种体系与多种其他体系沟通网络的建立，及其相互间的取长补短就是原体系的重建，也就是新体系的诞生。这就是哈贝马斯所提出的"批判—沟通—重建"的发展之路。

哈贝马斯力图用上述理论弥补现象学范式的不足，设法使正在变为离散、零碎化的世界重新凝聚起来。他的基本出发点之一是任何人都必须通过社会，其特点才能得以实现，但一旦嵌陷入社会的网络就必须臣服于这一网络，意愿就不能不受到一定的限制和压抑以至于被异化。为了解决这一矛盾，就要一方面提倡个人有说"是"或"否"的权利，有坚持自己与别人不同的合理价值观念和生活理想的权利；另一方面又要求他必须忍受按其价值观念来说可能无法容忍，而按其义务规范来说却绝对应当容忍的别人的合理价值观念和生活方式；同时还要求他必须放弃用一种"全面"的价值体系或人生哲学或宗教信仰去统一社会的野心。总之，要提倡个人对自我中心的克服；也就是既要同等尊重每一个人的尊严又要保护这些个人赖以生存的联系网络。哈贝马斯提出"正义"原则以保障对个人的尊重和个人的平等权利；同时提出"团结"原则，要求个人有同情和尊重他人的义务。他认为这是可以维系社会又可以得到个人普遍认同的最基本原则。只要不断通过交往、商谈、"互为主观"等途径就可以不断扩大宽容的空间。在他看来，当代社会已不可逆转地被各种生活信念和价值观念所分割，企图用任何一种宗教、人生哲学或其他全面性质的价值体系去统一社会都是不可能的，也是违反大多数人的道德观念和共识的。但他始终认为仍能找到某种超越于个人和各个团体的特殊性之上的"普遍性"。这种"普遍性"不仅是人类生活的共同必需，而且也是一种已证明的客观存在。只是这种"普遍性"并不是涵盖一切的固定的"规律"，而是不断通过"商谈"而发展变化的类似"最小公约数"的最基本的共同守则。他还强调这些原则可以在不同的层面展开，可以限于制定互惠、互利规则的功利层面，也可以用于共同探求一种更好生活的伦理层面，或其他更为抽象的层面。

关于如何对待这些两难处境,特别是如何解决保持差异和多元共存的问题,中国的"和而不同"原则也应是一个很重要的文化资源。"和而不同"首先见于《左传·昭公二十年》。在公元两千多年前,齐国的大臣晏婴和齐侯曾经有过一段很有意思的对话。齐侯对晏婴说:"唯据与我和。""据"指的是齐侯侍臣,姓梁,名丘据。晏婴说:"梁丘据不过是求'同'而已,哪里谈得上'和'呢?"齐侯问:"'和'与'同'难道还有什么不一样吗?"这引出晏婴的一大篇议论。他认为"不同"是事物组成和发展的最根本的条件,例如做菜,油盐酱醋必须"不同",才能成其为菜肴;又如音乐,必须有"短长疾徐"、"哀乐刚柔"等等"不同",才能"相济相成"。晏婴认为,像梁丘据那样的人,你说对,他也说对,你说不对,他也说不对,有什么用呢?此后,"和而不同"成了中国传统文化的核心观念之一。孔子说:"君子'和而不同',小人'同而不和'。"(《论语·子路》)周代史官史伯提出:"和宜生物,同则不继。以他平他谓之和,故能丰长而物归之。若以同裨同,尽乃弃矣。故先王以土与金、木、水、火杂,以成百物。"(《国语·郑语》)"以他平他",是以相异和相关为前提的,相异的事物相互协调并进,就能发展;"以同裨同"则是以相同的事物叠加,其结果只能是窒息生机。因此,首先要承认不同,没有不同,就不会发展;但"不同",并不是互不相关,各种不同因素之间,必须有"和","和"就是事物之间和谐有益的相互关系。"和"在中国是一个古字,见于金文和简文。"和"在古汉语中,作为动词,表示协调不同的人和事并使之均衡(但并非融合为一),如《尚书·尧典》:"百姓昭明,协和万邦"(这里强调的是"万邦",而不是融为"一邦")。古"和"字还有"顺其道而行之",不过分、得其中道的意思,如《新书·道术》"刚柔得适谓之和,反和为乖",《广韵》"和,顺也,谐也,不坚不柔也"中的"和",都是和谐适度的意思。

"和而不同"原则认为事物虽各有不同,但决不可能脱离相互的关系而孤立存在,"和"的本义就是要探讨诸多不同因素在不同的关系网络中如何共处。在中国,儒家立论的基础是人和人的关系,道家立论的基础是人和自然的关系,都是在不同的领域内探讨如何和谐共处的问题。"和"的主要精神就是要协调"不同",达到新的和谐统一,使各个不同事物都能得到新的发展,形成不同的新事物。中国传统文化的最高理想是"万物并育而不相害,道并行而不相悖"。"万物并育"和"道并行"是"不同","不相害"和"不相悖"则是"和"。"和"的另一个内容是"适度","适度"就是"致中和",既不是"过",也不是"不及",而是恰到好处,因适度而达到各方面的和谐。庄子认为,天道有适度的盛衰次序,人道社会也会有一些大家都会自然遵循的普遍原则。他说:"顺之以天理,行之以五德,应之以自然",就可以"太和万物"(《庄子·天运》),使世界达到最完满的和谐。作为儒家核心的道德伦常观念,强调"父慈子孝"、"兄友弟恭"、"君义臣忠"等双方面的行为规范,力图找到两者之间关系的和谐和适度。所以说:"礼之用,和为贵。""礼"是共同遵守的原则和规范,它必须在和谐、适度的前提下才能真正实现。这种在"适度"的基础上,不断开放、不断追求新的和谐和发展的精神,为多元文化共处提供了不尽的思想源泉。

这样就既保障对个人的尊重和个人的平等权利,同时又要求个人有同情和尊重他人的义务;既保障不同个人—社群—民族—国家之间的各种差异,又要求彼此对话、商谈,和谐并进,共同发展。只有这样,才能既保存人类文化的多样性,又避免本位文化的封闭和孤立,乃至引向战争和衰亡。这就是新人文精神的主要内容。

第四节 比较文学在未来文化发展中的地位

新人文精神为比较文学提供了空前广阔的发展空间,也提出了比过去任何时期都更重要的任务。如果我们把比较文学定位为"跨文化与跨学科的文学研究",它就必然处于二十一世纪人文精神的最前缘。因为文学涉及人类的感情和心灵,较少功利打算,而在不同的文化中有着较多的共同层面,最容易相互沟通和理解。文学为各种文化所共有,较少思想灌输的目的,可以平等对待和互相译介,从来就没有一种文学可以审查或替代另一种文学。文学写的是人,它一方面要求写具有独立人格和特色的个人,一方面又要求这种写作能与别人沟通(现在或将来),只写给自己看的东西究竟不能算作文学。比较文学是一种文学研究,它首先要求研究在不同文化和不同学科中人与人通过文学进行沟通的种种历史、现状和可能。它致力于不同文化之间的相互理解,并希望相互怀有真诚的尊重和宽容。比较文学的根本目的就在于通过文学促进文化沟通,坚持人类文化的多样性,改进人类文化生态和人文环境,避免灾难性的文化冲突以至武装冲突。新人文精神正是未来比较文学的灵魂,也是一切文学研究和文学创作的灵魂。

在新人文精神的前提下,比较文学在即将到来的新世纪可能会有以下几个方面的发展。

一、异质文化之间文学的互识、互证和互补

如果说过去比较文学主要存在于以希腊、希伯来文化为主要来源的欧美同质文化之间,那么,二十一世纪的比较文学无疑将以异质、异源的东西文化为活动舞台。西方的文化危机迫使西方以东方作为"他者",在比照中更深刻地认识和反省自己,并向东方寻求新的生机;东方则需要在世界文化语境中得到新的发展,参与解决人类文化遭遇的各种问题,并在这一过程中完成自身的现代化。因此,异质文化之间的比较文学研究并不只是中国比较文学的特色,而将是二十一世纪世界比较文学进入一个崭新阶段的历史标志。

东西方都有不少人认为不同源的异质文化不大可能真正沟通和互相理解,因为各自都无法摆脱自身的思维方式和文化框架。东方主义和后殖民主义更进一步指出,过去西方对东方的解读多是将西方文化强加于东方文化,是西方文化霸权专制的结果。这在某些方面可能符合历史事实,但事物正在发展。如果我们以发展的眼光来看,我们就会发现东西方文化之间文学的互识、互证和互补不仅必要和可能,而且正在成为事实。

互识就是相互认识。如果没有相互认识的兴趣就谈不上比较文学。美国著名比较文学研究者孟而康(Earl Miner)指出,"需要了解是比较诗学之母",这种需要常表现为好奇。孟而康说:

> 我们完全有理由在圈定的牧场上养肥自己的羊群,和几个牧民朋友一起抽旱烟;但也有另一些人不惜长途跋涉而去更遥远的地方,这也是合乎人性的行为。在那里,人们发现的不再是羊,而是骆驼、鱼和龙。这一发现会被我们带回到当地牧场,会使我们考虑如何使骆驼、鱼、龙和羊相互协调一致,并对如何向牧场上的伙伴们解释做一番思索。①

---

① 厄尔·迈纳(孟而康):《比较诗学:文学理论的跨文化研究札记》"序"(Earl Miner, *Comparative Poetics: An Intercultural Essay on Theories of Literature*. Princeton: Princeton University Press, 1990),中央编译出版社,1998年版。

孟而康说得很对，比较文学就是从想了解他种文学的愿望开始的。这种愿望使我们扩大视野，得到更广泛的美学享受。

如果说"互识"只是对不同文化间文学的认识、理解和欣赏，并不需要改变什么，证明什么，那么"互证"则是以不同文学为例证，寻求对某些共同问题相同或不同的解答，以达到进一步的共识。例如不同文化体系的文学的共同话题是十分丰富的，尽管人类千差万别，但从客观来看，总会有构成"人类"这一概念的许多共同之处。从文学领域来看，由于人类具有大体相同的生命形式和相关形式，如男与女、老与幼、人与人、人与自然、人与命运等；又有相同的体验形式，如欢乐与痛苦，喜庆与忧伤，分离与团聚，希望与绝望、爱恨、生死等等，以表现人类生命与体验为主要内容的文学就一定会有许多共同的层面，如关于"死亡意识"、"生态环境"、"人类末日"、"乌托邦现象"、"遁世思想"等等。不同文化体系的人们都会根据他们不同的生活和思维方式对这些问题作出自己的回答。这些回答回响着悠久的历史传统的回声，又同时受到当代人和当代语境的取舍与阐释，只有通过多种不同文化体系之间的多次往返对话，这些问题才能得到我们这一时代的最圆满的解答，并向这些问题开放更广阔的视野和前景。

文学理论（诗学）也是一样，比较诗学的当务之急就是总结不同文化体系长期积累的丰富经验，从不同语境、通过对话来解决人类在文学方面遭遇的共同问题。举例来说，文学研究首先碰到的就是"什么是文学"这一根本问题。中国从作为传统文学主体的抒情诗出发，对文学的传统界定首先是强调人类内在的"志"和"情"："诗者，志之所之也"（《诗大序》），"诗者，吟咏情性也"（《沧浪诗话》）。"志"和"情"不是凭空产生，志之动是感于物，情之生是触于景，所以说"应物斯感"，"景乃诗之媒，情乃诗之胚，合而为诗"（《四溟诗话》）。这种心物感应、情景交融不是简单的反映或模仿，而是按照"天人合一"的途径，人与自然共同显现着某种宇宙原理。所以说，"诗者，天地之心"（《诗纬》），"言之文也，天地之心"（《文心雕龙》）。总之，在中国传统诗学看来，从人内在的心态、感情出发，达到与天地的沟通，这就是文学的本体。西方文学源于史诗和戏剧，比较强调文学对生活的反映，所谓"诗是一种摹仿艺术"（亚里士多德《诗学》），是"一种再现，一种仿造，或者形象的表现"（锡德尼《为诗一辩》）。但西方诗学决非停留于此。后来，华兹华斯强调"诗是强烈感情的自然流露"(《抒情歌谣集序言》),雪莱强调"诗则依据人性中若干不变方式来创造情节,这些方式也存在于创造主的心中,因为创造主之心就是一切心灵的反映"(《为诗辩护》)。二十世纪,尼采进一步指出,诗人由于表达宇宙精神的"梦境"与"狂热"也就"达到了和宇宙本源的统一"(《悲剧的诞生》)。整个过程可以说是从对外在世界的反映进入到一种内在的沟通。其他如印度文化、阿拉伯文化、非洲文化也对这一问题都有自己独到的见解。要解决这一问题就不可能在一个封闭的文化体系中来寻求答案,而要在各种文化体系的对话中寻求新的解释;在这种新的解释中,各种文化体系都将做出自己独特的贡献。所谓"互证"就是要在互相参证中找到共同问题,证实其共同性,同时反证其不同性,以达到进一步的沟通和理解。

"互补"包括几方面的内容。首先是在与"他者"的对比中,更清楚地了解并突出自身的特点。当两种文化相遇,也就是进入了同一个文化场(Cultural Field),两者便都与原来不同而产生了新的性质,两者之间必然会发生一种潜在的关系,正如中国古代哲人所说,我们说"龟无毛"、"兔无角",正是和"有毛"、"有角"的东西对比的结果。这种对比使龟和兔的特点更突出了。如果没有这种对比,"无毛"、"无角"的特点就难于彰显。其次,"互补"是指相互吸收,取长补短,但决不是把对方变成和自己一样。例如在日本文化与汉文化的接触中,日本诗歌大量吸取了中国诗歌的词汇、文学意象、对生活的看法以至某些表达方式,但在这一过程中,日本诗歌不是变得和中国诗歌一样,恰恰相反,日本诗歌的精巧、纤细,不尚对偶声律而重节奏,追求余韵,尊尚闲寂、幽玄等特色就在与中国诗歌的对比中得到进一步彰显和发展。如美国诗人惠特曼对现代中国一代浪漫主义诗歌的影响,庞德对李白诗歌的误读都说明了同样的问题。再次,"互补"还表现为以原来存在于一种文化中的思维方式去解读(或误读)另一种文化的文本,因而获得对该文本全新的阐释和理解,正如树木的接枝,成长出既非前者、亦非后者的新的品种,但这并不是"融合",而是原有文化的一种新发展。例如朱光潜、宗白华等人以西方文论对中国文论的整理;刘若愚、陈世骧等人试图用中国文论对某些西方文学现象进行的解释,这就是近来人们常常谈到的"双向阐释"。最后,"互补"还包括一种文化的文本在进入另一种文化之后得到了新的生长和发展。例如鲁迅介绍易卜生时,曾经提出娜拉式的出走不仅不能使社会改良进步,连"救出自己"也是行不通的。在《娜拉走后怎样》的讲演中，他指出"自由固不是钱所能买到的，但能够为钱而卖掉"。娜拉表面上似乎是"自由选择"，"自己负责"，"救出自己"了，但由于没有钱，她追求自由解放，"飘然出走"，其结局只有两种可能：一是回家，二是堕落。因此，首先要夺得经济权，要有吃饭的保障，生活的权利。但是，"有了经济方面的自由也还是傀儡，无非被人所牵的事可以减少，而自己所牵的傀儡可以增多罢了"。这也还说不上是真正的自由。他希望人们不要空喊妇女解放，自由平等之类，而要奋起从事"比要求高尚的参政权以及博大的妇女解放之类更烦难、更剧烈的战斗"，这就大大加深了娜拉这个形象的思想内容。研究易卜生而不研究娜拉在中国的被解读，就不是对易卜生的完整研究。不同文学的互补、互证和互识构成了比较文学的主要内容，促进了异质文化之间的沟通和理解。

二、比较文学研究将更加深入文化内层

二十世纪，文学研究完成了从外缘研究转向文学本体研究，又从文学本体研究转向文化研究这样两次重要的转型。显然，在新的世纪，文学与文化的相因相成将成为文学研究的主流。以跨文化研究为核心的比较文学将以极其丰富的文学文本为不同文化的研究提供大量材料，因而成为文化研究的重要途径；对不同文化的深入研究又必然为比较文学研究开创崭新的层面。

例如通过不同文学文本关于异文化人物形象的描写，就可以研究不同文化的特点及两种文化相遇时产生的种种现象，还可以研究社会生活和社会观念的变迁。就拿过去西方文学中关于中国人的形象来说，十六世纪以来，我们就可以看到英国著名作家克里斯多夫·马洛（Christopher Marlowe）的《帖木儿》、英国浪漫诗人柯勒律治（Samuel Coleridge）的《忽必烈》、法国作家格莱特（S. Gueullette）的《中国故事集——达官冯皇的奇遇》等等，这些作品都曾夸张地描写了中国的强大、奢侈、专制和智慧。稍后一些的作品如沃珀尔（Horace Wolpole）的《象形文字故事集》，笛福（Daniel Defoe）的《鲁滨逊漂流记（续集）》则着重写了中国的迷信、拘礼、墨守成规、懒惰和无法理解。这些作品多半来自传闻和想象，他们塑造的中国形象不是乌托邦就是借用或讽喻。二十世纪以后，情况有了很大变化。许多描写中国的作家或是来过中国，或是对中国有较多研究，如法国的谢阁兰（Victor

Segalen)写的《雷内·雷》、马尔洛（Andre Malraux）写的《人的命运》，英国作家巴拉德（J. G. Ballard）写的《太阳帝国》等。他们都是从自己的文化观念出发，对中国社会进行了实地考察并对他们所关注的人类问题进行了深入的思考。再有一些作品，如卡夫卡的《万里长城》，卡内蒂（Elias Canetei）的《迷惘》，博尔赫斯（J. L. Borges）的《交叉小径的花园》，布莱希特的《四川好人》等则是把中国作为世界的一部分来探索善恶、意义、过去、未来等全人类都在苦苦思索的共同问题。以上这些作品一方面反映了西方人对中国文化的误读，这种误读随着时代社会的变化而变化；同时也是中国人从多方面了解自己的一种镜像。①

二十世纪五十年代后，描写"异乡"、"异地"、"异国"的作品特别多。这是因为世界大战给人们带来难以弥补的精神创伤，人们普遍感到世界和心灵的空虚，而西方潜在的原罪意识又常迫使他们去寻求一种外在的拯救和寄托。德国著名诗人高特福利特·本（Gottfried Benn）就曾写过一本诗集，题名为《柏劳》（Palau）。"柏劳"是南太平洋中的一个小岛，那里没有现代化，没有时空观念，只有神话和非理性。这适合不能忍受现代化的失落的西方知识分子的口味。稍后，七十年代德国人罗森道夫（Rosendorfer）写的《中国人信札》也是借中国的宋代社会来寄托他的理想。他们根本不考虑他们的观念是否符合当时、当地的实际情况。这些关于"异"的描写和向往恰恰反映了他们自己的文化处境。② 总之，欧洲学者谈"异乡"、"异地"、"异国情调"，北美学者谈"他者"，其实都是为了寻找一个外在于自己的视角，以便更好地审视和更深刻地了解自己。但要真正"外在于自己"却并不容易。人，几乎不可能完全脱离自身的处境和文化框架，关于"异域"和"他者"的研究也往往决定于研究者自身及其所在国的处境和条件。当所在国比较强大、研究者对自己的处境较为自满自足的时候，他们在"异域"寻求的往往是与自身相同的东西，以证实自己所认同的事物或原则的正确性和普遍性，也就是将"异域"的一切纳入"本地"的意识形态。当所在国暴露出诸多矛盾，研究者本身也有许多不满时，他们就往往将自己的理

---

① 参见史景迁（Jonathan Spence）：《文化类同与文化利用：世界文化总体对话中的中国形象》，廖世奇、彭小樵译，北京大学出版社，1990年版。
② 参见顾彬（W. Kubin）：《关于"异"的研究》，北京大学出版社，1997年版。

想寄托于"异域",把"异域"构造为自己的乌托邦。如果从意识形态到乌托邦联成一道光谱,那么,可以说所有"异域"和"他者"的研究都存在于这一光谱的某一层面。

由此可见,不同时代不同文化及其相互之间的渗透与过滤一方面造就了各种异域视野的游记、诗歌和旅游文学;另一方面,各种描写异乡、异地的文学作品又为进一步研究不同时代的不同文化提供了最生动的实例。未来比较文学的研究将突破就文学研究文学的局限,更多地将文学作为一种文化现象来进行研究。

三、比较文学向总体文学发展

长期以来,文学研究都是在同一个层面上被划分为文学理论、文学批评和文学史三个部分:文学理论研究文学的本体、文学的内在规律、文学作品的构成和特征等;文学批评着重研究具体作家作品,对具体文学现象作出分析与评价;文学史则研究文学的发展和演变以及作品在历史上的地位。十九世纪末、二十世纪初,文学研究出现了另一层面上的划分,即分为国别文学、比较文学和总体文学:国别文学研究一国文学的主流及其内部的各种问题;比较文学按照梵第根(Paul van Tieghem)的说法,是研究两种或两种以上文学之间的相互关系,而总体文学则研究超越国家、民族、语言界限的那些文学运动、文学思潮、文学体裁和文学风尚,例如浪漫主义在很多民族文学中都有反映。

这种划分在五十年前已经受到韦勒克(René Wellek)的批评,他指出:"我们无法有效地区分司各特在国外的影响以及历史小说在国际上风行一时这两种事情。比较文学和总体文学不可避免地会合二而一。"[①] 历史发展正如韦勒克的预言,特别是近五十年来,由于多方面文化交流的频繁,比较文学早已超越了原来的双边交流的局限,向总体文学发展,再区分比较文学与总体文学已经没有多大实际意义,总体文学已经成为"比较文学"这一学科的重要组成部分。

总体文学研究强调从多种文化的文学文本来研究某种共同的文学现象,往往会得出意想不到的结论,同时又反过来加深对不同文化的认识。举个很小的例子来说,在文学理论中,镜子是一个遍及各民族文学的比喻。西方文学常用镜子比喻作品,强调其逼真。柏拉图认为艺术家

---

① 韦勒克、沃伦:《文学理论》,刘象愚等译,三联书店,1984年版,第44页。

就像旋转镜子的人,"拿一面镜子四面八方地旋转,你就会造出太阳、星辰、大地、你自己……"镜子可以是动态的,如司汤达所说:"一部小说是一面在公路上奔驰的镜子"。镜子也可以有时间的维度,如卡夫卡说毕加索的艺术"是一面像表一样快走的镜子,记下了尚未进入我们意识范畴的变形";歌德曾希望他的作品"成为我灵魂的镜子",雪莱则指出"诗歌是一面镜子,它把被歪曲的对象化为美"。中国人却总是用镜子来比喻人心,强调其纯正和无偏。老子说:"涤除玄览。"高亨注:"览鉴通用,鉴者镜也;悬鉴者,内心之光明,为形而上之镜。"庄子说:"圣人之心静乎?天地只鉴也,万物只镜也。"中国诗学强调真心,也用镜子作比喻,如说:"若面前列群镜,无应不真……镜犹心,光犹神也。"印度佛教则多用镜子来比喻世界的空虚和无限。如佛教有"宝镜无限之说";《高僧传》载发藏和尚取十面镜子"八方安排,面面相对,中安一佛像,燃一炬以照之,互影交光,学者因晓刹海摄入之意",也就是影象无尽的意思。① 总之,西方常用镜子来强调文学作品的逼真和完全,中国常用镜子来强调作者心灵的虚静、澄明,印度则用镜子来强调世界的虚幻和无尽。这种着眼点的差异又反映着各种文化的不同特点:西方传统思维方式强调主、客观的分离,对世界的认识是对外在于主体的对象进行综合分析,故强调反映的逼真;中国传统思维方式则以为主客原属一体,"尽心、知性、知天",认识世界只需从内心深处去探求,故必有一虚静、澄明的心境;印度佛教追求的是认识现世的虚幻和对轮回的超越。小小的镜子的比喻同时反映了三种不同文化的差别。

从以上的例子可以看出,多种文化的比照和对话的结果决不是多种文化的融合,恰恰相反,这种比照和对话正是使各民族文学的特点更加得到彰显,各个不同文化体系的文化特色也将得到更深的发掘,更显出其真面目、真价值和真精神。

四、翻译在比较文学学科中被提到非常重要的地位

在异质文化之间文学互补、互证、互识的过程中,语言的翻译是非常重要的问题,它不仅决定着跨文化文学交往的质量,而且译作本身形成了独特的文学体系,也是比较文学研究不可或缺的重要组成部分。

---

① 参见乐黛云:《中西诗学中的镜子隐喻》,见乐黛云主编:《欲望与幻想——东方与西方》,江西人民出版社,1991年版。

一般说来，翻译是指把一种语言的作品转换成另一种语言的创造性劳动。近来翻译被理解为人们交往的一个组成部分，不一定只存在于不同语言之间。凡"发出者—接受者"模式都可理解为"原语—译语"模式，两者之间都有一个编码和解码的过程，因此也可看作一个翻译的过程，如将诗歌词汇"翻译"成舞蹈词汇等。我们这里所讲的翻译仍然沿用古老的定义，即从一种语言转换成另一种语言，特别是从一种文学语言转换为另一种文学语言。

从一般翻译来说，自1420年意大利佛罗伦萨行政长官莱奥纳尔多·布鲁尼（Leonardo Bruni）发表《论正确的翻译》和1530年马丁·路德（Martin Luther）发表《论翻译书》算起（当然还可以上溯到古罗马西塞罗《论演说术》和贺拉斯在《诗艺》中关于翻译的意见），西方关于翻译的讨论已有数百年的历史；如果从我国魏晋时期关于佛经翻译的讨论，如谢灵运的《十四音训叙》（约431年）算起，翻译研究的历史就更长了。由于翻译是不同民族文学之间交流的必由之路，以跨文化文学研究为己任的比较文学理所当然从一开始就十分重视翻译研究。上世纪三十年代前后，翻译研究已发展为比较文学的一个自成体系的被称为"译介学"或"媒介学"的不可或缺的分支。在当前的文化转型时期，保存并发展世界多元文化、促进各民族文化的和谐共处成为当务之急，又由于过去比较文学的范围多限于欧美文化系统内部，语言的转换相对来说比较容易，而今比较文学面对世界多种文化系统，在异质文化之间文学互补、互证、互识的过程中，比较文学的翻译学科不能不面对语言差异极大的不同文化体系，文学翻译的难度大大增加，关于翻译的研究随之成为比较文学学科当前最热门的话题之一，甚至有学者将其重要性提到空前未有的高度。英国学者苏珊·巴斯奈特（Susan Bassnett）在她的新著《比较文学》中甚至认为："女性研究、后殖民主义理论和文化研究中的跨文化研究已经从总体上改变了文学研究的面目。从现在起，我们应该把翻译研究视作一门主导学科，而把比较文学当作它的一个有价值的、但是处于从属地位的研究领域"，① 足见一些西方学者对翻译的重视。然而不能不指出这里存在着一种概念的混淆：比较文学所从事的并不是一般的跨文化研究，而是跨文化的文学研究，我们所谈的

---

① 苏珊·巴斯奈特：《比较文学》（Susan Bassnett, *Comparative Literature*: A Critical Introduction. Oxford and Cambridge: Blackwell Publishers, 1933），第160页。

翻译也不是一般的翻译而仅指文学翻译,因此,对比较文学学科来说,翻译永远是其十分重要的一个有机组成部分,但从学科定义出发,永远不会有巴斯奈特所说的那样的颠倒。

长期以来,关于文学翻译的讨论连篇累牍。首先是翻译是否可能?人类的语言都是由各种符号组成,这些符号既是随意选择的,又是非常固定的。人们只能在固定的语言形式中表达意义。即便是某些简单的、似乎是中性的词语,在某一文化语境中也会被赋予特殊的文化历史含义。例如我们常说"事不过三"、"三思而行"、"吾日三省吾身"、"三过家门而不入"等等。"三"字在汉语中,含有一种极限的意思,一旦译成英语的"three",这种意味就消失了。因此,翻译的过程实际上不能不是一个用一种语言对另一种语言进行重新排列、组合,乃至切割的过程。在这一过程中,原文和译文之间不可能完全吻合。拙劣的译文往往只能传达信息,恰如电影说明书之于电影,而属于文学之所以为文学的那种"文学性"或"文学肌质"则消失殆尽。因此,德国诗人海涅曾说他用德语写的诗被译成法文后就像"皎洁的月光塞满了稻草"。

然而,我们对绝大部分世界文学的理解都不可能不依赖翻译。例如千千万万不懂俄文的读者同样对《安娜·卡列尼娜》和《罪与罚》产生共鸣,他们从这些作品所受到的感动并不亚于大部分用他们自己的语言所写成的作品。但同样真实的是这些小说的译文不能不从原文所属的俄国文化的某一层面孤立出来,以至许多典故浪费了,遍布全书的风格也淡薄了。事实上,从陀思妥耶夫斯基《罪与罚》的译文中,我们也许可以体验到他激烈而紧张的特色,但那种俄国式的诡谲,他的叙述者声音中的嘲讽与有意的含糊却很难在译文中表现出来。

英国学者罗纳德·诺克斯(Ronald Knox)把长期以来关于文学翻译的讨论归结为两个问题。第一个问题是以何为主?文学翻译还是逐字翻译?第二个问题是译者是否有权选择任何文体与词语来表达原文的意思?[①] 这两个问题实质上是一个问题。看来从严格的逐字翻译到忠实而又自由地重述,到模仿、再创造、变化、解释性的对应可以排成一个连续性的光谱,译者只能根据两种语言的特点、自己的聪明才智和兴趣爱好在其间选择。英国著名批评家德莱顿(John Dryden)1697年在出版

---

① 罗纳德·诺克斯:《论英语翻译》(Ronald Knox, *On English Translation*. Oxford: 1957),第4页。

他译的维吉尔作品时,曾在序言中说:

> 我认为应在意译和直译这两个极端之间进行,尽量接近原文,不要失去原作的优美。最突出的优美之处在于用词,而他的词又总是形象性的。有些这样的词语译成我们的语言之后仍能保持其高雅,我就尽量把它们移植过来。但是大部分词语必然要丢掉,因为这些词语离开原来的语言就失去其光彩……在我掌握了这位虔诚的作者的全部材料之后,我是使他说这样一种英语,倘若他生在英国,而且生在当代,他自己说话就会使用这种英语。①

显然,德莱顿所采取的是一种折中的说法。事实上,在这一连续的光谱中,无论从哪一点出发,都可以产生精彩的译文。德国诗人荷尔德林(Friedrich Hölderlin)在他生命的最后阶段翻译希腊悲剧作家索福克勒斯的作品就是逐字逐句用希腊式的德语来翻译的。他着意于使译文尽量接近于原文的语言,从而有意识地造成一种异国风味,为自己的母语增添新的表现潜力,使其得到进一步发展。曾被列为德国翻译理论最佳著述的《欧洲文化的危机》的作者鲁道夫·潘维治(Rudolf Pannwitz)曾经指出这种潜力的发挥对于一国语言的发展极为重要,他认为"必须通过外国语言来扩展和深化本国语言",而"翻译家的基本错误是试图保存本国语言的偶然状态,而不是让自己的语言受到外来语言的有力影响"。② 著名的文学理论家瓦尔特·本雅明(Walter Benjamin)认为:"在一切语言的创造性作品中都有一种无法交流的东西,它与可以言传的东西并存。"③ 译作者的任务就是要通过自己的再创造将这种"无法交流的东西"从原著语言的魔咒中解放出来,要做到这一点就不能不同时突破自己语言的种种障碍,促使其发展。他把原著比作一个圆,而译作则好比是这个圆的切线,仅仅在一点上与圆相切,随即在语言之流的

---

① 转引自庄绎传编译:《通天塔——文学翻译理论研究》(*After Babel*: *Aspects of Language and Translation*),中国对外翻译出版公司,1987年版,第49页。

② 转引自瓦尔特·本雅明:《译作者的任务》(Walter Benjamin, "The Task of the Translator: An Introduction to the Translation of Baudelaire's Tableaux Paris." *Illuminations*. edited and introduced by Hannah Arendt, New York: Schoken Books, 1968, pp. 69—82)。

③ 同上。

王国中，开始自己的行程。也就是说，译作属于译者的语言世界，这一语言世界与原著所属的另一语言世界相交汇，之后，译作的语言世界将不断向前发展而将已固定的译作抛在后面。经过一段时间，有生命力的原著又需要有新的译作出现。因为，每个时代都是通过染上了当代成见的三棱镜来观察文学的，这些成见包括时代社会的变化，也包括不同文化之间的关系的动态发展。一部经典之作必须在新的情境中呈现新的面貌，而译作是无法跟原作共同延伸扩展的，因此一部真正有价值的作品就注定要不断被重译。当然，也有一些人从完全相反的另一端着手，如伊兹拉·庞德（Ezra Pound）就对古典汉诗进行了完全自由的再创造，结果是开创了一代美国意象派诗歌。

总之，翻译是一个非常复杂的问题。它不仅是不同文化接触的中介，而且也反映着不同文化之间极其深刻的差异。跨文化文学研究为翻译研究的进一步发展开辟了十分广阔的前景。

五、文学的跨学科研究

所谓跨学科也就是交叉学科，它研究不同学科之间的相互关系和相互整合。我国著名科学家钱三强曾经预言："本世纪末到下一世纪初，将是一个交叉学科的时代。"据统计，通过学科间相互结合而形成的交叉学科数目已占当前学科总数的百分之五十，其中百分之九十以上的交叉学科是在近百年出现的。[①]

文学的跨学科研究一直是比较文学的一个重要分支。二十世纪后半叶，文学的跨学科研究如文学与哲学、文学与宗教、文学与人类学、文学与心理学、文学与其他艺术等已有长足的进步。面对二十一世纪新人文精神的发展，文学的跨学科研究可能会更多地集中于人类如何面对科学的发展和科学对人类生活的挑战。

首先是科学的发展为文学提供了许多前所未有的新观念。十九世纪，进化论曾全面刷新了文学理论、文学批评以及文学创作的各个领域；二十世纪，系统论、信息论、控制论、热力学第二定律对文学的影响也决不亚于进化论之于十九世纪文学。以热力学第二定律为例，它所引出的熵（Entropy）的观念已逐渐渗透到社会科学和文学研究领域之中。熵是混乱程度的测量标准。在一个封闭的体系中，层次较高的、较

---

① 参见解恩泽主编：《跨学科研究思想方法》，山东教育出版社，1994年版，第1、2页。

有秩序的位能作功，能量耗散，而产生层次较低的、较无秩序的位能。也就是从有鲜明特点的状态过渡到一种特点不突出的混沌状态。这是一个不可逆的、能量越来越少的过程，也是测量混乱程度的"熵"越来越大的过程。熵的增大打破了一切秩序，淹没了一切事物的区别和特点，使一切趋向于混沌、单调和统一。按照这种理论，全世界可作功的总能量会越来越少，在这个过程中，一切都会变得陈旧、已知；新鲜的、未知的、按特殊秩序排列的事物越来越罕见，这就是熵越来越大的状态。例如一个人，如果他把自己变成一个"隔离体系"，既不摄取食物，又不通过感官来吸收外界的信息并有所反应，真像庄子所说的那个没有七窍、不能"视听食息"的"浑沌"，他的熵就会越来越大，在一片无秩序的混沌中，无动无为，终至静止、平衡、永远衰竭、死寂。

熵的观念在美国小说中引起很大反响。著名的美国作家，如索尔·贝娄（Saul Bellow）、阿卜代克（John Updike）、梅勒（Norman Mailer）等，都曾在他们的作品中多次谈到熵的问题。美国后现代作者托马斯·品钦（Thomas Pynchon）的一篇短篇小说题目就是《熵》，实际上，《熵》正像是他后来的许多作品的一个序言，他的作品，如《万有引力之虹》等，无不笼罩着熵的阴影。女作家苏珊·桑塔格（Susan Sontag）在她的名作《死箱》中，描写一切事物都在瓦解衰竭，趋向于最后的同质与死寂。这种担忧与恐惧在当代美国作家的许多作品中都可找到，特别是他们精心描绘的那种某事或某人从充满活力的创造性的运动逐渐走向无力与死亡的无意义重复动作的情形确实令人触目惊心。从这些描写，我们也可以清楚地看到保持民族特色、保持文化的多元是多么重要！事实上，如果不力求突出不同文化的特点，这种"统一"、混沌、衰竭也很可能就是世界文化发展的远景。在美国，作家被视为"反熵英雄"，因为他们始终挣扎着反抗社会运作的一体化趋势，他们始终认为新的作品如果不是陈词滥调，就总会带来一定的信息，信息就是"负熵"。正是作家的刻意创新、不断降低熟悉度、追求陌生化使他们成为"反熵英雄"。

要防止熵量增加，就必须突破隔离封闭的体系，不断增加信息量，不断改变主体的结构，以适应新的情况。比较文学是把文学作为一个有生命的、开放性的、动态体系来研究。它不仅研究一种文学系统与另一种文学系统之间的相互交换，而且也研究其他艺术、社会科学、自然科学对文学渗透而形成的新的状态。比较文学总是以不可逆转的新质的产生、发展和突变作为自己的研究对象。这种新状态既继承着原来的旧质，又开始了新阶段的萌生，它要求创作主体和审美主体都要突破自身的封闭，成为一个善于结合新机，释放能量，变成新质的新颖、独创的开放性体系。

另一方面，科学的发展向人类提出了许多崭新的问题，除前面提到的电脑传媒对人类思维方式、生活方式的改变而外，生物学的突破性进展，对于基因的排列和变异的研究，对于克隆技术关于生物甚至人的"复制"技术的实现，体外受精、"精子银行"对于传统家庭关系的冲击等等，一切都对人文学科提出了新的挑战，而这些问题无一不首先显示在文学中。千奇百怪的科幻小说、科幻电影预先描写了科学脱离人文目标、异化为人所不能控制的力量时人所面临的悲惨前景。比较文学的跨学科研究将促进与科学发展相协调的人文研究，进一步发扬以人的幸福和文化的和平多元共处为根本目的的二十一世纪人文精神。

无论是提倡在对话和商谈的过程中实现不同文化的文学之间的互识、互证和互补，或是在科学与人文的对立中维护科学为人类服务的根本目的并沟通文学与其他人类思维方式等方面，比较文学都会为二十一世纪的人文精神做出自己的新贡献，并在这一过程中开辟自己的新领域，获得新的发展。

思考题
1. 请简述文化转型期的特点以及与比较文学研究的联系。
2. 什么是文化相对主义？比较文学研究如何面对这一问题？
3. 如何正确理解比较文学在未来文化发展中的地位？

第二章
历史、现状与学科定位

在前一章里，我们已经将比较文学宽泛地界定为"跨文化与跨学科的文学研究"，跨越单个文化和单个学科的界限是比较文学最重要的区别性特征，文学则是其出发点和最终指向。在这一章里，我们准备从学科发展历史和现状的角度对这一基本学科定位进行论证。让我们首先从最近国际比较文学界对学科发展方向的思考和论争谈起。

这一国际性论争首先由美国学者引发。美国比较文学学会自1960年成立以来，一共发表过三次关于学科现状与发展方向的报告，报告的主要目的是根据学科发展的现实需要，制定并调整教学与研究的规范和标准。第一次报告由哈利·列文（Harry Levin）主持于1965年发表，第二次报告由托马斯·格林（Thomas Greene）主持于1975年发表。这两次报告没有引起什么大的争议。第三次报告由查尔斯·伯恩海默（Charles Bernheimer）主持于1993年5月发表。这第三次报告同样旨在制定和修改专业标准，但由于整个文化发展趋势发生了很大变化，加之又处于两个世纪之交的微妙时刻，因此被冠以"世纪之交的比较文学"的标题，这就使报告具有浓厚的时代色彩，表现出对未来发展的深刻关注和焦虑。报告根据近年来世界文化发展的整体趋势对比较文学的未来发展做出两个预测并提出两点建议：第一，文化的发展越来越呈现全球化和一体化的趋势，因此比较文学应彻底反思并放弃其顽固的欧洲中心的倾向，将目光转向全球；第二，随着跨学科趋势的加强，比较文学关注的中心将必然由文学转向文化。报告由于加进了撰写者对当前文化发展态势和比较文学未来发展趋向的价值判断，因此一发表即引起了学界的激烈反应。在美国现代语言学会（MLA）1993年的年会上有三位学者组成一个小组专门对此报告展开讨论，提出了不同的看法。为了使讨论进一步深入，为了使更多的人有机会参与这一讨论，同时也因为比较文学发展方向的问题实际上是这一学科目前在西方所面临的至关重要的问题，伯恩海默将美国比较文学学会的三个报告、现代语言学会上三位学者的反应以及另外专门邀集的十来位学者从各自不同的立场和角度对这一问题的思考三部分的内容汇编成一书，题为《多元文化时代的比较文学》。书中收有持不同观点的学者的文章，肯定报告者认为，报告准确描述了当前世界文化全球化发展的趋势，指明了比较文学的未来发展方向；否定者尽管也同意报告对当前文化发展趋势的描述的正确性，但认为并不能因此而动摇比较文学的学科定位，不能放弃比较文学一向所保持的以文学为关注中心的立场，认为如果将比较文学的边界无限扩大，就会使其面临失去自身身份和学科地位的危险，因此为了保持自己独特的学科特色和身份，比较文学仍应将关注的重点放在文学上，尽管这种以文学为中心的学科定位并不排斥多元文化的研究视角和研究方法。[①]

这场关于比较文学学科位置与发展方向的论争尽管表现出美国比较文学界宝贵的自省意识和自我批判精神，但其实质是由于受西方中心论的制约比较文学在西方找不到新的发展动力这一长期隐含着的问题在世纪之交这一特殊历史时期的一次爆发。然而，我们同样应该认识到，学科定位和发展的问题不只是西方比较文学面临的问题，而是各国比较文学研究者都同样会面临的基本问题，具有很大的普遍性。学科定位实际上是比较文学发展的核心问题，每一时期都应根据文化的整体发展和当前的现实需要重新思考学科的位置，因为定位并非一蹴而就，也不是一成不变，而是需要不断地进行。所谓比较文学的学科定位，就是在准确理解比较文学学科性质的基础上，在整个人文学科的群体网络结构中，为比较文学找到最合适的学科位置；为了做到这一点，首先必须认清比较文学与其他人文学科之间的关系，其次必须认清它与当代历史文化语境之间的关系。本章不准备对比较文学学科建立以来一百多年的历史及其发展做历时性的全景描述，而准备以当前世界文化发展与比较文学学

[①] 详细情况参见查尔斯·伯恩海默编：《多元文化时代的比较文学》（Charles Blernheimer, ed., *Comparative Literature in the Age of Multiculturalism*. Baltimore and London: The Johns Hopkins University Press, 1995），也可参见奚密：《比较文学何去何从？》一文（《读书》1996年第5期）对此论争的简要介绍。这一论争引起中国比较文学界的高度关注和警觉，比如，立即组织力量翻译了《多元文化时代的比较文学》一书；《中国比较文学通讯》连续四期刊发了该书的单篇译文（参见《中国比较文学通讯》1996年第二、第三期和1997年第一、第二期）。

科发展之间的关系作为论说的基点，以它在过去的发展中经常遇到以及在未来的发展中仍然会遇到的"问题"作为论说的主线，在对比较文学的历史及现状进行彻底反思的基础上，探讨学科定位以及定位必须遵循的基本原则。

第一节 比较文学产生的历史条件与学理依据

一、学科产生的历史条件

1984年，美国比较文学研究者乌尔利希·韦斯坦因（Ulrich Weisstein）发表了一篇题为《我们从何处来？我们是谁？我们向何处去？》的论文，追溯了比较文学近一百年的发展历程，认为比较文学自学科建立以来一直在不断自我反省学科的位置和发展，自我反省的精神一直贯穿比较文学发展的全部过程。文章开篇便说：

> 比较文学在近百年的正式生涯中一直极为敏感……一直处于不断地自我反省与疑虑前程的近乎病态的渴望之中。①

文章的题目借自法国画家高更（Paul Gauguin）的一幅同名画。可见人们在思考自身位置和发展时往往要追溯自己的过去。追源溯流的要求不只是比较文学特有的倾向，而是内在于人的本性中的具有普遍性的追问。因此我们要反思比较文学的学科定位和发展，最好从这一学科产生的历史条件说起。

有学者把法国学者维尔曼（Abet-François Villemain）1829年在巴黎大学开设《十八世纪法国作家对外国文学和欧洲思想的影响》的讲座作为比较文学这门学科诞生的标志。但第一个使用"比较文学"这一词的却不是维尔曼，而是法国两个中学教师诺埃尔（François Noël）和拉普拉斯（E. Laplace）1817年为小学生编写的文学读本《比较文学教

---

① 参见 Ulrich Weisstein, "D' où venons-nous? Que sotomes-nous? Où allonsnous? The Perrnanent Crisis of Comparative Literature." *Canadian Review of Comparative Literature*, Vol. xi, No. 2 (June 1984)；中译文参见孙景尧选编：《新概念、新方法、新探索：当代西方比较文学论文选》，漓江出版社，1987年版，第22—48页。

程》(*Cours de littérature comparée*),由于这本书没有探讨比较文学的理论和方法,只是收集了一些古代文学、法国文学和英国文学的作品选段,所以对学科的建立并没有产生什么实际的影响。我们认为,无论是维尔曼的讲座还是那两位法国教师的《比较文学教程》的出现,都还不能作为比较文学学科诞生的标志,而只能视为学科产生的先兆。像所有学科的产生都必须具备一些基本的标志一样,比较文学作为一个学科的建立也同样必须具有一些基本的标志,比如,第一本比较文学理论著作的出版,第一份比较文学刊物的创办,更重要的是,大学中第一个比较文学教授职位的设立。而这些都发生在十九世纪后半期。[①] 因此,我们可以比较稳妥地断定:比较文学作为一门学科产生于十九世纪后期的欧洲。[②]

尽管比较方法的自觉运用要等到十九世纪才开始盛行,正如1886年发表了比较文学历史上第一部以"比较文学"命名的理论著作的英国学者波斯奈特所言,"有意识的比较思维"是十九世纪的重要贡献,[③]但是,任何一门学科的形成都可以在人类思维的历史上找到其产生和发展的历史渊源和学理基础。比较的方法作为人类思维的基础其运用可以一直追溯到遥远的古代,正如波斯奈特所同时指出的,"用比较法来获得知识或者交流知识,在某种意义上说和思维本身的历史一样悠久",因为尽管一切思维和推理是单个主体主观地进行的,但是一种思想、一种理论要想获得证明,要想被人接受和流传,必须借助于与其他思想和理论的比较。在此意义上,波斯奈特将比较称之为支撑人类思维的"原始的脚手架"。[④] 也正是在此意义上,有西方学者把比较文学作为一门正式学科产生之前的历史,即它的"史前史",一直追溯到古希腊罗马时期,比如,贺拉斯曾叮嘱罗马作家要"日日夜夜把玩希腊的范例",

---

[①] 参见乌尔利希·韦斯坦因:《比较文学与文学理论》附录一"历史",刘象愚译,辽宁人民出版社,1987年版,第165—242页。

[②] 罗伯特·克莱门茨在《作为学科的比较文学》一书中认为,比较文学在大学教学大纲中获得永久性稳定地位是在第二次世界大战之后。参见 Robert J. Clements, *Comparative Literature as Academic Discipline: A Statement of Principles, Praxis, Standards* (New York: The Modern Language Association of America, 1978),第16—18页。

[③] 转引自干永昌、廖鸿钧、倪蕊琴编:《比较文学研究译文集》,上海译文出版社,1985年版,第375页。

[④] 同上书,第372页。

并把罗马诗人维吉尔与希腊诗人荷马、罗马喜剧作家普劳图斯（Plautus）与希腊喜剧作家阿里斯托芬相比；罗马时代的希腊传记作家普鲁塔克（Plutarch）在其《希腊罗马名人传》中采用了将一希腊人和一罗马人——如马其顿国王亚力山大和罗马名将凯撒，希腊演说家狄摩西尼（Demosthenes）和罗马演说家西塞罗——两两比较的结构框架；罗马修辞学家昆提利安（Quintilian）在其《演说术原理》中曾非常细致地比较了西塞罗和狄摩西尼的异同。①

然而，只有当人类文化发展到一定程度时，潜含的比较因素才会萌发，零星的比较才有可能发展成为具有系统理论和独特方法论的学科。

比较文学是一门将研究对象由一个民族的文学扩展到两个或两个以上民族文学的学科，因此其诞生必须满足两个基本条件：其一，民族文学的建立及充分发展；其二，跨文化视域的形成。到十九世纪后半期，这两个条件都已基本具备。首先是经文艺复兴、古典主义到浪漫主义，欧洲各民族文学均已建立并获得充分的发展；其次是到十九世纪，欧洲文学研究者的视域已经开始试图跨越民族文学的界限，开始将欧洲范围内的文学及其发展作为一个整体来研究。这两个基本条件具备后，比较文学学科的产生便成为历史的必然。

中世纪的欧洲是一个统一的拉丁化世界，到文艺复兴时期民族意识才开始觉醒。随着民族意识的觉醒，产生了弘扬民族语言和民族文学的要求。比如，但丁的《论俗语》就极力为意大利民族语言的合理性进行辩说和论证，他认为，所谓"俗语"即是与作为文学语言的拉丁语相对而言的"小孩在刚一开始分辨语词时就从他们周围的人学到的习用语言"；但丁认为二者之中"俗语"更高贵，因为它是"人类最初使用的"语言，是"自然"而非人为的。② 文艺复兴时期的作家都有较强的民族意识，他们在从古代文学中汲取营养的同时，大都开始使用自己的民族语言进行创作，为欧洲各民族文学的诞生和发展做出了开创性的贡献。民族文学的诞生和发展是比较文学学科产生的必要前提之一。然而，也正因为比较文学是在民族文学充分发展的前提下产生的，如果对本民族

---

① 陈惇、刘象愚：《比较文学概论》对这一说法有比较详细的介绍，参见《比较文学概论》，北京师范大学出版社，1988年版，第35—36页。

② 但丁：《论俗语》，见伍蠡甫、胡经之主编：《西方文艺理论名著选编》（上），北京大学出版社，1985年版，第157、158页。

文学与外民族文学的关系处理不当,反而会造成对比较文学发展的障碍,因为对本民族文学过于强烈的自我意识和认同往往会导致"自我中心"的倾向:在将本民族文学与外民族文学进行比较时,往往贬抑外民族文学而抬高自己民族的文学。这是后来在比较文学研究中根深蒂固的"欧洲中心主义"倾向的内在根源之一。在某种意义上说,比较文学的这一隐患是内在地隐含于其产生的历史条件和理论基础之中的。然而,不论有何隐患,民族文学意识的觉醒及其充分发展作为比较文学学科建立的一个基本条件,为学科建立奠定了必不可少的基础。

文艺复兴不仅使各民族文学得以确立,而且作为第一次全欧性的思想运动,它也使已经确立起来的各民族文学之间开始得到越来越广泛的交流。十八世纪的启蒙运动作为文艺复兴的进一步延续和深入,使这种交流汇通的倾向进一步加强。法国启蒙思想家的思想及其著作不胫而走,风靡欧洲,使启蒙运动成为第一次真正深入的全欧性的思想运动。更重要的是,随着欧洲范围内文化交流的加强,随着启蒙思想家们视域的不断扩大,他们已不再停留于在欧洲文化体系内部寻求理论支持,同时还将目光投射进了非欧洲文化体系的遥远的东方,特别是中国,以致在当时的欧洲一度形成了摹仿中国趣味的时尚和潮流。许多启蒙思想家对中国文化的内在精神都做了深入的研究和探讨,比如伏尔泰对中国的儒学就满怀向往和赞美之情,中国的儒家学说甚至成为他启蒙思想一个重要的理论来源。[①] 尽管真正跨文化视域的形成决非易事,直到二十世纪快要结束时跨越东西两大异质文化的界限在欧洲仍步履维艰,但从十八世纪开始在这一大陆上所显露出来的这种倾向为比较文学学科的建立创造了另一个必要条件,这是众所周知的事实。

民族文学的确立和充分发展使比较文学有了赖以建立和发展的内在根基,跨民族和跨文化交流所导致的研究视域的扩大使比较文学的建立和发展有了广泛的基础和保障,这两个因素的结合使长期以来即隐含着的比较的方法得以系统化,使一直处于蕴涵和萌芽状态的比较文学在十九世纪终于发展成为一门有自己独特理论和方法论的学科。也就是维尔

---

① 关于中国文化对十八世纪欧洲启蒙运动的影响,可参见范存忠:《中国文化在启蒙时期的英国》(上海外语教育出版社,1991年版),利奇温:《十八世纪中国与欧洲文化的接触》(朱杰勤译,商务印书馆,1962年版);关于中国儒学对伏尔泰的影响和激发,可参见孟华:《伏尔泰与孔子》(新华出版社,1993年版)。

曼在巴黎大学开设比较文学性质讲座的同时，歌德提出了"世界文学"这一对比较文学的产生至关重要的概念。1827年，歌德在与爱克曼的谈话中敏锐地预感到"世界文学的时代已快来临"，并且呼吁"每个人都应该出力促使它早日来临"。① 尽管歌德这里所提出的世界文学的概念还非常含糊，他也还只是天才般地预感到了文学在世界范围内共同发展的"可能性"，但这一概念的出现本身即表明了世界文学发展的大趋势，可能性中隐含着必然性。二十年后，1847年，马克思和恩格斯——这两位同样天才的学者——更进一步从人类物质生产的世界性必然导致人类精神生产的世界性这一前提出发，对歌德世界文学概念中蕴涵的"必然性"进行了有力的论证：

> 资产阶级，由于开拓了世界市场，使一切国家的生产和消费都成为世界性的了。……旧的、靠国产品来满足的需要，被新的、要靠极其遥远的国家和地带的产品来满足的需要所代替了。过去那种地方的和民族的自给自足和闭关自守状态，被各民族的各方面的互相往来和各方面的互相依赖所代替了。物质的生产是如此，精神的生产也是如此。各民族的精神产品成了公共的财产。民族的片面性和局限性日益成为不可能，于是由许多种民族的和地方的文学形成了一种世界的文学。②

尽管这里"文学"一词的含义与我们今天所讲的文学还有比较大的差别，尽管这里世界文学的概念仍然很模糊，但从这种论证过程本身我们完全可以看出，到十九世纪，跨民族跨文化的文学交流与文化交流已是大势所趋，成为一种世界性的潮流，以跨民族和跨文化文学研究为其宗旨的比较文学学科的诞生已经成为历史的必然。

尽管我们所说的两大条件都已具备，但比较文学学科的产生还需要十九世纪这个特殊时代的激发。十九世纪是西方思想成熟和收获的世纪，自古希腊开始两千多年的发展到这时开始结出丰硕的果实。对文学而言更是如此，十九世纪是一个大师辈出，名作纷呈的时代。有两个重要的方面对比较文学学科的产生有直接的关系，它们构成比较文学学科

---

① 《歌德谈话录》，朱光潜译，人民文学出版社，1982年版，第113页。
② 《马克思恩格斯选集》第一卷，人民出版社，1972年版，第254—255页。

建立的直接历史动因：第一，全欧范围内掀起的浪漫主义文学运动以及对浪漫主义文学的研究。浪漫主义文学运动促使各国文学之间的相互交流和相互影响进一步加强，[①] 对浪漫主义文学运动的研究促使学者的视野越出本民族文学之外而将各民族文学视为一个相互影响的有机整体，促使早就潜含的"比较意识"开始觉醒；第二，更广大的背景是，社会科学与自然科学中的比较意识也开始觉醒，并且取得了可喜的成就，出现了一些以"比较"命名的著作和学科，比如生理学方面有"比较解剖学"、"比较生理学"，神话学方面有"比较神话学"，语言学方面的比较研究更是取得重大进展。[②] 浪漫主义文学运动及其研究使比较文学成为必要，自然科学和社会科学中所进行的比较研究证明了比较文学的可能，就在这种条件下，比较文学学科在十九世纪末欧洲的建立就顺理成章，水到渠成了。正如恩格斯所指出的，"这一切积聚了大量的材料，使得应用比较方法成为可能而且同时成为必要"[③]。也正如日本学者大塚幸男所言："十八世纪至十九世纪初期掀起的浪漫主义潮流，因其国际性特征的缘由，形成了即便是在研究一国文学之际，也不能无视它同外国文学关系的风气。这样，便催发了比较文学这门新兴学科的萌生。"[④]

二、学科产生的学理依据

在简要分析了比较文学学科产生的历史条件之后，再进一步探讨其产生的内在学理依据。任何存在物都无法独自存在，任何事物都处于与别的事物所形成的各种各样的关系之中。正像法国比较文学研究者梵第根所言，"一种心智的产物是罕有孤立的。不论作者有意无意，像一幅画，一座塑像，一个奏鸣曲一样，一部书也是归入一个系列之中的，它

[①] 关于浪漫主义文学运动在欧洲各主要国家传播和交流的情形，可参见勃兰兑斯（George Brandes）：《十九世纪文学主流》（人民文学出版社，1980—1986年中文版）充满浪漫激情的精彩描述。

[②] 参见乌尔利希·韦斯坦因：《比较文学与文学理论》，刘象愚译，辽宁人民出版社，1987年版，第168页。

[③] 恩格斯：《自然辩证法》，见《马克思恩格斯选集》第三卷，人民出版社，1972年版，第453页。

[④] 大塚幸男：《比较文学原理》，陕西人民出版社，1985年版，第12页。

有着前驱者，它也会有后继者。"① 比较文学要处理的是两个或两个以上民族文学之间的相互关系，不管是事实上存在的相互影响和相互交流的关系还是纯理论上的同异关系，这种关系都涉及两个基本要素，我们可以将其命名为要素 A 和要素 B；当研究对象只限于单个的要素 A 或要素 B 时，我们难以判断二者之间究竟有什么关系，而一旦将二者放在一起，也就是说对二者进行"比较"时，便产生了或同或异或相互影响的关系。从逻辑的角度而言，当我们说 A 是 B 时，我们是在进行一种比较，这时的着眼点是二者之间相同的方面；而当我们说 A 不是 B 时，我们同样是在进行一种比较，只不过着眼点不是同而是异。甚至真与假的逻辑判断也是一种比较，只不过这时用以比较的标准是某个先在的不证自明的"真"。从某种意义上说，人类的一切知识，一切经验，都是靠这种比较的方式获得的，连最丰富多变的想象，也离不开这种比较，因为想象同样必须借助某种已经经验过的东西作为其生发的基点。比较文学最引人注目的方法特征即为比较，比较文学中的比较与人类思维中早已存在的比较的方法在具体操作上并没有根本的差异，然而，比较文学又并非单纯的比较，有时也并非一般意义上的比较，比较文学中的比较具有某种特异的东西，这种特异性在于：进行比较文学研究，需要处理两个或两个以上民族文学之间的关系，这时作为研究主体的"我"无法超然于研究对象之外，而往往先在地认同于两个要素之中的一个，这样我们要处理就不仅仅是两个研究对象之间的关系，还包括研究主体与研究对象之间的关系。使问题变得复杂的是，研究对象之间的关系往往会为研究主体与研究对象之间的关系所覆盖。由于比较文学研究中要素 A 与要素 B 之间的关系往往可以转化为"自我"与"他者"之间的关系，下面拟就二者之间的关系作为分析的框架，探讨比较文学学科产生在学理上的依据。

　　自我与他者之间的关系非常复杂，认识自我与认识他者常常纠结在一起，难以区分。他者是个很奇特的东西。一方面，所谓"他"者就是"非我"，一个异己，是自我的对立面。但另一方面，如果没有一个他者、一个异己的存在，自我也就无法构成。因此，他者既是与自己无关的一个存在，又是与自我密不可分的另一个自我。对于他者的想象和构造，始终或隐或显地依赖于对自我的认识，对他者的认识是以对自我的

---

① 梵第根：《比较文学论》，戴望舒译，商务印书馆，1937 年版，第 7 页。

认识为前提和出发点的，人们在考虑问题时总是从自己的角度和自身的经验出发，这一点并不难理解，也无可厚非。

人在认识自身之外的他性事物时很容易找到自身的经验作为立足点，然而，人在认识自我的历程中却经历着许多的艰辛。认识自我与认识外部世界一样是个非常古老的课题。在古希腊神话中，天下最难理解的莫过于斯芬克斯之谜，而那谜底不是别的，正是我们自己。自古以来，人最想了解又最难以理解的就是自己。人作为思维主体，可以把周围世界，甚至自己的身体器官当成客体来认识，但自我认识却需要思维主体把自身当成客体，而他用来描述和说明认识客体的手段即思维本身却有待于描述和说明。这就使人陷入一种认识的循环之中，使认识自我这一古老的课题，成为一直困惑着迷惑着人类的难题。莎士比亚悲剧中的李尔王在极度愤怒和痛苦时喊道："谁能告诉我：我是谁？"这声呼喊既道出了人认识自我的需要，也暗示出认识自我的艰难。①

如何认识自己？一般来说，有两种主要方法，或者说两种主要视点：内在视点与外在视点。所谓内在视点就是不依靠外物，从自我内部认识自我。曾子所提出的"吾日三省吾身"（《论语·学而》）的自省的方式就是一种从自我的内在角度出发认识自我的方式。这种严格的自我审察的方式好处是可以排除外物的干扰，在清澈纯净的自我意识的审照下洞悉自身的一切微妙与缺陷。然而，正如一个人的视力不可避免地会存在盲点一样，这种内在审察的方式也必然存在着一些缺陷，由于受到自身经验的限制，对自身经验之外的东西往往难以进行准确的判断。人们早已觉察到这种从自身经验出发认识自身的方式所可能存在的局限，比如《老子》就说过："自见者不明"（《老子》二十五章）。由于认识到了从一个体系内部出发去认识这一体系的局限性，于是人们希望通过另一种方式即外在视点的方式来认识自我。苏格兰诗人彭斯（Robert Burns）曾用诗句表达从他人的角度来审察自身的普遍愿望："啊！我多么希望有什么神明能赐我们一种才能，可使我们能以别人的眼光来审查自我！"② 完全将自己转化为他人，用别人的眼光来审察自我几乎是不可能的，但借助一个外在的参照物来反观自我则是可以实现的，因为外

---

① 参见张隆溪：《二十世纪西方文论述评》，三联书店，1986年版，第16、17页。
② 转引自李达三（John J. Deeney）：《比较文学研究之新方向》，台北：联经出版事业公司，1978年版，第155页。

在参照物可以充当一面镜子,以此为标准,可以反照出自己的特点,特别是自身的缺失。这一方法乃建立在下面这一认识前提之上:"审己"与"知人"之间存在着某种必然的联系。因此,反过来推理,通过一个外在的视点、外在的参照物必然可以实现对自我的审察。实际上,一旦有了这种外在的视点作为参照,对自我的认识往往会出现新的转机,往往会发现一个新的自我。《庄子·秋水》所记述的河伯的遭遇很有代表性:

> 秋水时至,百川灌河。泾流之大,两涘渚崖之间,不辨牛马。于是焉河伯欣然自喜,以天下之美为尽在己。顺流而东行,至于北海。东面而视,不见水端。于是焉河伯始旋其面目,望洋向若而叹曰:"野语有之曰:闻道百以为莫己若者,我之谓也。且夫我尝闻少仲尼之闻而轻伯夷之义者,始吾弗信。今我睹子之难穷也。吾非至于子之门则殆矣。吾长见笑于大方之家。"

河伯见到北海之前的欣然自喜与见到北海之后的望洋而叹之间鲜明的对比形象地说明了北海这一外在参照物对于河伯准确认识自我的重要作用。"北海"这类新鲜广阔、河伯在"河"的范围内未曾经历过的外在参照物是克服"河伯心态"的良药。王昌龄的一首《闺怨》诗同样形象地描述了这种心态在遇到外在参照物时所遭逢的巨大心理变化:

> 闺中少妇不知愁,春日凝妆上翠楼。忽见陌头杨柳色,悔叫夫婿觅封侯。

封闭在闺阁之中不知愁怨的少妇一旦走出闺阁,一旦遇上"陌头杨柳"这种与闺阁生活完全异质的外在参照物,原来一整套自足的生活信念立即便土崩瓦解,对生活立即会产生一种全新的理解。

从某种意义上说,比较正是提供"北海"和"陌头杨柳"这种外在参照物的有效途径。比较文学的目的之一正是通过引进他民族文学作为外在参照物,使其成为一面可以镜鉴本民族文学得失的"文化之镜"。比较文学学科之所以能够在十九世纪末建立,正是因为随着人类文化的发展,人们越来越认识到了这种外在视点、外在参照物对认识自身的重要作用。这是比较文学学科得以产生并获得蓬勃发展的内在理论根据。

在1983年中美双边比较文学讨论会的闭幕式上，美国普林斯顿大学比较文学系教授孟而康充满深情地说："这次参加会议像《西游记》所写的一样，我们东游带回了经典"，并且援引"灯塔下面是黑暗"这句谚语说，只研究自己国家的文学是远远不够的，需要另一座灯塔来照亮自己，而"中国的灯塔"则可能给美国的研究带来光明。[①] 努力寻找新的"北海"，寻找新的"灯塔"乃比较文学这一学科不懈的追求。

第二节 发展中的定位与定位中的发展

比较文学自十九世纪末首先在欧洲建立以来，发展非常迅速，特别是二战后，随着世界文化交流的加强，特别是随着东方新视野的加入，学科发展更是呈现出一片生气勃勃的景象。这是有目共睹的事实。然而，比较文学又经常受到来自专业内部和外部的种种批评。原因之一是学科发展过快，一些比较文学研究的先驱者们又往往专注于披荆斩棘、开疆拓土，而无暇回过身去仔细清理和打扫战场，致使偶尔误入的某些歧途在一定条件下容易被不明真相的人错误地当作主战场，把在歧路上仔细搜寻到的一些蛛丝马迹作为质疑和批评整个比较文学学科的证据。同时，也由于过分专注于为学科开辟新的领地，学科自身的边界反而变得有些模糊起来。人都有归属的需要，需要为自己找到一个独特的、合适的位置，一旦无法找到这个位置，往往感到心灵无所归依，仿佛失去了存在的家园，因而会产生一种强烈的身份认同的烦躁与焦虑。一个学科也同样如此。比较文学同样面临着这种定位的焦虑。而定位总是与发展相关联。没有新的发展就不会出现新的定位需要，因为从本质上说，定位乃根据发展中所面临的新问题而不断调整学科自身与其他学科的关系。这一节将首先讨论比较文学发展中经常被人论及的几个问题以及这些问题与学科发展和定位的关系，然后讨论当代历史文化语境对学科定位与发展所提出的要求，在此基础上探讨学科定位与发展必须遵循的一些基本原则。

---

① 参见《中国比较文学年鉴：1986》，北京大学出版社，1987年版，第364页。

一、学科发展及发展中存在的问题

任何学科的发展都不可避免地会出现一些问题,从某种意义上说,没有问题就没有发展。然而,问题一词极易引起误解,因为根据一般的理解,问题总是与过失、与不完美相联。这里不准备在过失与缺陷这一传统的意义层面上使用"问题"一词,而将其作为一个不含褒贬色彩的中性概念看待。在《真理与方法》中,德国哲学家伽达默尔曾从全新的角度探讨"问题"这一概念,力图对"问题"的本质进行彻底的理论反思。伽达默尔(Han-Geory Gadamer)认为,要探讨阐释学的特殊性质必须从考察"问题的本质"入手,[①] 因为"问题"是我们获取经验和知识的基本途径,如果没有问题提出,我们就根本无法获取新的经验和知识,在此意义上说,"精神科学的逻辑是一种关于问题的逻辑",一种关于"问和答的逻辑"。[②] 提问是对未知的领地进行开放,因为正是通过提问,被忽略的和未知的东西才进入我们的视野之中,因此正是问题的出现开启了被问东西的存在。从这一角度看待比较文学发展中的"问题",有助于我们更好地认识这些问题的本质以及它们与比较文学学科发展与定位的关系。现以"危机"、"学派"和"比较"这几个在比较文学发展历史上经常出现并被反复讨论的核心问题为例,探讨它们对比较文学学科定位与发展这一中心话题的意义。

(一) 关于"危机"

比较文学的发展与"危机"相伴,比较文学的危机意识特别强烈,这一点只要提醒读者注意以下几个基本的事实就可以得到证明:在1958年美国北卡罗来纳大学教堂山举行的第二届国际比较文学大会上,美国著名理论家勒内·韦勒克代表美国比较文学研究界向传统的法国比较文学研究提出质疑和挑战的那篇众所周知的宣言式发问的题目是"比较文学的危机";1963年,法国著名比较文学研究者艾田伯(René Etiemble)那本旨在整合美法两种研究方法的专著《比较不是理由》的副题是"比较文学的危机",该书1966年翻译成英文出版时干脆更名为《比较文学的危机》;1985年,乌尔利希·韦斯坦因那篇旨在反思与论

[①] 伽达默尔:《真理与方法》(上) (Han-Georg Gadamer, *Wahrheit und Methode*, Tuebingen: 1960),洪汉鼎译,上海译文出版社,1992年版,第465页。

[②] 同上书,第475页。

证比较文学学科内在生命力与存在问题的文章《我们从何处来？我们是谁？我们向何处去？》的副题也是"比较文学的永久危机"。近来，随着文化研究向比较文学的渗透，有学者认为比较文学正面临着"二次危机"，也就是被"文化研究"淹没的危机。美国比较文学学会1993年的学科现状报告所提出并引发的正是这种担心文化研究的侵入会使比较文学最终丧失自己学科身份的危机感。中国学界对此"二次危机"也给予了同样的关注与忧虑。① 讨论发展总是与讨论危机相连，这是比较文学发展中一个非常突出也非常有趣的现象，也可以说是比较文学应该引以为骄傲的一大优点。从积极的层面理解危机，危机并非就是混乱，危机也不等于灾难，因为危机可以激发我们主动思考自身所面临的问题，只要意识到危机的存在，就有可能将其转化为一种创造性的努力，转化为进一步发展的内在动力。从这种意义上说，危机是永久性的，只有不断意识到危机，只有不断质疑，才能保持学科发展的活力。

危机感会引发两种积极的意识：其一是批判意识。危机会引起对学科发展历史及其现状的反思，对学科发展历史与现状的反思会引起对学科发展中存在的弊端的自我批判，对学科发展弊端的批判会激发对其未来发展前景的积极思考；其二是定位意识。危机引起的自我反思与批判会促使我们思考学科自身的身份和位置，对学科身份和位置的思考会促使对学科自身的定位更加符合客观的需要，对发展中出现的一些极端的倾向和不足的方面进行冷静的分析，以为其后的发展确立基本方向。比较文学发展过程中不断出现的危机感确实隐含这种积极的批判意识和定位意识在内，每当有新的东西加入比较文学，每当比较文学的研究领域向外延伸和扩大时，往往就会触发人们的危机感，而这种危机感使研究者重新思考并调整学科自身的位置。比如，韦勒克的危机感使比较文学开始走出单纯研究事实联系的局限，使历史审思与美学分析两种方法走向互补，在理论上为历史上缺乏事实联系的两种文学之间平行地展开比较研究铺平了道路；由1993年伯恩海默报告所引发的所谓比较文学为文化研究淹没的危机促使学界再次思考学科的边界和定位问题，这种思考虽远没有结束，其结果暂时也还难以预料，但单是危机的提出对学科

---

① 关于中国比较文学研究界对此所谓"二次危机"的关注，可参见《东方丛刊》1995年第3辑（"中国比较文学与比较文化"专辑）中的有关文章，特别是陈跃红：《历史语境与学科定位》和叶舒宪：《从比较文学到比较文化——"后文学时代"的文学研究展望》。

发展和定位就具有非常重要的意义。尽管以危机这一不无极端的方式提出对学科定位问题的思考未免有点残酷，危机往往也难免耸人听闻与言过其实之处——尽管最近十年来国际比较文学界确实弥漫着相当浓厚的文化气息，比如1988年慕尼黑召开的第十二届国际比较文学大会的主题"文学中的时间与空间"、1991年东京召开的第十三届国际比较文学大会的主题"欲望与幻象"、1994年加拿大艾德蒙顿召开的第十四届国际比较文学大会的主题"多元文化语境中的文学"、1997年荷兰莱顿召开的第十五届国际比较文学大会的主题"作为文化记忆的文学"以及1995年10月北京召开的比较文学国际研讨会的主题"文化对话与文化误读"都使人明显感受到其对文化问题的强烈兴趣与关注。然而，同样不可忽视的一个事实是，这些讨论和研究只是将文化作为文学研究的一个大的背景，其关注的焦点始终放在文学上，比如1997年莱顿大会集中讨论的是文化记忆是如何通过其主要载体之一的文学得到记载和保存，而不是讨论文学记录和保存了什么样的文化，出发点和落脚点始终在文学而不是文化，因此，对文化问题的强烈关注并不能动摇比较文学的学科基础——但是，提出这一危机，可以使我们及时发觉并纠正那些确实有可能导致以文化研究覆盖比较文学的极端倾向和做法，因此，应该时刻保持一种危机感，才能随时根据新的情况调整学科的发展方向，才能随时相对准确地确定学科自身的位置。

（二）关于"学派"

比较文学教科书一般都认为，自从比较文学作为一门独立学科出现以来，就鲜明地呈现出两个历史阶段，形成了两个学术派别，即以法国为中心的法国学派和以美国为中心的美国学派。

法国学派的理论主张是在十九世纪中叶以孔德（Auguste Comte）为代表的实证主义哲学的影响下形成的，带有明显的实证主义色彩，认为只有发生直接影响、直接关系的两种或多种文学才能进行比较。因此法国学派可以说是一个实证学派。社会历史批评和传记批评在十九世纪的文学研究中占据主要地位，不少比较文学发展初期的代表人物，像戴克斯特（Joseph Texte）、巴尔登斯伯格（Fernand Baldensperger）、梵第根等，既是比较文学家又是文学史家，这就决定了法国学派的基本理论原则是去寻找和证实两种或多种文学中存在的"事实联系"，采用的方法是精细和准确的考证。例如，写了《比较文学论》这部被视为全面阐述法国学派理论、为法国学派奠定方法论基础的著作的梵第根就认为

"比较文学的特质,正如一切历史科学的特质一样,是把尽可能多的来源不同的事实采纳在一起,以便充分地把每一个事实加以解释",因此,"比较"这两个字应该"摆脱全部美学的含义,而取得一个科学的含义"。① 法国学者在界定比较文学时的典型做法是将其视为文学史的一个分支,如法国学派另一个代表人物基亚(Marius-François Guyard)就将比较文学界定为"国际文学的关系史",认为比较文学工作者的工作是"站在语言的或民族的边缘,注视着两种或多种文学之间在题材、思想、书籍或感情方面的彼此渗透",因此,比较文学工作者首先必须成为一位文学的历史学家和各国文学关系的历史学家。②

法国学者为比较文学学科的建立和发展做出了开创性的重大贡献,为学科建立了严密的方法体系。但是,由于过分拘泥于实证的方法,过分强调事实联系而相对忽视了作品内在的文学价值和审美价值,因此使比较文学在很长时间内基本上成为文学史的附庸,自身的学科身份和位置面临着丧失的危险。而且这种只承认有事实联系的文学可以进行比较研究的观点常常把研究局限在欧洲文化体系之内,这显然与比较文学不断超越文化界限、不断吸取新质的要求不符。美国学派的出现在很大程度上纠正了法国学派的这种偏蔽。二战后,由于国际文化交流的加强,比较文学获得突飞猛进的发展。国际比较文学学会于1954年成立,第一次大会于1955年在威尼斯举行。第二届教堂山(Chapel Hill)大会,是美国学者和以法国学者为代表的欧洲学者的首次相遇。耶鲁大学教授韦勒克在此次大会上所做的《比较文学的危机》的挑战性发言,以危机的方式促使人们对比较文学建立以来半个多世纪的历程进行深刻的反思,对学科的方法和边界进行重新确认。韦勒克以当时正兴盛的新批评为理论武器,批评法国传统的理论家们受十九世纪事实主义、唯科学主义和历史主义的影响,死抱住事实不放,仅仅注意到了作品的来源和影响等外部情况,把文学关系研究变成了文学"外贸"研究,变成了为本民族文学请功的"文化功劳簿",因而使比较文学不能从当代充满生命力和富有创造性的理论冲动中得到好处;在研究方法上过分依赖实证,仿照自然科学的模式来解释文学现象,因此忽视了文学内在的审美价值。韦勒克的发言还批评了比较文学研究中存在的一种民族中心主义的

---

① 梵第根:《比较文学论》,戴望舒译,商务印书馆,1937年版,第17页。
② 参见马·法·基亚:《比较文学》,颜保译,北京大学出版社,1983年版,第4、5页。

倾向：比较文学之所以兴起就是为了克服孤立地研究一个民族自己的文学的局限，但由于受"民族中心主义"的影响，许多研究者的研究目的只是力图证明本国文学对别国文学的影响，用以说明本国文化比别国优越，说明本国文学对别国文学的贡献，这样做的结果，使以反民族主义为宗旨的比较文学反而陷入了民族主义与自我中心主义的泥淖，使一个以开放性为基本特征的学科有可能重新走向封闭。①

与对文本进行美学分析的理论要求相适应，美国学者对比较文学的理解和界定与法国学者相比更为宽泛。亨利·雷马克（Henry Remak）在《比较文学的定义和功用》一文开篇所给出的定义很有代表性，他说：

> 比较文学是超越一国范围之外的文学研究，并且研究文学和其他知识领域及信仰领域——例如艺术（如绘画、雕刻、建筑、音乐）、哲学、历史、社会科学（如政治、经济、社会学）、自然科学、宗教等——之间的关系。质言之，比较文学是一国文学与另一国文学或多国文学的比较，是文学与人类其他表现领域的比较。②

这一定义与法国学者的定义区别在于，首先，在研究对象上，将没有"事实联系"的文学之间的比较研究纳入比较文学之中，于是对作品内在美学价值的"平行研究"得以进入比较文学的研究领域，同时，还将文学与人类其他表现形式的比较也纳入比较文学之中，于是文学与其他知识领域之间的"跨学科研究"得以进入比较文学的研究领域；其次，在研究方法上，从对文学外在关系的历史实证转向了文学内在结构的美学分析。

美国学派的出现，拓宽了比较文学的研究领域，给比较文学注入了新的活力，使其出现了新的生机。但它将比较文学的边界一下子拓展得过宽，使学科定位实际上变得更加困难。法国学者和美国学者在比较文学学科位置的界定这一问题上所表现出的两个极端可以给我们提供了经验，可以让我们更深入地思考学科定位问题，定位过窄会削弱学科发展

---

① 参见韦勒克：《比较文学的危机》，见张隆溪选编：《比较文学译文集》，北京大学出版社，1982年版，第22—32页。

② 雷马克：《比较文学的定义和功用》，见张隆溪选编：《比较文学译文集》，第1页。

的潜在可能性,而定位过宽虽然使潜含的可能性得以充分呈现,但又面临着失去学科身份的新的危险。

二十世纪后期中国比较文学的复兴和发展引起了国际比较文学界的很大关注。尽管中国比较文学研究的源头可以上溯到本世纪初——比如鲁迅的《摩罗诗力说》就是一篇比较典型的比较文学论文,文章通过对欧洲各国"摩罗诗人"的比较研究,得出"首在审己,亦必知人,比较既周,爰生自觉"的结论①——比较文学也早在二三十年代即已在大学里初步建立并且在四十年代开始走向成熟,但比较文学作为一门学科在中国的正式确立、真正为国际比较文学界所接纳和认可却是上世纪八十年代中后期的事。② 比较文学在中国复兴之初,中国学者在介绍欧美比较文学发展的同时,极力为这一学科在中国的存在和发展寻找理论根据,在这样的情况下,六七十年代首先被港台学者提出的"中国学派"的问题在中国内地又被重新提了出来。

港台学者一开始就注意寻找中国比较文学研究独特的理论基础和方法基础。如果说法国学派以对事实联系精确详细的实证、美国学派以对文本自身特质的美学分析分别作为自己的理论基础和方法基础,那么中国比较文学的理论基础和方法基础又是什么呢?中西文学之间的事实联系比较少,要进行中西文学之间的比较研究,是循着美国学者的老路进行纯文本分析,还是应该另辟蹊径,寻找自己独特的理论根据和方法根据?换句话说,中国的研究如果要想自成一派,那么这一"中国学派"的理论基础和方法基础是什么?有学者认为,"援用西方文学理论与方法并加以考验,调整以用之于中国文学的研究",是比较文学中国学派的立足点;③ 有学者认为,中国学派应"提出一种新的观点,以期与比较文学中早已定于一尊的西方思想模式分庭抗礼",而这种新的观点就

---

① 鲁迅:《摩罗诗力说》,见《鲁迅全集》第一卷,人民文学出版社,1981年版,第65页。

② 关于比较文学在中国的复兴,可参见乐黛云:《中国比较文学的现状与前景》(乐黛云:《比较文学与中国现代文学》,北京大学出版社,1987年版,第9—19页),张文定《比较文学的历史和现状》(乐黛云主编:《中西比较文学教程》,高等教育出版社,1988年版,第43—100页)有关部分,陈惇、刘象愚:《比较文学概论》(北京师范大学出版社,1988年版)有关章节。

③ 参见古添洪、陈慧桦编:《比较文学的垦拓在台湾》"序",台北:联经出版事业公司,1976年版。

是"以东方特有的折衷精神",避免美国学派与法国学派既有的偏失,"循着中庸之道前进",因此,中国学派实际上应该是一个"中庸学派"。① 有学者认为,中国学者一方面应该继续讨论西方理论应用到中国文学研究的可能性及其危险,同时应该寻找跨越中西文化的"共同的文学规律","共同的美学据点"。② 有学者提出,在欧洲比较文学里,无论是法国派还是美国派,都没有特别注重文学背后的文化模式,因为欧洲有着同一的希腊、罗马、基督教文化模式,而当比较文学家接触到东方时,立即会感到文学背后的文化差异,因此,中国学派应特别注重"文化模式","除了对法国派美国派加以调整运用并创出阐发研究外,主要是在调整背后的精神,那就是文化模式的注重",因此,"文化的差异、文化的相对性、强调其'异'的价值,实是中西比较文学的主要精神"。③ 随着中国内地比较文学的复兴,特别是中国比较文学学会在八十年代中期的成立,许多学者也开始讨论中国学派以及中国学派的理论基础和方法基础的问题。如有学者认为,中国学派的特点一是"以我为主,以中国为主"进行大胆"拿来"和"扬弃",一是"把东方文学,特别是中国文学,纳入比较的轨道,以纠正过去欧洲中心论的偏颇"。④ 另有学者试图在"阐发研究"的旗帜下全面建构"中国学派"的理论特征及方法论体系。⑤ 随着新世纪的临近,随着中国比较文学学科建设的基本完成,寻找中国比较文学研究独特的理论根据和方法根据这一问题又被重新提了出来。

如何看待"学派"的问题?首先,历史上的法美学派之争体现了比较文学学科边界不断扩大、不断调整、不断吸取新的理论和方法的发展轨迹,因此,学派的问题实际上与比较文学的学科定位问题紧密相关。法国学派和美国学派在比较文学发展历史上是一个客观存在,讨论比较

---

① 参见李达三:《比较文学研究之新方向》,台北:联经出版事业公司,1978年版,第265、266页。

② 参见叶维廉:《〈比较文学丛书〉总序》,见其所著论文集《比较诗学》,台北:东大图书公司,1983年版。

③ 古添洪:《中西比较文学范畴、方法、精神的初探》,见《中外文学》,1979年第七卷第11期。

④ 参见季羡林:《中国比较文学年鉴:1986》"前言",北京大学出版社,1987年版。

⑤ 参见曹顺庆:《比较文学中国学派基本理论特征及其方法论体系初探》(《中国比较文学》,1995年第一期)和《阐发法与比较文学"中国学派"》(《中国比较文学》,1997年第一期)。

文学学科发展和定位无法回避法美学派这一问题,尽管比较文学发展到今天,不管是法国学者还是美国学者都认识到学派并非不可逾越的界限。其次,尽管我们非常赞同"中国学派"这一提法下面所隐含的对于中国比较文学研究的特殊性、对于中国比较文学研究独特的理论基础和方法基础的努力寻求,然而我们认为,提不提"学派"大可商榷。原因有三:第一,比较文学向来主张多中心,多视角,提倡不同理论主张和不同视域的融合,学派这一概念隐含着将视域圈定在某个中心之内的危险,与比较文学的基本精神不合,因此我们没有必要将自己人为地圈定在某个"学派"的范围之内;第二,就中国比较文学研究而言,同样可以存在多种学派、多种理论、多种方法,每一学派、每一理论、每一方法都可以为寻找中国比较文学研究的理论基础和方法基础做出自己独特的贡献,因此我们虽然不提倡,但并不反对"中国学派"的说法,因为从上述意义上说,"中国学派"的说法也正是诸多理论主张之一种;第三,值得注意的是,学派在历史上是自然形成的,是一个带有明显倾向性的研究者的自然群落,所谓法国学派、美国学派的名称是后来的研究者在总结比较文学的历史发展时加上去的,也就是说,先有法国学者和美国学者各自不同的研究,然后才有"法国学派"和"美国学派"这些命名。如果我们先立一门户,立一学派,然后再循着既定的轨道展开研究,很容易将自己局限在设定的圈子里,有违比较文学开放和包容的初衷。中国学者想寻找中西比较研究的理论根据的急切愿望可以理解,但在学派问题上不应有太多的人为色彩,能不能成为一学派,历史自会有公正的评说,目前最要紧的是针对具体的问题展开细致的研究,国际比较文学学会前会长、荷兰乌特勒支大学教授佛克马(Douwe Fokkema)早在1987年中国比较文学学会第二届西安年会上的讲话中即指出,"比较文学研究应以问题的出现为前提,各国学者走到一起来,重要的不是从哪个国家来,而是看出现什么问题,国际比较文学的研究要以问题来确立课题"。[①]

(三)关于"比较"

比较文学经常会被问到究竟在比较"什么"的问题。这不仅是中国学者才会被问到的问题,连在比较文学发源地的法国,直到现在也还不时有人提出这样的问题。1997年秋天巴黎三大比较文学院院长巴柔

[①] 转引自陈惇、刘象愚:《比较文学概论》,北京师范大学出版社,1988年版,第63页。

(D. H. Pageaux)教授来北大讲演,当谈到在法国目前也还有人问这一类问题时很风趣地说:"我就回答说:我们什么也不比较,幸亏我们什么也不比较。"比较文学所遭受的一些责难和批评大多与对"比较"二字的不正确理解有关,因此如何理解比较文学中的比较这一问题实际上也是探讨比较文学的学科定位和发展时不得不考虑的一个重要问题。

在中国比较文学复兴初期,不少人望文生义地认为所谓比较文学就是随便将一中国作家与一外国作者相比,实际上也确实有不少人进行这种拉郎配式的随意滥比,这无疑加重了人们对本来极易引起误解的比较文学的错误理解。陈寅恪早在上世纪二三十年代就对当时中国比较文学研究中出现的一些"荷马比屈原"、"孔子比歌德"之类牵强穿凿的滥比提出过尖锐的批评,他说:

> 西晋之世,僧徒有竺法雅者,取内典外书以相拟配,名曰"格义",实为赤县神州附会中西学说之初祖,即以今日中国文学系之中外文学比较一类的课程,亦只能就白乐天等在中国及日本之文学上,或佛教故事在印度及中国文学上之影响及演变等问题,互相比较研究,方符合比较文学之真谛。盖此称比较研究方法,必须具有历史演变及系统异同之观念,否则古今中外,人天龙鬼,无一不可取以相与比较。荷马可比屈原,孔子可比歌德,穿凿附会,怪诞百出,莫不追诘,更无谓研究可言。

陈寅恪从以老庄之学诠解佛教教义的"格义"法谈起,对当时比较文学研究中存在的随意滥比现象进行了犀利的批判,要求比较文学研究应该严格遵循实证的原则,以追寻文学之间的影响和流变为首要任务。而之所以会出现这种滥比,除了并不真正了解比较文学的学科性质,仅仅依赖道听途说就想当然地认为比较文学就是文学比较外,还与"比较文学"这一名称本身容易引起误解有关。因此,我们有必要首先考察一下"比较文学"这一用语中的名实关系及其命名过程。

最先使用"比较文学"一词的是法国人,十九世纪英国批评家马修·阿诺德(Matthew Arnold)根据法语的"littérature comparée"仿造了"comparative literatur"这一英语词,但使这一名词得以流传并获得学科意义的则是我们已经提到过的英国学者波斯奈特的著作《比较文学》。① 然而,这一术语一开始就运气不佳,频频遭到人们的指责。比如,与阿诺德同时代的英国文学史家和批评家圣兹伯里(George Saintsbury)就在其英国文学《批评史》中指责波斯奈特用了一个"非常别扭的短语"。② 比较文学这一命名之所以容易受到指责,原因是多方面的。首先,对西方语言系统而言,"比较"一词在不同的语言中具有不同的语法形态,比如法语用的是过去分词(comparée),英语用的是形容词(comparative),一般而言,过去分词强调比较的结果,形容词则强调比较的性质,语法形态的歧异往往导致理解上的歧异;③ 其次,更重要的是,西方语言中的"文学"(literature)一词本来含义很广,几乎包括所有文字作品(与汉语中广义的"文"相近),既可包括文学作品,也可包括文学史、文学批评、文学理论等文学研究著作(比如,诺贝尔文学奖早期就曾授予哲学家柏格森、罗素等人),因此很容易直接用这个词来指作为学科的文学研究。然而,这个词的含义经历过一个由宽趋窄的过程。英国现代文学理论家特雷·伊格尔顿(Terry Eagleton)曾分析过英语中文学一词所经历的这一过程。他提醒读者注意,"文学"这一概念在十八世纪不像今天那样仅限于"创造性"(虚构性)或"想象性"的作品,它意味着社会中被赋予高度价值的全部作品,既有诗,也有哲学,历史,书信和随笔。"文学"一词的现代意义直到十九世纪才真正出现,这时"文学"所指的范围开始狭窄化,被缩小到特指创造性或想象性的作品。比如,十六世纪英国批评家锡德尼(Sir Philip Sidney)在其《诗辩》中还需为诗的"想象性"进行辩护,而到了十九世纪雪莱写《诗辩》时,诗已经已成为个人创造力和想象力的同义词。④ 这种转变的原因,伊格尔顿认为,是十八世纪晚期英国出现了"各种话语的新区别和新划分",英国社会经历着"话语形式的彻底重组"。比较文学在十九世纪命名之初,多少还受广义的文学概念的

---

① 参见乌尔利希·韦斯坦因:《比较文学与文学理论》,刘象愚译,辽宁人民出版社,1987年版,第214、215页。
② 转引自乌尔利希·韦斯坦因:《比较文学与文学理论》,第218页。
③ 参见李赋宁:《什么是比较文学》,见《国外文学》,1981年第一期。
④ 参见特雷·伊格尔顿:《二十世纪西方文学理论》,伍晓明译,陕西师范大学出版社,1986年版,第22页。

影响，包含有文学研究的意义在内。① 随着"文学"含义的越来越狭窄化，"比较文学"这一名称也就越来越给人名不副实之感。

1931年傅东华从英文转译法国学者洛里哀的专著《比较文学史》，首次将"comparative literature"直译为"比较文学"。与西方语言相比，汉语中的"比较"二字更容易让人想到比较的动作，同时，汉语中比较文学一词字面上也没有文学研究的含义，这就使比较文学在汉语中更容易引起片面的理解。

可见，无论是在西方语言还是在汉语中，"比较文学"这一术语的名与实之间都存在一些不甚切合之处，都容易引起误解。然而，尽管有这样那样的不足，由于比较文学这一命名用词简洁、明晰、响亮，更重要的是由于它符合命名的基本法则"约定俗成"，② 所以这一名称得到了学界的普遍认同，一直沿用至今。

那么，究竟什么是"比较"，比较在比较文学中有什么特殊性呢？根据《辞海》的解释，比较是"确定事物同异关系的思维过程和方法"。抽象而言，正如我们上文已经提到的，比较是处理两个要素之间相互关系的一种基本方法。因此，比较方法的运用实际上存在于一切学科之中，察同辨异是一切学术研究的基础和出发点。然而，比较在比较文学中已经不仅仅是一种普通的方法，而是具有特殊的学科意义。我们甚至可以从汉语中"比"字的词源意义中看出比较在比较文学中的特殊意义。《说文》对"比"的解释是：

比，密也。

《广韵》的解释是：

比，和也。

---

① 直到今天，美国一些大学的比较文学专业仍然称为"文学的比较研究"（Comparative Studies in Literature）或"比较文学研究"（Studies in Comparative Literature），参见克莱门茨：《作为学科的比较文学》（Robert J. clements, *Comparative Literature as Academic Discipline: A Statement of Principles, Praxis, Standards*, New York: The Modern Language Association of America, 1978），第17页。

② 《荀子·正名》："名无固宜，约之以命，约定俗成谓之宜，异于约则谓之不宜。名无固实。约之以命实，约定俗成谓之实名。"

"密"与"和"都涉及两个元素之间的关系,但二者所涉及的关系的性质存在着很大差异:"密"所指的联系是由于位置的临近而建立起来的,而"和"所指的联系则不是由于位置的临近而是由于同、异本质上的和谐并存而建立起来的。作为比较文学两大传统研究方法的"影响研究"和"平行研究"的根本区别可以从"比"的这种字源意义中找到根据:如果说影响研究立足于研究对象之间的相邻性联系(实际影响与交流关系),那么平行研究乃立足于二者之间的同异并存的联系(平行发展关系)。

"密"与"和"代表了比较文学研究中两种基本倾向,比较在比较文学中的特殊性可以从这两种基本倾向中得到说明。比较在比较文学中的特殊性在于它处理的不是一般的二元关系,而是不同文学之间或相邻或同异并存的关系。但无论是哪种关系,研究的基本目的都是为了不同文学之间的和谐共处与共同发展,在此意义上,有学者将"和而不同"这一中国文化传统的核心观念作为处理不同文学之间相互关系的基本原则,[①] 这一原则精辟地概括了比较文学在面对和处理同异关系时的基本立场:既要保持各民族文学的独特性,又要使不同民族的文学最终达到相互补充、相互融合的和谐境地。

二、当代历史文化语境对学科定位与发展的要求

我们所处的时代是一个充满理论激情同时又暗含许多理论漩流的特殊时代,这一时代既为比较文学的发展提供了很好的机遇,也对学科的发展提出了很大的挑战。如何果断地抓住时代赐予的机遇,勇敢地迎接时代提出的挑战,是中国比较文学在思考学科定位和发展时必须面对的又一重大问题。

我们这个时代在文化发展上有什么特点,对我们这个时代应该如何命名?一直有不少学者试图对我们这个时代、对我们这个时代所形成的历史文化语境进行命名。概括起来说,具有典型意义的用词是"终结"和"后"。

使我们知道并熟悉"终结"一词的也许首推恩格斯著名的《费尔巴

[①] 参见乐黛云:《文化相对主义与"和而不同"原则》,见《中国比较文学》,1996年第一期。

哈和德国古典哲学的终结》一文。我们的二十世纪不乏恩格斯的后继者。比如，美国学者丹尼尔·贝尔（Daniel Bell）在五十年代曾提出"意识形态终结"论，认为美国与西欧学者在放弃了激进的社会理想和社会革命的立场后，普遍地接受了像"福利国家"、"权力分散"、"混合经济"和"多元政治"之类的概念，对意识形态问题失去了往日的敏感和兴趣，在此意义上说，"意识形态论争的时代已经结束"。① 德国学者哈贝马斯（Jürgen Habermas）曾提出"哲学终结"论，认为解构等具有后现代色彩的理论导致在现代性中占有重要地位的"主体"丧失，"整体"消解，"中心"崩散，最终必将导致"哲学的终结"。② 如果说二十世纪初的知识气候与文化语境以"前卫"、"先锋"等充满现代主义色彩的思想占据主导的话，那么到二十世纪末则出现一个大的转向，由"前"转"后"。用以描述这个以"后"为特征的时代的术语是总体性的"后现代"，但不同学科往往从不同的角度出发，有不同的具体命名，如政治学有"后冷战时代"，社会学有"后工业社会"，在人文研究领域有"后结构"、"后殖民"、"后启蒙"、"后哲学"、"后文学"等，在中国则有"后新时期"、"后国学"等。名虽殊，而实则一：在法国学者利奥塔（Jean François Lyotard）看来，现代主义和后现代主义的本质区别是，一个学科或论说之所以是现代主义的，是因为它用来证明自己合法性的方法是祈求某个"元话语"或"宏伟叙事"（如黑格尔的绝对精神等），而后现代则根本不再相信有什么"元话语"的存在。③ 现代主义的"荒原"尽管荒凉残破，但理想和信念这一内在精神骨架依然存在（如艾略特《荒原》中具有象征意义的圣杯），而到后现代主义则连这一精神骨架也被拆除了，在德里达（Jacques Derrida）等后现代主义理论家眼里，在后现代主义的荒原中，只剩下一些精神和意义的"碎片"在没有

---

① 参见丹尼尔·贝尔：《意识形态的终结》，纽约：自由出版社，1962年修订本，第402、403页。转引自赵一凡为丹尼尔·贝尔《资本主义文化矛盾》（赵一凡、蒲隆、任晓晋译，三联书店，1989年中文版）一书所写的中译本绪言"贝尔学术思想评介"第3页。

② 参见哈贝马斯：《现代性哲学话语》（Jürgen Haberma, *The Philosophical Discourse of Modernity: Twelve Lectures*. trans., Frederic Lawrence. Cambridge: Polity press, 1987）第三章。

③ 参见让·弗朗索瓦·利奥塔：《后现代状况》英文本第23、24页，转引自阿列克斯·加里尼克斯《反后现代》（Alex Callinicos, *Against Postmodernism: A Marxist Critique*. St. Martin's Press, 1990），第3页。

"所指"的空中漫无目的地飘浮。美国新实用主义哲学代表人物之一的理查德·罗蒂（Richard Rorty）对他的"后哲学文化"理想的描述具有很大的代表性，他说：

> 在这里，没有人，或者至少没有知识分子会相信，在我们内心深处有一个标准告诉我们是否接触到了实在，是否以及在什么时候接触到了（大写的）真理。在这个文化中，无论是牧师，还是物理学家，是诗人，还是政党都不会被认为比别人更"理性"、更"科学"、更"深刻"。没有哪个文化的特定部分可以被挑出来，作为样板来说明文化其他部分所期望的条件。①

"后"与"终结"虽然用词不同，有不同的理论指向——"终结"主要指曾经占优势地位的思想形态的结束，"后"则指新的思想形态对旧的思想形态的反叛和新变——但二者之间实际上有内在的联系：都是对我们时代中所出现的新的理论思潮和趋势进行总结和概括的一种尝试。我们这个时代的理论家们已不再满足于在充满荆棘的理论荒野上冲锋陷阵，而试图对已经开辟出来的领地进行整顿和清理。为了使清理整顿顺利地进行，有必要首先拆除已经建构起来的各种理论樊篱。因此，值得注意的是，"后现代"并不是对"现代"的单纯否定，它实际上是肯定与否定、继承和新变二者的统一。尽管单从字面上看，"后"容易给人颓废和绝望的感觉，但用"后现代"来暂时命名一个过渡性的、处于新与旧"间隙"中的、既承前又启后的时代，是富于表现力的。重要的不是用什么样的名词和术语，关键是不应从"后"中看出末日感，不应对它心存恐惧，而应从它的身上看出破灭后重建的新希望。

具体到文学领域而言，我们也可以将我们所处的时代暂时命名为"后文学时代"。这样命名所隐含的前提自然是曾经有过一个辉煌的"文学时代"。比如中国的盛唐时代、欧洲的十九世纪就是这样一个大师辈出、名作纷呈的辉煌的文学时代。为什么欧洲十九世纪会出现这样一个辉煌的文学时代？特雷·伊格尔顿认为，"英国文学"这一学科之所以能在十九世纪兴起、得到普遍确认并取得很大发展，是因为宗教的衰落

---

① 理查德·罗蒂：《后哲学文化》，黄勇译，上海译文出版社，1992年版，第14、15页。

使统治阶级失去了自己的统治话语,当社会失去原有的有效主导话语方式后,文学便成了这一失去的话语方式的替代品。① 现在,文学所充当的替代性话语的使命已经基本结束,随着现代社会的急遽转型,我们已经不知不觉地进入了一个"后文学时代",新的话语方式已经不知不觉地取代了文学的位置。后文学时代的一个主要特征是,文学开始失去艺术宠儿的位置。一个主要的原因是,非文字艺术形式在整个艺术门类中所占比例越来越大,文类的变化导致人们的阅读方式,甚至欣赏趣味的变化。在传统的文学形式中,叙事层面无疑占有不可动摇的中心地位,目的是通过叙事过程最终导引出一个显在或潜在的"意义"。而一些新兴的文化形态却取消了对于意义的神圣追求。比如在艺术广告和音乐电视这些新的艺术形式中,叙事、结构、意义不再是首先关注的对象,它们首先诉诸的是一连串梦幻般的影像和音响信息,文字已由中心被放逐到边缘的位置。观众在声与象不断重复、交错、快速切换的轰炸下俯首帖耳,几乎完全丧失了思考的能力。其结果是人们对文字这种书写方式的感受性和感受力愈来愈迟钝,读者对文字媒介的激情开始减退和衰竭,书香再也难以引起曾经给我们带来无比激动和愉悦的那种美妙感觉。

这一文化时期一个重要的特征是文化发展的共时轴与历时轴出现严重的倾斜和不平衡,历时轴萎缩,共时轴取得优势地位。历时轴的萎缩导致历史深度感的丧失,历史深度一旦被消解,剩下的就只是众多平面的堆积和拼贴。共时轴取得优势导致文化的"共时"发展趋势越来越强,文化间的横向交流比纵向继承更加频繁,世界文化生产与消费的空间越来越一体化,正如法国社会学家皮埃尔·布尔迪厄(Pierre Bourdieu)所言,世界各民族的文化越来越被纳入一个共同的"文化生产场"中。② 在这样一个共时化的文化生产场中,不同民族文化之间的"共时认同"将会比同一文化中传统文化与现代文化之间的"历时认同"更为容易。当代不同国家和民族中文学现象的发生和发展都已融入了普遍的跨文化的因素,与世界文学的整体发展越来越密切相关,中国当代

---

① 参见特雷·伊格尔顿:《二十世纪西方文学理论》第一章"英国文学的兴起",伍晓明译,陕西师范大学出版社,1986年版。

② 关于"文化生产场"这一概念,参见皮埃尔·布尔迪厄:《文化生产场》(Pierre Bourdieu, *The Field of Cultural Production: Essays on Art and Literature*. ed., Randal Johnson. Cambridge: Polity Press. 1993)。

文学从意识流、寻根到新写实、新状态的发展都有着极明显的海外的诱因，这是一个不容辩驳的事实。这导致旧的理论范式与新的文化事实之间出现很大的错位和落差，这一错位和落差使传统的以民族文学为中心的研究格局已不能适应时代的需求，单一的国别文学研究难以很好地回答当代文学所面临的许多复杂问题。我们需要一个广阔的跨文化的研究视野，而以跨文化和跨学科为基本特征的比较文学正是提供这种广阔视野的有效途径。进入二十世纪九十年代，关于比较文学"消亡"之类的说法，对于比较文学学科地位的质疑基本上已销声匿迹。比较文学学科的体制化和研究队伍的专业化、研究方法的规范化，标志着这一学科与以往相比是更加成熟了。但这并不意味着它的学科定位的问题已得到彻底的解决。目前的历史文化语境既对比较文学的学科身份提出了强烈的挑战，也为其获得新的发展和突破提供了极好的机遇。在机遇和挑战并存的情况下，比较文学学科定位这一与比较文学的产生和发展时刻相伴的问题，就更加急迫地摆到了中国比较文学研究者的面前。

三、发展与定位的原则：动态平衡

发展离不开定位，定位的目的是为了更好地发展。为了使比较文学健康地向前发展，我们必须对其进行定位，调整其与其他人文学科、社会科学乃至自然科学的关系。定位又是发展中的定位，它并非定于某个固定不变的僵化教条，而必须根据学科发展的新需要，在发展的每一阶段都重新思考并调整自身的学科位置。因此发展是定位中的发展，定位是发展中的定位，定位与发展的关系是相互制约、相互促进的关系。

"发展"是一个具有很强的时间性和方向性的概念，它意味着向某个终极的、永恒的目标不断接近和靠拢。发展的概念由于这种强烈的价值判断性而隐含着一个危险：我们在论说发展时往往先假定一个判断标准，然后把研究对象与此标准相比较，看它与此假定的目标在方向上是否一致，在时间上是否对以前有所超越。然而，我们都清楚地知道，判断标准的不同会使得出的结论迥异。这一危险促使我们进一步思考：应该有什么样的标准，这一判断标准是如何形成的？比较文学的发展除了必须考虑判断标准问题之外，还因其学科性质具有很大的特殊性：比较文学的发展是通过多种文学体系的相互接触和相互作用而进行的，这使我们的问题不仅具有上述历时判断的纵向维度，又增加了共时沟通的横向维度。具体到我们的话题而言，问题是：在比较文学的历时发展中，如何处理两种或多种相互异质的文学体系相互接触、相互理解、相互沟通过程中所产生的共时层面的关系？

学术发展相对于社会发展有自己的特殊性。在描述社会发展时，我们习惯于用"进步"这个词，或者是更中性的"进化"。而在描述学术形态的发展时，进步或进化都不是最合适的词。学术形态的发展更多地表现为一种"当下化"的努力，一种研究范式的现代"转型"。转型不是摧毁，不是扬弃，不是像进化那样意味着新的范式对旧的范式的取代，而是研究重心的转移，思考问题的方向的改变。古典意义上一门学科的确立意味着这门学科的基本原理必须具有普遍有效性，必须放之四海而皆准。然而，这一古典意义上的"学"的概念在现代被重新思考，发生了根本性的转变。比如在自然科学领域，爱因斯坦的相对论否定了牛顿，弗洛伊德的精神分析学揭示了与一般意识规律不同的无意识方式。这一观念上的转型导致古典意义上逻辑严整、自成体系的"学"的绝对真理性和普遍有效性成了问题。越来越多的现代学者认识到，一门学科的理论并非现实世界的唯一真理，并非对现实的唯一解释，而是人在实践中创造出来用以说明世界和解释世界的一套"范式"（paradigm）。作为范式的理论不是对现实的唯一解释，同一现实可以用不同的范式来说明，它的定义不是普遍有效的，而是有范围的，超过范围就会失效；也不是永恒如一的，而是根据新的发展在不断发生变化。比较思潮的兴起，比较文学的产生和发展，从理论根源上说即与学术思潮、学术研究范式的这一现代转型密切相关。跨文化的接触使人们对在一种文化体系内产生的理论的普遍有效性、对它的普遍解释力产生怀疑，理论在跨文化接触中出现"放大失效"的现象。比如用西方的悲剧理论、摹仿再现理论来解释中国戏剧就会出现力不从心或方枘圆凿之感，中国的艺术理论也往往面临着相同的处境。这自然引起人们进一步思考：有没有普遍有效的理论？要不要去寻找理论的普遍有效性？如果需要的话，应该用什么样的方式去寻找？值得注意的是，比较文学并没有因为理论的这种放大失效而否定对普遍性的追求，相反地，比较文学所具有的跨文化与跨学科的视野本身就内在地隐含着寻找普遍性的理论冲动。关键在于寻找方式的变化。古典的对普遍性的追寻表现为一种具有本质主义色彩的对某种绝对本质的寻求，过于强调本质的客观性和绝对性，而忽视了主体与本质之间的关系。现代精神认为，人之所以能发现公理、定义、规律等本质性的东西，一方面固然在于事物自身的性质,但更重要的是主体寻找的过程。自然的面貌、事物的本质与作为主体的人寻找的方式、与人的实验设计分不开,用现代自然科学家的话来说,人怎么提问,自然就怎么回答。按照从爱因斯坦、伽达默尔到德里达这些现代思想家所共同表达出来的现代精神,事物并不存在一个最后的本质,事物显现为一个什么样的面貌,在于你在一个什么样的语境中去观察,在于你把它引入一个什么样的参照系,一个什么样的先在视域。这是现代精神的一个基本假定。① 在现代精神中产生并发展的比较文学,从根本上说,即是一种引入新的参照系、新的语境、新的视域的学科。通过新参照系的引入,可以让我们观察到在原有文学体系里难以显现出来的新的特点和性质。这是我们在描述比较文学的发展模式前,必须首先说明的前提。

我们应该不断引入新的参照系,但又不能停留于某一特定的参照系,而应该不断进行自我否定,不断对原有的参照系进行更新和改进。人类经验和认识产生和发展的过程本质上就是这样一个自我否定的过程。② 这种否定包括两个方面。首先,要维持经验和认识的同一性,必须对与原有经验和认识相违背的东西进行否定;其次,只有通过与原有经验与认识不同的新的经验与认识的加入,原有的经验与认识才能更新,才能获得发展,因此新经验加入的过程同时也是一个对旧有经验进行否定的过程。传统只是我们曾经经验过的东西的遗留物,必须有否定性的经验加入、与其相抗,传统才能获得新生的可能性。更极端一点说,人只有通过灾难才变得更聪明。所谓灾难这里可以理解为由于某种全新的、异质的、否定性的经验的加入而以一种极端的方式呈现出来的新经验。西方理论为什么那么富于创造力,为什么一个又一个新理论不断被发明又不断被修正和否定?关键在于其内部有这种不断质疑、不断否定的批判机制。二十世纪西方诗学的发展可以很好地证明这一点。

比较文学的发展,也必须以此否定性的方式进行。只有不断反思、不断否定错误的东西,才能使其保持发展的活力,保持发展的内在平衡。我们用"动态平衡"来描述比较文学发展的基本模式,这一以不断

---

① 关于比较思潮的兴起与现代学术转型的关系,参见张法:《中西美学与文化精神》,北京大学出版社,1994年版,第1—5页。

② 参见伽达默尔:《真理与方法》(上),洪汉鼎译,上海译文出版社,1992年版,第453—459页。

否定和不断创新为其内核的动态平衡原则表现在两个方面。从共时的层面而言，所谓动态平衡是指比较文学的发展应保持自己独特的学科身份，与其他人文学科、社会科学乃至自然科学的发展保持一种动态的张力关系，根据其他学科和整个社会发展的需要随时调整不相适应的地方。从历时的层面而言，是指与以前的学科发展保持一种稳中有变的关系，既要不断超越自己，又要保持发展的稳定性。这两方面都体现在经典性与前卫性、稳定性与开放性之间的动态关系之中。

比较文学自其诞生之日起，就采取一种具有强烈前卫性的学科姿态。法国学者把文学史放到整个世界文学发展的大背景中去研究的做法打破了孤立研究一国文学的局面。美国学派兴起后，又大胆吸收像新批评、结构主义、符号学、接受美学等新的理论和方法，使比较文学的研究领域进一步拓宽。在新历史主义、女性主义、后殖民主义等理论兴起之后，比较文学又敏锐地意识到这些理论对自身学科发展的重要意义，大胆地加以借鉴。这种先锋与前卫的姿态使学科充满创新的活力，能够抓住当代富于创造力的理论冲动，从而不断丰富自身，发展自身。这是比较文学学科最突出的一个特点，也是其精髓和本质所在。另一方面，尽管比较文学在中国仍被许多人视为"新学科"，但它在西方已经有了一百多年的学科发展历史，已经在大学教学和研究中确立了永久性的稳定地位，成为一个具有经典意义的学院学科。随着学科建制的逐渐完善和稳固，"经典性"逐渐在学科中积淀下来并被强化。这使比较文学的发展又可能面临着另一种危险：由先锋转向保守、由"前卫"转向"后卫"的危险。如果一味固守自己熟悉的研究套路和信条，把与自己的思路和方法不合的做法统统排除在学科之外，会使学科的发展逐渐失去内在的动力。比如，在比较文学发展历史上一直根深蒂固、至今虽受到一定的冲击但在实际研究中并没有明显改观的西方中心论，就可能因为顽固地将潜含丰富可能性的东方文学排斥在一个先在的"理想国"之外而使比较文学这一充满生机与活力的学科失去发展的动态机制。因此，如何处理好学科的经典性与前卫性之间的张力关系，对比较文学学科发展与定位而言实在是一个至关重要的问题。

稳定性与开放性之间的张力关系实际上是经典性与前卫性之间的张力关系的另一种表现形式。所谓稳定性，是指学科发展必须保持一个稳定的内核；所谓开放性，是指学科发展必须不断向新的可能性开放。稳定并非维持现状，稳定与保守具有本质的区别。稳定是动态的稳定，是与周围环境处于积极、动态的交换关系之中的稳定,是一种"以守为进"的稳定。如果不容许任何新的东西,一味守成,则不仅不会发展,反而会导致后退,致使求稳的愿望落空。开放是在将已经吸纳的东西成功地转化为自身的一部分之后的新的吸取,它不是不顾一切地拼命向外扩展。开放如果不建立在稳定的基础上,如果没有一个稳定的内核,则会像寓言中掰玉米的猴子一样顾此而失彼。

稳定性与开放性之间的关系可以进一步转化为坚持传统与力求新变之间的关系。中国文化是一个重视传统继承的文化,但中国文化中同样到处充满着对新变的渴求。中国文化原典将新变放在非常重要的位置,认为只有时刻创新,才能带来更大的发展和更进一步的创新。"日新之谓盛德"(《周易·系辞上》),"苟日新,日日新,又日新"(《大学》),就是对这一创新要求的典型表达。比较文学学科的天性,与中国文化中这种力求新变的精神相合。由于比较文学研究涉及不同的文化,不同的语言,不同的学科,因而任何一个文化、任何一个学科中发生的革命性变化,都必然会牵动比较文学自身的变革。比较文学要想获得发展,必须主动地去借鉴其他文化以及相关学科新的发展。坚持传统与力求新变之间并不矛盾,二者是动态的统一。要想获得新的发展,必须以传统的理论资源和学术资源作为依托,正如刘勰所言,要想"酌于新声",必须"资于故实"(《文心雕龙·通变》)。不过,我们应该重新理解"传统"这一概念。传统并非一成不变,而是在不断流动,不断积淀,不断生成,不断更新。传统也不是某种对象化的他性存在,它是我们自身的一部分,从某种意义上说,它就是我们自身。[①] 坚持传统与力求创新之间的关系应该走出那种静止的"二元对立"模式,在以前的时间中积淀下来的东西必须在时间的新的流逝中与新的东西一起创造新的价值。坚持传统并不意味着保守。将传统一律视为保守,是特定历史时期一种特定的话语策略,比如中国五四新文化时期之所以激烈地反传统,是因为新文化运动的先驱者们感到因袭的传统重负对建立现代新文化的消极作用,为了激起全民族创新的热情而不得不采取的一种临时策略。比较文学必须始终保持一个开放的、充满弹性的、动态的学科框架,比较文学的发展必须与其所处的历史文化语境之间始终保持一种相互作用、相互

---

① 关于传统与创新之间的辩证关系,可参见伽达默尔:《真理与方法》(上),洪汉鼎译,上海译文出版社,1992年版,第359—365页。

塑造的张力关系，这样才能既保持其理论和方法的稳定性，又不失去新变的能力。

这种在坚持传统与力求新变、稳定与开放、前卫与后卫之间张力作用下不断向前发展的学科特征，正是比较文学学科的区别性特征，这一点从比较文学学科产生和发展的历史中可以得到证明。自从民族文学这一概念在欧洲确立以来，以民族性观念为基础对一国作家、作品进行研究，便成为文学史经典和正统的研究方法。到了十九世纪，在浪漫主义思潮的影响下，文学史家显示出一种崭新的意识，他们开始认识到任何文学作品都不是孤立的，如果把它从所属的整体中孤立出来，就不可能对它做深入的理解和评价。基于这样的认识，文学史家开始超越国家界限去研究文学现象。比较文学也就从文学史中分离出来，由文学史的附庸而成为文学研究一个独立的分支学科。比较文学的发展过程同样表明，它的发展是以不断开放，不断超越为特征的，首先是超越语言界限，然后是学科界限和文化界限。值得一提的是，国际比较文学界越来越意识到过去把比较文学局限在欧美的狭隘性，认识到把比较文学扩展到非欧洲文化体系的必要性和重要性。孟而康在指出将比较文学研究的视野局限在欧洲文化体系内所具有的弊病时，反问道：

我们的"比较文学"为什么就该缺乏一种东半球和南半球的视野呢？[①]

这一反问代表着欧美一些研究者正在主动寻求一种更广阔、更开放的视野。而东半球和南半球比较文学迅速发展的事实又很好地回应了欧美学者的这一寻求。由于双方都有这样的愿望，比较文学在全球范围内更大的发展就不再是一个梦想，而已经成为事实。可以说，比较文学在具有悠久文明历史和文化传统的东方中国的崛起，是二十世纪末世界文学研究场景中最值得注意、最激动人心的事件之一。不过，我们既要看到这一发展的趋势，同时对于中国比较文学的产生、复兴和飞速发展，也需要一种批评意识与自我反省意识。因为比较文学的开放性和超越性并非漫无目的，而应受到学科内在特性的制约。当学科建设已基本完成，研

[①] 厄尔·迈纳（孟而康）：《比较诗学：文学理论的跨文化研究札记》，王宇根、宋伟杰等译，中央编译出版社，1998年版，第28页。

究逐渐走向深入时，更应对发展和定位的动态平衡保持清醒的意识。《文心雕龙·通变》所说的"斟酌乎质文之间，而櫽括乎雅俗之际，可与言通变矣"，"名理有常，体必资于故实；通变无方，数必酌于新声；故能骋无穷之路，饮不竭之源"，在我们思考学科定位和发展的动态平衡关系时，也许能给我们提供有益的启示。

思考题

1. 简述比较文学学科产生的历史条件。
2. 比较文学学科的建立有什么学理依据？
3. 请解释比较文学意义上的"比较"的内涵是什么。
4. 什么是比较文学学科定位的发展与定位的动态平衡？

第三章
方法论：对话与问题意识

第一节 文学对话与比较文学方法论

一、文学对话与比较文学的方法论基点

比较文学一个世纪的发展历程表明，它是一个历史研究和理论研究兼重的现代学科。不同文化之间的文学关联以及跨文化文学现象、思潮与观念的传播、交流和对话，成为比较文学学科所关心的中心问题。在这个过程中，比较文学形成了自身的方法论与不断变化发展的研究范式。

我们从文化对话特别是文学对话的角度，来考察比较文学的方法论基点和研究范式，首先是基于世界比较文学发展的历史事实——这在上一章里已经有所论述。因为，文学研究跨越文化边界和民族界限，已经是不可忽视的发展趋势，比较文学的研究方法与范式，无疑也必须适应这一变化；而且，今天更加需要我们重视的问题是，比较文学已经不再如它一百年前诞生时那样，主要是西方文化系统内的事情。近几十年来，特别是自本世纪八十年代以来，亚、非、拉等第三世界比较文学已经有了长足的发展，东西方之间的对话、南北之间的对话，不仅是政治与经济等领域的问题，而且在文学领域也会有生动的体现。对此，不少有识之士都有论述，比如早在 1985 年国际比较文学协会的巴黎年会上，美国学者艾金伯勒就曾以《比较文学在中国的复兴》为题，发表了他在国际会议上的最后一次带有总结性的演讲，认为需要弥补东方文学研究不足而造成的整个文学"岩系"的断层，而中国比较文学八十年代以来的复兴，也为东西方文学的对话准备了一定的条件。1993 年，美国比较文学学会在对美国比较文学十年发展所作的总结报告中则强调，比较

学者应该对所有民族之间的巨大差异保持敏锐的体察,因为正是这种差异为比较研究和批评理论提供了基础。[①]

其次,从对话的角度来重新反观比较文学的方法论基点,不仅意味着我们必须关心世界文学研究格局所发生的根本变化,同时也要对比较文学既有的方法论与研究范式进行反思和清理。就是说,必须在文化对话与文学对话的前提下重新审视既有方法论所面临的问题。换言之,我们既要重新估价某些将文学研究变成"文学贸易关系"的所谓"影响研究"的方法论指向,重新估价其中的欧洲中心主义或殖民主义"潜台词";同时,也要再度审视某种将比较研究简单化乃至庸俗化的所谓"平行研究"的方法论立场,诸如某些生硬的"X与Y"模式等,以免造成人们对比较文学的误解。还需要提到的是,从清理以往的方法论基点所面临的问题这个角度来说,无论是重视事实联系的实证主义的方法论,还是重视逻辑联系的非实证主义方法论,尽管都有其合理性,但是,二者在理论指向上,都不同程度地忽视了建立比较文学意义上事实或逻辑联系的最终目的,而将联系——具体或抽象的联系——变成了目的本身,有时甚至将手段变成了目的。

因此,其三,从文学对话这个独特的角度来考察比较文学的方法论,也蕴涵着这样一层意思,那就是,比较文学的未来发展也需要建立在对话的基础之上。我们必须清醒地看到文学对话的实现,在目前还是一个未能完全实现的希望。因为,比较文学研究的最终目的,不仅是要清楚而准确地揭示国别文学之间的历史联系,不仅是要认识到不同文化背景之间文学现象的共同特性,而且,要在文化系统之间、文学传统之间建立一种真正平等与有效的对话关系,为人类的交流与合作,也为文化间的互补、互识、互鉴做出应有的努力与贡献。文学对话,作为一种理论界定,不仅具有其现实的针对性,同时也是对比较文学未来发展从方法论角度所作的一种前瞻甚至是假定。

正是基于上述我们对比较文学研究历史的回顾和发展前景的展望,我们提出了文学对话这个比较文学的方法论基础。如果说,过去这个提法,其存在可能性还存在一些疑问的话,那么,可以说今天它已经开始

[①] 参见查尔斯·伯恩海默编:《多元文化时代的比较文学》(Charles Bernheimer, ed., *Comparative Literature in the Age of Multiculturalism*. Baltimore and London: The Johns Hopkins University Press, 1995),第39—47页。

为更多的人所认识乃至认同了。意大利比较文学研究者、罗马知识大学教授阿尔蒙多·尼兹的观点或许具有一定的代表性，他说：

> 在这个世界里，前殖民者应学会和前被殖民者一起生活、共存……只有通过比较倾听他人，以他人的视角看自己之后……我们最终才会向他人，也向我们自己学习那些我们永远不能通过别的方法发展的东西。如今，这一切无须离家就可以实现，因为其他人已前来与我们相会。他们的目的不是武力征服，或以文化优越性压人一头，而是希望平等尊严地生活在我们当中。[①]

从一定意义上说，提出文学对话命题，正是为了适应多元文化时期比较文学发展的新形势。而从方法论上说，也要在总结既有研究成果的基础上，有所延伸、发展和提高。归根结底，无论是文学现象之间的事实联系，还是文学观念之间平行存在的逻辑联系，或者不同文学理论之间的互相阐释，其实都是文学对话的有机组成部分，或者，我们可以将之看作文学对话的不同方式亦无不可。这些对话的方式，有理论出发点和操作方法的不同，而没有高低优劣之分。而且，这些方法是可以有时甚至是必须加以交叉使用的。

比较文学学科的存在前提，正是建立在不同文学传统之间的对话基础之上，比较文学的方法论基点，也正在于通过比较研究，考察乃至建立不同文学传统之间的联系——无论是历史的联系还是逻辑的联系，从而达成交流和对话的目的。这是比较文学学科发展的要求，同时也是世界文学发展的内在要求。无论是法国学派、美国学派还是近年来有人提出的中国学派，说到底，实际上提供的都是比较文学研究的一个角度或进入问题的方式，而不就是比较文学唯一可取的方法论前提。比较不是理由，比较中达成直接或间接的对话并且通过对话产生互补、互识、互鉴的成果，才是比较文学题中应有之义。因为，异文化文学之间的交流、沟通与比较，其目的不仅仅是为了记录历史事实，也不仅仅是为了罗列不同文学观念的清单，而应该具有明确的指向性——达成不同文化与不同文学之间的互相确认、互相了解、互相借鉴、互相补充，从不同

---

① 阿尔蒙多·尼兹：《作为"非殖民化"学科的比较文学》，罗湉译，见《中国比较文学通讯》，1996年第一期，第5页。

的文化背景出发面对人类所关心的共同问题。这不仅是世界文学发展的内在驱动,同时也是世界文化发展的内在驱动。进而言之,从历史角度回溯国际文学关系发展的历程,或者从文学理论发展所提供的可能性出发来关心世界文学发展所面临的带普遍性的问题,以及对这些问题的不同解读与回应依然是我们切入比较文学研究的重要方法。但是,从方法论意义上来说,比较文学研究更应该被视为文化对话的一种重要方式。我们必须自觉意识到这一点,才能够真正对比较文学的理论基点有一个新的认识。

所谓文化对话,如果从巴赫金(Mikhail Bakhtin)的对话诗学观点来看,无疑是与"独白话语"相对的。巴赫金认为,一般说来,文化在定型的时期,基本上由统一的"独白话语"所支配,而转型时期的标志,就是"独白话语"的中心地位的解体和语言杂多(heteroglossia)局面的鼎盛。从这种观点出发,各类语言和文化在转型时期只有通过互相对话与交流,才能同时共存。如果说比较文学发展的历史,从一定意义上看,带有欧洲中心主义"独白话语"的强烈印记的话,那么,第三世界的觉醒与东方文学的自觉等等因素,则无疑构成了全球化格局中文化转型的特征。文化多元格局已经是无法回避的事实。也无可否认,这确实是一个语言杂多的时代。

那么,在这样的时代,如何才能实现有效的真正意义上的对话呢?比较文学的对话究竟怎样才是可能的呢?巴赫金说,对话不仅是一种言语行为,而且与构成话语的社会文化因素有很大的关系。他认为,对话的含义取决于下列三个因素,即,"一、对话者共同的空间(可见视域的统一);二、对话者的共识和对情景的理解;三、两者对情景的共同评价。"[①] 巴赫金是就具体的日常交往中所发生的对话现象来讨论上述问题的。移之来讨论跨文化文学对话的问题,对我们具有启发意义的是,分析对话的语境是不可忽视的方面。就是说,我们更多的不仅是要关心作为对话前提的"共见"、"共识"与"共同评价"等共同语境,而且更要结合比较文学发展中所面临的不同问题,来分析影响对话的各种可能因素。

---

① 巴赫金:《弗洛伊德主义:一种马克思主义的批评》(M. M Bakhtin et al, trans. I. R. Titunik, *Freudianism: A Marxist Critique*, New York: Academic Press, 1976),"附录",第99页。

基于上述认识,下面我们分别从比较文学方法论对中国文学研究的意义,以及这种方法论所面对的当代跨文化问题这两个方面,做进一步的分析。简单说来,前一个问题更多涉及文学对话的国内语境,后一个则主要涉及其国际语境。无疑,这二者是互相联系、互相作用的。

二、文学对话与文学研究的跨文化视野

我们提出的文学对话,当然是有中国文学所参加的对话。而中国文学研究的跨文化视野问题,之所以在这里成为一个重要的问题点,是因为文学对话的前提是国别文学研究的国际眼光。换言之,对话的比较文学方法论将我们置于与世界主动对话的理论前提之中。因为,以这样的方法论来考察任何问题,中国文学再也不是孤立的现象,永远有一个可见或不可见的"他者",成为中国文学的对话者。中国文学成为世界文学不可缺少的一部分,认识中国文学的发展也离不开他者的对照性存在所构成的参照系。杨周翰的下面这段话,至今发人深省:

> 我想比较文学能起到的作用大致有两个方面。一是对文学史起的作用。一个民族的文学不可能在完全封闭状态中发展,往往要受到外国文学的影响。因此,要说清楚本国文学的发展,不可能不涉及外国文学。同时,为了说明本国文学的特点,也须要同外国文学对比,这种对比不一定是明比,而是意识到本国文学和外国文学的不同之处。第二,比较文学的目的还在于通过不同民族文学的比较研究来探讨一些普遍的文学理论问题。这两个目的都是一国文学的内部比较所无法达到的。①

这一段话,在很大意义上反映了比较文学在开放后的中国复兴之后,一些比较学者对比较文学地位和作用的清醒理解。同时,我们今天来进一步分析杨周翰所提出的比较文学研究的两个目的,其中所包含的国际眼光和对话意识也是非常清楚的。民族文学的发展,不可能永远在一个封闭的文化传统和文化系统中进行,一个民族的文学与他民族文学的交流,在信息社会中已经是不可回避的现实。即使是那些没有直接与外来文化发生联系的古典文学,也可以在跨文化的背景中以现代的眼光加以

---

① 杨周翰:《镜子与七巧板》,中国社会科学出版社,1990年版,第3页。

重新认识。因为这些作品中所包含的一些带有普遍性的问题，像杨周翰所说的那样，是在一国文学内部不能真正弄清楚的。何况，我们今天对古典的任何解释已经无可避免地带上了现代的色彩乃至异文化的视角。因为正如德国哲学家伽达默尔所说，对历史与历史文本的认识是一个当前视野与过去视野相"融合"的过程：

> 确实，当前的视域被认为处于不断的形成之中，因为我们必须不断检验我们的偏见。在这种检验中，同过去的接触以及对我们从中而来的传统的理解并不是最后的因素。因此，当前视域的形成决不可能离开过去。几乎不可能存在一种自在的当前视域，正如不可能有我们必须获得的历史视域一样。毋宁说，理解活动总是这些被设定为自身中的存在的视域的融合过程……在对传统的研究中，这种融合不断在出现。因此，新的视域和旧的视域不断地在活生生的价值中汇合在一起，这两者中的任何一个都不可能被明确地去除掉。①

同一文化系统内部的理解和对话是如此，不同文化传统之间的对话又何尝不是这样呢？进一步说，中国文学与西方文学或者其他东方文学之间的对话，也正是一种视域融合的过程。也就是说，不仅在传统的研究中，理解活动是互相融合的过程，而且，在跨文化的研究中也存在着这样的互相交融的可能性。两者中任何一个都是不可忽视的因素，都不能被"明确地去除掉"。中国文学发展与中国文学研究的事实已经向我们证明了这一点。对《文心雕龙》文艺思想的深入认识，离不开对其中释家与儒家、道家思想的综合分析；②对二十世纪中国现代主义诗歌的分析，也离不开对法国象征主义的再认识；③而当代作家从王蒙到王安忆直到余华等人的写作，其中的外国文学与文化因子更是值得重视。

从另一个意义上说，国外汉学对中国文学的研究，也是我们更好地体认和研究中国文学的重要借鉴。至少它为我们提供了中国文学在异文

---

① 伽达默尔：《真理与方法》（Han-Georg Gadamer, *Wahrheit und Methode*. Tue—bingen: 1960)，第289页。

② 参见王元化：《文心雕龙创作论》，上海古籍出版社，1979年版。

③ 参见王佐良：《论契合——比较文学研究集》，外语教学与研究出版社，1985年英文版，第56—88页。

化背景中产生的图景。事实上，一些汉学家的研究也具有了比较文学的视野，例如美国汉学家宇文所安对中国古代文学中追忆主题的研究，德国汉学家顾彬（Wolfgang Kubin）对中国人的自然观的研究等等都是如此。而国际比较文学界的一些知名学者对东方文学与中国文化和中国文学的关注，近年来也已经成为我们研究中国文学的一个很值得重视的参照系。例如法国的艾田伯八十年代完成的《中国的欧洲》；国际比较文学学会前会长孟而康九十年代所著的《比较诗学——文学理论的跨文化研究札记》等等都是值得重视的研究成果。

中国文学不仅受到外国文学的影响，它对外国文化的影响在许多时候也是深远和重大的。中国文学在东亚文化圈（汉文化圈）中的传播，中国文学对日本文学、朝鲜文学等等异国文学的影响，早已是大家所熟悉的文化传播的事实。而中国文学和文化对启蒙时期的欧洲文学乃至整个思想史的影响，以及欧洲启蒙思想转而对二十世纪中国的影响，则是至今值得注意的比较文学的课题，也是中国文学研究所不应该忽视的因素。所有这些，都提示我们必须打破既有的文化与思维的限制和圈子，才能对中国文学本身有一个深入的全面的认识。所谓的文学对话也只有在全面而充分地了解自身文学传统并自觉把国别文学放到国际的语境中来加以考察，才能真正实现。从这个意义上说，对话的比较文学观，就是重视和强调中国文学的发生与发展的世界文学因素，就是重视和研究中国文学对世界文学的发生和发展所具有的作用。因为中国文学不是一个封闭的系统而本身就是一个开放的世界。

进而言之，我们所说的文化与文学，尽管从文本形态来说是已经铸就了的、似乎不再改变的"文化的陈迹或沉积"，但是从永不停息的时间长河的流淌来说，我们又不能不看到今天对任何既成事实的解释与理解，正像伽达默尔所说的那样是带有今人的"偏见"的。也就是说，文学的传统不仅是一种"已成之物"，而且也是一种永远正在形成中的"将成之物"。显然，我们眼里的先秦、魏晋、盛唐与宋明已经不是历史本身的那个样子，我们今天思想中的屈原、李白、杜甫、关汉卿也甚至与顾炎武、王夫之们心目中的有很大的不同了。各种时代因素其中包括外来文学与文化思想的因素决定了我们的视域。一方面，我们无疑必须对自身的传统典籍与作品做细读式的研究；另一方面，我们也毫无疑问要关心当代背景可能给我们发展中的传统提供什么有益的滋养和可能的问题，特别是要注意外来文化在形成我们的传统中所发挥的积极和消极作用。这样做,不仅有利于在与外来文学的对比中进一步看清中国文学的特色,而且,也才能真正与别国文学进行对话和交流,在对话和交流中不断完善自身和发展自身。

总之,从跨文化的角度来研究中国文学以及中国文学在与世界文学的交流中所可能面临的共同问题,就是要充分认识到中国文学与世界文学的有机联系,而且要看到这种联系是对话式的,不是单向的或单声道的,而越来越会是一种多元的、多种声音的交响。可以说,中国文化与中国文学对人类的进步所发挥的作用,既体现在中国文学对异文化的成果吸收、消化与创造性转化过程中,也更体现在中国文化与文学与他者的对话与交流过程中。也就是说,中国文学要走向世界,要对世界发生应有的影响,不仅要在比较中充分认识自身,而且也要以更独立的姿态来吸收外来文化的成果,以更加开放的心态,努力使自身具备与异文化文学对话的能力与资源。既要了解民族文学与世界文学的多层次的丰富联系,也要确立这样一种观念:在世界文学的格局中,中国文学既不是外来文学资源的被动接受者,也不企图成为民族文学资源的单方面输出者,而是应该成为与世界兄弟民族对话的"伙伴"。只有互相了解才能真正走向对话,也只有通过对话才能互相达成了解。

三、文学对话的当代语境与问题意识

我们强调比较研究是一种对话的方式,或者比较的最终目的是为了平等、有效的对话,这就必然存在一个如何对话交流,用什么方式对话交流的问题。因为,要交流,首先要有交流的工具,也就是要有能互相沟通的话语。同时如前所说,要有双方都能认同和理解的一套言谈规则。

这样,外来话语与本土话语如何协调共存的问题就摆在了我们的面前。有人认为,我们不能用西方的那套话语来解释我们的传统和我们的现实,因为那些话语属于完全不同的文化背景,这样做会产生文化的断裂,我们文学传统中宝贵而独特的东西会因此而失去其应有的光辉。这种观点提醒我们,中国文学自有其不同于其他文学的方面,不可能以异文化的标准来笼统地衡量中国文学价值的高低,用所谓普遍性的理论来一言以蔽之。但是,这一观点也同时包含着无法回避的矛盾,甚至可能带有狭隘的民族主义的偏见。很显然,如果全然用本土文化的话语来与外来文化沟通,不仅不能被外来文化所理解,而且时至今日,在信息社会的现实面前，纯而又纯的本土文化事实上也已经很难找到。外来文化的因子已经在本土文化的发展过程中构成了其不可忽视的重要构成成分。人为地强调外来文化与本土文化的对立，实际上和天真地低估不同文化之间的差异同样是不能令人信服的。

从对话的话语选择这个角度来说，首先，像巴赫金所指出的那样，我们应该看到当代社会话语杂多的现实，从而接受多元文化对我们的挑战。因为，正如联合国教科文组织顾问、美国系统哲学家拉洛兹所说：

> 真正的创造性并不导致一致性。人们对过时的信念提出质疑，而科学、艺术和宗教则提供更深刻、更确当的价值观念，这并不意味着全世界的观念、价值观和世界观都必须是相同的。大转变及其多种分叉有许多方面，不同文化的人所信奉的许多不同的观点和观念只要互不对抗，就能使当代世界增添丰富性和活力。对于所有复杂的系统——自然生态、绘画的形式和颜色、交响乐的乐音等——以及全球人类活动和居住系统来说，多样性是必不可少的。二十一世纪在文化上可能是多样的，而且也是可行的。实际上，只有在文化上是多样的，才可能是可行的；一致性在人类领域可能像在自然领域里一样是极其有害的。①

文学无疑也是一个复杂的系统，甚至比一般的文化系统更加与一致性无缘，它更强调差异性，更加需要并包容不同的声音、不同的色彩与不同的风格。而在对话中，承认多元文化与多元话语共存的必要性与必然性还只是对话得以发生的最初步的前提。

其次，在多元话语并存的前提下，还要努力建立各种话语之间的平等关系，朝着自由交流的目标迈进，取消任何一种独断的话语霸权主宰一切的优先权。但是，这绝不意味着因噎废食，回到孤立的文化壁垒中去。因此，这里有两个问题值得注意。第一个问题是，应当避免简单地将一切西方话语都视为"文化帝国主义"的洪水猛兽，将整个西方思想和西方文学化减为铁板一块的概念性存在，从而制造本土主义和全球主义的人为对立。甚至以此为理论根据，过度强调西学东渐所可能带来的副作用，认为只有这样，才能保护所谓本土文化的纯粹性，才能获得对

---

① E. 拉洛兹：《决定命运的选择》，三联书店，1997年版，第121页。

话的平等权利。第二个问题是，在对话中同样不应该夸大本土文化与文学的优越性，以所谓本土主义或民族主义的立场来取代业已存在的"欧洲中心主义"或"西方中心主义"的旧模式。因为这样，只不过是将原有的二元对立的两个方面互相置换了一个位置而已，问题的根本并没有发生实质性的变化。

这就是说，平等的对话既不是取消差异性而追求一律，也不是以一种话语统治乃至取消另一种话语的行为。相反，从方法论上来说，所谓平等对话实际上意味着，承认文化选择、文化传播过程中误读、过度阐释以及其他变形在对话中存在的潜在可能性。甚至在看到其消极面的同时，承认所有这一些所可能产生的积极的作用。因此，从对话话语的选择所具有的方法论意义这个方面来说，我们还要注意第三个方面，那就是文化对话过程中话语之间的交错、互动与融合。

先说话语的交错。在对话的意义上来理解话语的共生现象，异文化的不同话语是交错出现的。也就是说，不同文化的语码之间，常常包含了异文化的因素，不同文化之间早已经有千丝万缕的联系，而随着整个现代性进程的展开，这种联系更加密切也更加深入了。文化的你中有我我中有你，必然带来文学上同样的依存关系。美国精神的代表人物之一，哲学家与作家爱默生，在对个人主义的反思中包含了与中国思想的对话；[①] 而意象派诗歌与中国诗歌的联系也是大家所熟悉的事实。这是从历时性的角度来看的。另一方面，从共时的角度来看，对话的话语是生成性的，人们在对话中互相达成理解，并以对方的存在为自身存在的前提，在对话中使各种问题的不同侧面在不同文化的背景中得以体现。而这就与不同话语之间的互动问题联系了起来。

所谓话语的互动，就是说，不仅异文化的话语共时或历时性地发生联系，而且它们之间还构成了交替的影响，不是单向而是双向的。例如，歌德受到过中国文化的影响，尽管他的了解是不够全面的，甚至是变形了的，但这种变形恰恰成为他们理解中国文化的前提，而本世纪上半叶中国知识界对这位伟大的德国作家的接受与再阐释，又将之置于现代中国的文化语境中，对浮士德精神作了中国化的审美阐释。中国文化曾经影响过歌德，而歌德又转而成为中国新文化的对话者，一面时代的镜子。这时，对话话语的复杂性就产生了，因为它既是自身的，同时又

---

① 参见钱满素：《爱默生和中国》，三联书店，1996年版。

在对方的文化场内发生了深刻的变化。既是自我，又具有他者的某些特征。

这样，我们就要涉及话语的交融问题。一方面，这种交融是以一种文化对另一种文化系统中的文学话语进行重新编码为前提的，本土文化的前结构对外来文化做了有意识或无意识的改造，在这个意义上说，本土话语总是将外来话语包容于自身之中；另一方面，之所以具有对话的可能，一个最根本的原因是，对话的参加者都面临着一些同样的问题，需要人们作出自己的回答，并以不同的回答拓展人类对这些问题的认识、体悟与思考：

> 从文学领域来看，由于人类具有大体相同的生命形式（男与女，老与幼，人与人，人与自然，人与命运等）和体验形式（欢乐与痛苦，喜庆与忧伤，分离与团聚，希望与绝望，爱恨，生死等），以表现人类生命与体验为主要内容的文学一定会面临许多同样的问题，如文学的"死亡意识"、"生态环境"、"人类末日"、"乌托邦现象"、"遁世思想"等。不同文化体系的人对这些不能不面对的共同问题，都会根据他们不同的历史经验、生活方式和思维方式作出自己的回答。这些回答回响着悠久的历史传统的回音，又同时受到当代人的取舍和诠释。只有通过这样的多种文化体系之间的对话，这些问题才能得到我们这一时代的最圆满的解答，并向未来开放回答这些问题的更广阔的前景。①

综上所述，将对话作为当代语境中比较文学的方法论基点，无非是要把比较文学研究的方法论问题从具体的操作层面上升到哲学层面，把问题所涉及的方面从研究的起点延伸到整个过程，从而使比较研究的目的更加明确，问题的指向更加确定，历史的维度更加突出。总之，是有意识地将比较研究视为跨文化的互动，而不是一种文化对另一种文化的单向传播，或一种理论观念对另一种理论观念的自我独白，乃至一种声音对另一种声音的话语霸权。下面我们从三个方面来进一步讨论与此有关的问题：一、文学对话中的历史联系；二、文学对话中的逻辑关联；三、文学对话的理论维度。

---

① 乐黛云：《比较文学的国际性与民族性》，见《中国比较文学》，1996年第四期，第8、9页。

第二节 文学对话中的历史联系

一、文化过滤与文学关系研究

无论从世界文学发展的历程，还是从比较文学的发展历史来看，文学对话首先是建立在具体的历史联系之上的。在一定文化框架中，寻求另一文化里自己所需要的东西，本身就是一种对话，一种自身文化与外来文化的对谈与比较。在对话中了解对方，也更加深入地在他者之镜中看清楚自身。没有跨文化文学之间的互相影响与接受，文学对话就不能发生，更无法深入。

也正是在这个意义上，文学影响与接受的过程，同时也是一个文化过滤的过程。因为所谓文化过滤，指的是根据自身文化积淀和文化传统对外来文化进行有意识的选择，分析，借鉴与重组。接受与影响中最重要的因素有时不一定是影响源本身，而恰恰是被影响者所处的环境及其时代的要求。所谓文学对话，其话题的选择，以及什么样的话题能够发生有意义的作用，可以说都与文化过滤息息相关。皮埃尔·布尔迪厄关于"文化习性"的观点，对此是一个很好的注脚：人们总是按自己的文化习性生活和做出选择的，文学命题也不例外。针对跨文化文学之间的影响与接受问题，美国学者约瑟夫·肖也这样说过：

> 直接的文学关系研究和文学借鉴的研究却仍然是文学学术研究的主要内容，任何新的文学研究的书目都可以表明，这类研究在比较文学中依然占有重要地位。被人认为可以取而代之的各种研究领域，无论是平行类同的研究，各种"流派"的研究，具体作品的艺术分析，或是各种主题及其在各个时代、各种文学中不同处理的研究等等，都不能取消直接文学关系这一项研究存在的理由。对一位作家进行认真的研究和分析，必须考察他的作品的各个组成部分，他们的含义与相互关系，他们是怎样提供给作家的，它们对于作家和他的作品有什么意义。[①]

[①] 约瑟夫·T. 肖：《文学借鉴与比较文学研究》，见张隆溪编：《比较文学译文集》，北京大学出版社，1982年版，第33、34页。

这就是说,"直接文学关系"的研究不仅是文学交流的首要前提,同时也是比较文学研究的"主要内容"之一。因此,尽管文学对话可以而且应该在多种层面上进行,但我们首先需要关心的是文学对话的历史维度,或影响研究的问题。这虽是一个传统的课题,却同样具有现实的意义。

影响研究作为比较文学的一种方法最早出现在法国。日本人大塚幸男在他所著的《比较文学原理》一书中对"影响"一词的来源作了以下描述:

> 根据《小罗伯尔》辞典以及《法语大拉罗斯》辞书所释,具有影响含义的英文和法文 influence(德语是 Influenz)是由中世纪拉丁语 influentia 衍化而来的,因而在原本意义上,它包含有"主宰人类命运的天体之力"的意思。这种"力",具有"神秘"的本质。而且,这一名词是由古典拉丁语的动词 influere(流向、流出的意思)演变而成的,后转义为"主宰他者的精神的、理智的力量",被"法国文艺对外国的影响(influence)"这样的文艺批评所采用。①

确实,从"影响"一词的词源学意义上来理解比较文学这一传统的研究方法,很容易把影响研究看成一种力量对一种力量的"主宰",一国文学对另一国文学的"单向流动"过程,或者一个作家对另一个作家所发挥的"神力",似乎文学发展的历史,是由一些宗主国向殖民地输出思想与技巧乃至新的语汇的历史。可幸的是,比较文学本身的发展并不是追寻这一词义本原的过程,人们的认识水平大大超出了其固有的规定性。乌尔利希·韦斯坦因在《比较文学与文学理论》一书中对影响研究作了很有意义的概括,他说:

> "影响"应该被认为是比较文学研究中十分关键的一个概念,

---

① 大塚幸男:《比较文学原理》,陈秋峰等译,陕西人民出版社,1985 年版,第 22、23 页。《简明牛津辞典》(*Concise Oxford English Dictionary*)对"影响"一词做了这样的解释:"人的行为或事物作用于另外的人或事物,只有从其效果中才能被觉察"(Action of person or thing on or upon another, perceptible only in its effects)。

因为它把两个有所区别的,因而也是可资比较的实体放在一起:发生影响的作品和影响所及的作品。这里,有一点无须强调就可以明白,正如韦勒克指出的,在一个民族文学范围内的影响研究和超越语言界限的两种文学之间的影响研究,并没有本质和方法上的不同。二者之间的区别仅仅在于,后者所考察的是用两种不同的语言所写的作品,因此,迫切需要对语言障碍作出解释。①

我们这里所说的影响也是特指跨文化的影响而言的,并且是和模仿相对的概念,因为"在大多数情况下,影响都不是直接的借出与借入,逐字逐句模仿的例子可以说是少之又少,绝大多数影响在某种程度上都表现为创造性的转变"②。而模仿则是"指一个作家最大限度地放弃自己的个性去依从另一个作家的路径"。③

而另一位法国学者朗松则对外国影响问题作了进一步的探讨,他涉及的问题仍以法国为中心,但对我们理解影响的内涵应该说是有助益的。他认为外国影响有以下四种:

(1) 法国人接受外国的观念:
    a. 对时事政治的关心;
    b. 因对古代政治的关心所产生的称之为"遗传"的感情;
    c. 社会的、商业的、社交的关系;
    d. 对法国民众的历史知识的影响;
    e. 有关该国的文学知识(但处在实际上尚未阅读文学作品的阶段);
(2) 因外国书籍的实际普及而获得的知识——然而知识未必就意味着影响;
(3) 从外国文学中获得灵感,对外国文学的改写和模仿——这仍然不能称之为"影响",我们即使借取某种外国文学题材,却无以把握其精髓。在决定"影响"上有着深刻意义并成为决定

---

① 乌尔利希·韦斯坦因:《比较文学与文学理论》,刘象愚译,辽宁人民出版社,1987年版,第27页。
② 乌尔利希·韦斯坦因:《比较文学与文学理论》,第29页。
③ 乐黛云:《比较文学原理》,湖南文艺出版社,1988年版,第49页。

"影响"标志的,只是在此种借取为数众多而又构成连续性的场合。

(4) 假若如此,那么何谓真正的"影响"呢?真正的影响,是一国文学中的突变,无以用该国以往的文学传统和各个作家的独创性来加以解释时在该国文学中所呈现出来的情状——究其实质,真正的影响,较之于题材选择而言,更是一种精神存在……①

不过,对影响研究的上述"创造性转变"因素的认识,也同时提醒我们注意,影响,是与文化过滤相联系的。任何影响的发生,都无不包含着接受影响的一方,对其所接受的文学与文化所进行的"创造性转变",乃至是"创造性叛逆"(creative treason)。也就是说,接受者必然根据自身的文化背景和时代精神的要求,对外来因素进行重新改造与重新解读和利用,一切外来文化都是被本土文化所过滤后而发挥作用的。比如说,印度史诗《罗摩衍那》在中国的传播,不同民族有不同的解释。季羡林经过大量考证后认为,"各族都加以利用,为自己的政治服务……傣族利用它来美化封建领主制,美化佛教。藏族通过对罗摩盛世的宣传,美化当地的统治者……所有的本子都是对佛教的宣传来为各自的政治服务",而汉译本则"非常强调伦理道德的一面"。②又比如,金丝燕就1915—1925年间中国翻译界、批评界对外国文学与法国象征主义诗歌的接受情形,以及1925—1932年间中国象征派诗人对法国象征主义诗歌的接受情形做了仔细的分析,她得出的结论是:"接受本身就是批评。每一次接受,接受者都有意无意地作了选择,而文化框架在文学接受中默默起着过滤作用。"③

这里,我们简单介绍一下范存忠在他的《中国文化在启蒙时期的英国》中,是怎样揭示威廉·琼斯(Sir William Jones)与中国文化的关系,并分析琼斯在接受过程中所面临的问题的。这可以看作是一个反向的文化过滤的例子,同时对我们了解比较文学的影响研究方法相信也不

---

① 转引自大塚幸男:《比较文学原理》,第31、32页。
② 季羡林:《〈罗摩衍那〉在中国》,见《佛教与中印文化交流》,江西人民出版社,1990年版,第114、115页。
③ 参见金丝燕:《文学接受与文化过滤——中国对法国象征主义诗歌的接受》,中国人民大学出版社,1994年版,第2页。

无裨益。

范存忠的原文发表于1946年的《思想与时代》杂志第四十六期，后收入《中国文化在启蒙时期的英国》一书。文章通过大量的第一手材料从琼斯是如何学习汉语，如何首次在自己的文章中引用《大学》里"大学之道，在明明德，在亲民，在止于至善"等中国典籍中的原话，以及如何翻译《诗经》研究中华民族问题等具体的方面，令人信服地呈示了这位杰出的学者与中国文化的接触过程。更有意思的是，研究表明，琼斯不仅把中国文化放在他生于斯长于斯的英国文化背景上来加以阐释，而且，由于他同时还是一个梵文学者，因此，他还以为"中国的伏羲氏与印度古史里的菩提氏（Budha）是同一人"。对此，范存忠风趣地指出："那时，欧洲的耶稣会士曾说中国的伏羲氏与圣经里的诺亚是同一个人。琼斯的牵强附会与那个谬论真是无独有偶！"[①] 而对于在中国占统治地位的儒家思想"孔孟之道"，范存忠也认为"琼斯谈起来，有时合拍，有时只能保持一个轮廓"。《论语·尧曰》里有这样一段话："不知命，无以为君子也；不知礼，无以立也；不知言，无以知人也"。而琼斯的理解是："一个人如果真的相信上帝主宰着世界，如果他在任何场合遵守中庸之道，完全知道自己的同类，在他同类中活动，并使自己的生活和举动能符合他对于上帝与人类的知识，那么他可以说是尽了一切职责的贤人，而他的地位比普通人要高得多。"这段话，如果不指明与《论语》的联系，我们是很难将之与孔子思想相提并论的，从中我们倒是清楚地看到了西方宗教思想模式的影子。[②]

值得注意的是，上述例证一方面表明了文化影响—接受过程中本土文化的过滤作用，另一方面也同时说明文学对话的必然性与曲折性。正像在一般的文化交流过程中那样，在文学交流中，人们在努力了解外来文化的同时，也总是不可避免地以自身文化为参照系，以既有元素解释并融合新的因素。这样，任何外来文化因子一进入本土语境，就不再是一个独立的、自足的存在，而处在与异文化的对话性关系之中，在一定程度上说，影响者的命运与效应此时是由接受者来决定的。因为这是接受者选择了自己认可的对话者，因为被影响者所受到的影响，事实上往

[①] 范存忠：《中国文化在启蒙时期的英国》，上海外语教育出版社，1991年版，第200、201页。

[②] 同上书，第200页。

往都与他们自身的期望息息相关，好比人们在对话中真正"听"懂的是自己能够理解的"语言"。

那么，针对上述文化过滤的现实，迄今影响研究已经取得哪些进展，比较学者建立了怎样的研究模式，从而对我们思考比较文学的方法论具有借鉴意义呢？

二、事实联系与实证研究方法

国与国文学之间的历史联系，一直是比较文学关心的重要问题之一。因为"与比较文学其他门类的工作相比，对在本国以外的作家命运的研究工作，更能激起法国和法国比较文学学派的外国信徒们的工作热情"，所以是一种典型的法国学派的研究方法。① 对于国别文学之间的事实联系，法国比较文学学者马·法·基亚做了有意义的概括，以法国文学为中心，他认为，影响及其成就实际上可以包括下列类型，即：1. 一国文学对国外的影响；2. 国外文学对国内的影响；3. 外国文学之间的影响；4. 各国文学之间的互相影响；等等②。

借用基亚的上述概括，我们可以通过一些例证对影响研究的有关类型做更为具体直观的了解。

一国文学对国外的影响。这方面的研究应该说是积累了非常丰富的材料的。③ 这里仅以中国文学在德国的影响为例来介绍这一研究的情况，相信是具有一定的代表性的。这方面的代表作有陈铨的《中德文学研究》④和卫茂平的《中国对德国文学影响史述》⑤ 等。《中德文学研究》是一部专门研究中国文学从1763年（《中国详志》在这一年出版）以来二百年间，在德国的翻译、介绍及对德国文学影响情况的专著。全书分绪论、小说、戏剧、抒情诗、总论五章，并将跨国文学关系的发展分为三个时期，即翻译时期、仿效时期和创造时期，特别对十八世纪德国作家歌德、席勒等人接触中国作品的情况做了细致的分析，材料丰

---

① 马·法·基亚：《比较文学》，颜保译，北京大学出版社，1983年版，第51页。
② 同上书，第51—75页。
③ 比如可以参看乐黛云等主编的"中国文学在国外丛书"（花城出版社）以及季羡林等主编的"东方文化丛书"（江西人民出版社）、"神州文化集成丛书"（新华出版社）中的有关书目。
④ 陈铨：《中德文学研究》，商务印书馆，1936年版（辽宁教育出版社1997年再版）。
⑤ 卫茂平：《中国对德国文学影响史述》，上海外语教育出版社，1996年版。

富、翔实,大大拓展了人们的研究视野。例如在"小说"一章讨论歌德与中国小说的关系时,作者一方面介绍了歌德对三部中国小说《好逑传》、《玉娇梨》、《花笺记》的解读,另一方面,又一针见血地指出:"歌德所读过的三本小说……的作者,都是代表孔子的人生观的,所以歌德所看见的也只是孔子的世界,至于中国文化里面道教佛教的成分,歌德没有机会接触。如果歌德曾经读过《红楼梦》、《三国志》、《水浒传》、《西游记》、《封神演义》一类的作品,也许他的看法又不一样。"①从中我们一方面可以看到不同文化对作品的不同选择目光以及时代的影响因素,同时也可以看到在一种文化中处于边缘的作品在另一种文化中反可以成为重要的关注点。席勒根据他的理解甚至将《好逑传》改成了《杜兰多》。而《中国对德国文学影响史述》则将论题的范围大大地拓展了,从骑士文学及巴洛克文学中的中国形象,到启蒙运动时期孔子学说的传播,直到德国"内心流亡"文学时期、一战时期的黑塞(Hermann Hesse)以及战后文学与中国的关系,可以说是一部中国文学对德国影响的通史。特别是该书对黑塞与中国关系的研究,将这位诺贝尔文学奖获得者内心中与中国传统文化的亲和性做了很有意义的分析。黑塞在《我观中国》中有言:"我踱至书库的一角,这儿站立着许多中国人——一个雅致、宁静和愉快的角落。这些古老的书本写着那么优秀而又常常非常奇特地具有现实意义的东西。在可怕的战争年代里,我曾经多少次在这里寻得藉以自慰、使我振作的思想啊!"②

国外文学对国内的影响。与前一种情况比较而言这方面的例子可以说是举不胜举。白璧德的新人文主义对梁实秋的影响,法国自然主义对李劼人的影响,狄更斯对老舍小说的影响等都是人们研究的重要课题。③ 又比如,《九叶集》是一本四十年代国民党统治区九个年轻诗人的诗歌合集,这本诗集中的许多诗,据研究都不同程度地与西方现代主

---

① 陈铨:《中德文学研究》,辽宁教育出版社,1997年版,第15页。这里的《三国志》疑为《三国演义》之误。
② 转引自孙风城编选:《二十世纪德语作家散文精华》,作家出版社,1990年版,第53页。
③ 关于外国文学与文化对中国的影响,例子更多,仅以德国作家与思想家对中国的影响为例,书名直接涉及这一主题的就有杨武能《歌德与中国》(三联书店,1991年版);高中甫《歌德接受史》(书目文献出版社,1993年版);成芳《尼采与中国》(南京出版社,1993年版);杨武能编《席勒与中国》(四川文艺出版社,1989年版),安文铸等编译《莱布尼茨与中国》(福建人民出版社,1993年版),等等。

义诗歌有联系。穆旦凝重自觉的诗里,有艾略特等人的影响,而杜运燮的作品里,奥登的影响非常明显,郑敏用诗来掌握世界的方式也是里尔克式的。① 至于鲁迅思想与厨川白村的联系,郁达夫与日本"自我小说"的联系,冰心与泰戈尔的联系等等,也受到了中国比较文学界的关心和重视。

外国文学之间的影响。对这方面的文学关系的研究,是一个需要更多加以开拓的领域。尽管它与本国文学没有直接的联系与沟通,但是,它从一个更加广泛的方面说明了世界文学之间的普遍联系这一重要的事实,而且它也是人们进一步了解异国文学的渠道和窗口,反观国别文学的镜子。比如,我们对莎士比亚在法国和德国的影响所做的研究,可以有助于我们通过对比,了解欧洲文学的历史,同时也可以反过来看到莎士比亚东渐过程中与德、法两国所遇到的不同问题。对歌德等人影响史的研究也具有同样的意义。

各国文学之间的互相影响。基亚对这种影响研究的方法做了这样的描述:"除了关注作家的对外影响问题之外,人们也想知道他给外国提供了什么而又从外国吸收了什么。换句话说,就是把研究影响和寻求根源的工作结合。"② 例如,人们在对伏尔泰与意大利的关系研究中,一方面寻求意大利对伏尔泰的作品所提供的作用与题材,另一方面则指出这些作品对意大利作家的影响以及它们在意大利受到的欢迎等等。而雪莱是在第一次去法国旅行时发现了卢梭,并开始欣赏这位法国作家的作品的,其后他的《麦布女王》在问世后八年也在法国受到了重视,他的诗也成为英国抒情诗与法国抒情诗之间的一条联系纽带。中国文学影响日本,而日本文学又转而影响中国的例子,与此有相似之处。

从上面我们对文学关系研究的方法所做的最简单然而也是最基本的区分,我们不难看到,它们的一个共同的特点在于,以事实依据为其立论与展开论述的根本依托。我们之所以不避冗赘地陈述影响研究所涉及的问题范围,并以既有研究的例证来反复加以说明,也正是为了强调和揭示这一重要特点。无疑,这一特点的形成,是与实证主义思潮有着深刻的联系的,而将文学对话的出发点置于事实根据之上,也将对话的范围作了一定的限定,在一定意义上也规定了比较文学的可能边界。

---

① 参见袁可嘉:《西方现代派诗与九叶诗人》,见《文艺研究》,1983年第四期。
② 基亚:《比较文学》,第72页。

问题是，什么是事实联系，怎样的联系才构成了跨文化文学之间的对话潜质？这就不能不考虑到实证研究的材料来源和材料的甄别与分析等问题。

一般说来，事实联系的主要材料是受影响者的叙述，因为，这是最可靠的第一手材料，从中我们可以看到一个作家对另一个他所感兴趣的外国作家做了怎样的评述，其中又包含着怎样的理解或误解。但是，在这里我们同样需要注意的是，不能把传播影响的作者看成是接受影响的人。显然，很多作家接受外国思想的影响是通过中介——评论者、翻译者等来实现的。中介，为跨文化文学之间的接触与交流发挥着值得重视的作用。从文学对话的角度来说，没有中介有时对话就难以进行和展开。所以我们一方面要重视受影响者的直接叙述，另一方面也同时要重视对大量的非直接叙述材料的甄别与分析。只有这样，我们才能够真正建立起不同文学系统之间事实联系的网络，真正为文学对话的进一步深入奠定基础。

为此，我们必须在重视直接材料的基础上，不忽视其他相关材料的价值，例如作家对外国的印象记、日记、书信、口头材料乃至图片材料，等等。而关键的问题是，我们还必须从科学实证的角度出发，来剔除那些似是而非的材料，从而将立论建立在可靠的事实基础之上，而不是轻易地相信表面的陈述和记载。总之，只有从实证的角度来剖析所有的材料，实事求是地予以梳理和解释，才能有效地展开文学对话的历史维度。在这方面，中国的比较文学研究，同样做出了重要的成绩。比如，严绍璗对日本古小说《竹取物语》等与中国神话关系的研究，孟华对孔子与伏尔泰思想关联的研究，以及赵毅衡对中国诗歌与意象派诗歌历史联系的研究，[①] 等等，都是值得重视的研究成果。

当然，从文学关系的实证研究所可能涉及的范围来说，正像有学者所说的那样："研究者可以采用不同的观察点。他可以分析由几个作家组成的一整个作家团体或流派的影响，而不去讨论孤零零的个别作家的影响。例如，托尔斯泰、陀思妥耶夫斯基和屠格涅夫对托马斯·曼，或整个一代德国作家的联合影响。处理影响研究的两种方式在这里依然有

---

① 分别参见严绍璗等主编：《中日文化交流史大系》（浙江人民出版社，1996年版），孟华：《伏尔泰与孔子》（新华出版社，1993年版），赵毅衡：《远游的诗神——中国古典诗歌对美国新诗运动的影响》（中国社会科学出版社，1985年版）。

效:比较文学研究者可以从产生影响的作家的观察点出发研究,也可以从受影响作家的观察点出发研究。"① 而无论采取哪一个观察点,实证的眼光和实证的材料是不可缺少的,因为在这个意义上所进行的对话是直接的文化接触和交流,而不是逻辑的假设与推定。换句话说,对话是建立在影响和接受的层面之上的。

三、建立历史联系的一般模式

如果说建立事实联系,是考察文学关系的历史维度不可缺少的方面的话,那么,考察建立历史联系的一般模式,则可以使我们对文学关系的研究上升到理论层面,从而更好地认识文学关系研究的实质及其对跨文化文学对话的意义。在这里,雅克布逊(Roman Jacbson)交流模式无疑是很具有启发性的。

雅克布逊认为,在任何人类交流过程中,都存在这样的关系,如:

这个模式对我们研究和分析跨文化的文学关系所具有的启发意义在于,我们研究跨文化文学之间的关系,实际上也就是要研究不同的发送者和接受者之间对文学"信息"的传播与接受过程及其结果。所谓发送者也即发出影响的一方,而所谓接受者则是受影响的一方,而事实联系则是在交流过程中所发送和交流的信息的具体体现。

更重要的是,这个模式告诉我们,发送与接受不是纯然单向的线形过程,而是一个接受与反馈共存的过程。也许从东西方文学交流的实际过程来说,在过去的这一百年,中国文学更多地处在接受者的位置,但是从世界文学的总体来说,文学关系的发展越来越应该是一个在不断对话中互相接受对方反馈的互动过程。文学关系研究的事实已经揭示了这一点,相信还将进一步揭示这一点。事实联系不是单纯的信息单向传输

---

① 弗朗西斯·约斯特:《比较文学导论》,廖鸿均等译,湖南文艺出版社,1988年版,第40页。

的结果，而是互相对话的成果，在对话中生成的足以为新的交流提供可能的成果。正是在这样的意义上，比较文学才有其存在的理由和必要性，同时也寻找到了它的方法论基点。

此外，这一交流模式还促使我们重视"语境"的重要性。这个语境就是事实联系所发生的文化与时代背景，就是跨文化交流中的相关的各种制约性因素。只有了解并深入分析这些背景因素，我们才能真正进入对话的氛围之中，才能真正对不同文化背景中的文学及其关系有切实的理解和创造性的解读和阐释。这又要从两个方面来看，首先，我们必须尽可能地进入到事实联系得以发生的语境之中，而不是简单地根据研究者的期待视野来武断地解释历史；其次，就研究者来说，也必须现实地认识到自身所处的语境对解释和研究历史所形成的影响和制约。从这个角度来说，我们在建立历史联系的过程中，涉及双重的对话，其一是跨文化的对话，其二是历史与现实的对话。这二者无疑都对我们所建立的文学关系的事实起着重要的作用。这样我们也就不难理解，为什么说，文学接受事实上是一种文化过滤了。

接受美学的研究成果对我们理解上述问题有很大帮助。根据接受美学的理论，当作品和读者相接触的时候，首先遭遇的就是读者的"接受屏幕"，每一个读者都是在一个纵的文化发展与横的文化接触面所构成的坐标之中。正是这一坐标构成了其独特的，由文化修养、知识水平、欣赏趣味以及个人特定的经历所构成的"接受屏幕"，这一屏幕决定了作品在他的心目中哪些可以被接受而发生共鸣，哪些可以激发他的想象而加以再创造，哪些甚至被排斥在外。对一个外国读者来说，《红楼梦》中的"金玉良缘"与"木石前盟"，怎样在宝、黛、钗三人的名字中被作了符号化的象征，或许是难以理解的；而对于一个没有基督教信仰的中国读者来说，十字架的受难形象也不好接受。不同文化系统的读者显然有不同的"接受屏幕"，这种不同，不仅具有个体的差异，而且也反映着一定文化区域内人们的集体无意识和人们的文化—社会—心理结构，这些都是比较文学所需要关心的问题。"接受屏幕"不同，"期待视野"也不同。所谓"期待视野"就是作者在"接受屏幕"所构成的接受前提下对作品向纵深发展的理解与期待。在一定意义上，人们所能接受的东西，正是人们所期望接受的东西。为此，鲁迅从尼采那里发现了"掊物质而张灵明，任个人而排众数"的思想资源，而陈铨则把尼采作为与主流启蒙思想相对的精神斗士。这样的例证举不胜举。

第三节 文学对话中的逻辑关联

一、文学性的优先地位

在讨论了文学对话中所可能涉及的历史联系的问题之后,这里我们再来讨论文学对话中的逻辑关联问题。事实联系是比较文学研究的重要出发点之一,但是,比较文学研究作为文学对话的一种方式,不仅可以在历史的层面展开,而且也可以在逻辑的层面展开。比较文学所研究的首先是文学,文学本身的内在联系,不仅是以事实联系为基础的,同时也还与"文学性"密切相关。就此而言,美国学者韦勒克的观点是值得重视的:

> 必须把文学研究区别于常常被人用以代替文学研究的思想史研究,或宗教和政治的概念和感情的研究。许多文学研究,尤其是比较文学研究的著名学者其实并非真正对文学感兴趣,他们感兴趣的是公众舆论史、旅行报告、民族性格的概念等等——简言之,在于一般文化史。他们从根本上扩大了文学研究的范围,使它几乎等于整个人类史。但是文学研究如果不决心把文学作为不同于人类其他活动和产物的一个学科来研究,从方法学的角度说来就不会取得任何进步,因此我们必须面对"文学性"这个问题,即文学艺术的本质这个美学中心问题。

韦勒克的上述思想提示我们,比较文学所涉及的问题是多方面的,但是,问题的核心是"文学艺术的本质",是文学本身,而不是任何文学以外的东西。在韦勒克等人看来,必须从作品出发,才能真正在跨文化的文学研究中获得真正的研究支点,这在很大程度上代表了美国学派的主张。正如亨利·雷马克所概括的那样:"美国比较学派实质性的主张在于:使文学研究得以合理存在的主要依据是文学作品,所有的研究都必须导致对那个作品的更好的理解。他们认为,……许多研究所探讨的都是文学的那些边缘问题,他们不是越来越接近文学艺术品,而是越来越背离它。"[①] 这就是说,

---

① 亨利·雷马克:《比较文学的法国学派和美国学派》,见《比较文学研究资料》,北京师范大学出版社,1986年版,第70页。

跨文化文学研究的内在关联取决于文学作品的特性，取决于不同文化背景中不同文学作品所派生出的共同问题和对这些问题的回答。跨文化文学联系归结到最后应该是文学的联系。文学对话，正是将不同文化背景中的文学问题和文学现象，置于共时的结构中来加以讨论的。如果说，跨文化文学之间的事实联系必须建立在历史上曾经发生过的文学影响和文学接受的过程的话，那么，从文学作品本身出发的这一思路则将人们的思维带到了文学内部的逻辑联系之上，因为在这个意义上，跨文化对话得以发生的可能性，是建立在作品本身的构成以及作品关涉的问题所具有的内在关联基础之上的。作品形式构成上的相似性和素材与题材的类同，固然是建立逻辑联系的重要前提，同时，我们也必须看到，在这些相似与类同的背后所蕴涵的不同文化旨趣与精神向度。

质言之，作品的优先性，归根结底是文学本身的优先性，是文学性在文学对话中所具有的中心地位。因为，"艺术品绝不仅仅是来源和影响的总和；它们是一个个整体，从别处获得的原材料在整体中不再是外来的死东西，而已同化于一个新结构之中"[①]。

这些主张无疑不仅是针对传统的法国流派而言的，同时也与新批评派的文学思想有密切的关系。不过与新批评派所不同的是，它们愿意把研究工作限制在文学史的总概念之中，简言之，它们试图把文学批评重新引进文学史研究之中，而不是把它们分离开。这样，文学作品的优先性就和文学史本身结合了起来。对具体作品之间的逻辑关联的研究是以整个文学史的发展为背景的，不是孤立地将 X 与 Y 进行对比，而是通过对比进一步增强对整个文学史的认识，回答一些共同的问题。因此作品的优先性将研究者的视野拓展到一个新的层面，而不是将问题局限在事实联系之上。这是比较文学在自身的发展过程中对既有研究范围的开拓，也是比较文学作为文学对话的重要工具，对自身提出的新的要求，也使得跨文化文学对话在一个新的维度得以展开。在这里，如雷马克所说，与法国学派所提倡的关于事实联系的研究思路不同，人们

> 强调的是另一种合理的要求，即提倡少来一点对渊源、成功和影响的"机械式"的研究，多搞一些对类似、母题、文体、类型、运动

---

① 韦勒克：《比较文学的危机》，见张隆溪编《比较文学译文集》，北京大学出版社，1982年版，第24页。

和传统的比较研究。既然……目的在于显示一部文学作品的艺术特征,被比较的作品之间就不一定要有遗传关系。强调的重点在于"比较"。它可能显示某种关联性。但这种关联性可能与作者 A 在写作品 C 时是否认识外国作家 B 这一问毫无关系。①

基于这样的认识,人们把比较文学"比较"的意义作了进一步的强调,在比较文学研究中也就出现了许多新的值得重视的研究成果,这些成果大大打开了人们的视野,同时也使跨文化文学对话的深度和广度有了很大的提高,跨文化文学对话的空间得以扩大。特别是一些研究实践中对"事实联系"与平行研究的交互运用使得文学对话的历史关联与逻辑关联有机地联系在起来,收到了很好的效果。

这些思想具有明显的美国学派的印记,但是,我们同时必须看到这里所涉及的问题的普遍性。在中国比较文学史上,研究者对此也予以了重视与借鉴。

例如,梁宗岱对李白与歌德的诗歌所做的研究就是一个突出的代表。梁宗岱在《李白与歌德》一文的开篇这样写道:"我们泛览中外诗的时候,常常从某个中国诗人联想到某个外国诗人,或从某个外国诗人联想到某个中国诗人,因而在我们心中起了种种的比较——时代,地位,生活,或思想与风格。这比较或许全是主观,但同时也出于自然而然。屈原与但丁,杜甫与嚣俄,姜白石与马拉美,陶渊明之一方面与白仁斯(R. Burns),又另一方面与华茨活斯,和哥德底《浮士德》与曹雪芹底《红楼梦》……他们底关系似乎都不止于一个偶然的幻想。"②而具体到李白和歌德的诗歌所具有的可比性来看,梁宗岱认为,除了他们的艺术手腕之外,最重要的则是他们的宇宙意识。他们二人的宇宙意识"同样是直接的,完整的:宇宙底大灵常常像两小无猜的游侣般显现给他们,他们常常和他喁喁私语。所以他们的笔底下——无论是一首或一行小诗——常常展示一个旷邈、深宏,而又单纯、亲切的华严宇宙,像一勺水反映出整个星空底天光云影一样。如果他们当中有多少距离,

---

① 亨利·雷马克:《比较文学的法国学派和美国学派》,见《比较文学研究资料》,第 71 页。

② 梁宗岱:《李白与哥德》,转引自《中国比较文学研究资料:1919—1949》,北京大学比较文学研究所编,北京大学出版社,1989 年版,第 226 页。引文中的"嚣俄"通译雨果,"白仁斯"通译彭斯,"华茨活斯"通译华兹华斯。

那就是哥德不独是多方面的天才,并渊源于史宾努沙底完密和谐的系统,而李白则纯粹是诗人底直觉,根植于庄子底瑰丽灿烂的想象底闪光"①。而这一切都体现在他们的诗歌之中,比如同样是体现宇宙意识,歌德写道:

> 我眺望远方,我谛视远景,月亮与星光,小鹿与幽林,纷纭万象中,皆见永恒美……

梁宗岱认为,这些诗句无疑体现了喜悦、信心与乐观的阿波罗式的宁静,而李白的诗则不时渗入一些失望,悲观与凄惶:

> 扣罗欲就语,却掩青门关。遗我鸟迹书,飘然落岩间。其字乃上古,读之了不闲。

与梁宗岱的比较研究适成对照,冯至所感兴趣的则是歌德与杜甫两位诗人之间的不同与相同之处。作为歌德和杜甫研究专家,冯至的研究成果无疑也是非常值得重视的。正如冯至自己所说的那样,"这两个在世界文学居于重要地位的诗人,一个生活在公元八世纪中国唐代的封建王朝从鼎盛转入衰微的过渡时期,一个生活在欧洲十八、十九世纪资本主义正在发展,而德国的经济、政治还比较落后的时代",② 两个人在时间上距离一千年,在空间上距离八千公里,不可能有直接的接触,没有"事实联系"存在于他们之间。而且,他们也不是东方或西方唯一伟大的诗人,在不同的国家和不同的时代,与他们处于同等地位的,也大有人在,就在他们的本国和他们同时代的诗人中间,杜甫之外还有李白和王维,歌德之外还有席勒和荷尔德林,等等。为什么要将这两个诗人放在一起比较,而不是像梁宗岱那样将歌德和李白进行对比呢?这不能不使我们提出疑问,同时,这也为我们较深入地讨论跨文化文学对话的可能性,以及建立逻辑联系的基点提供了不可多得的第一手材料。文学

---

① 梁宗岱:《李白与哥德》,转引自《中国比较文学研究资料:1919—1949》,北京大学比较文学研究所编,北京大学出版社,1989年版,第230页。

② 冯至:《歌德与杜甫》,见《冯至学术论著自选集》,首都师范大学出版社,1992年版,第399页。

性和作品的优先性究竟应该从什么意义上去理解呢？在《歌德与杜甫》一文中，冯至给出了两个理由，其一是属于主观方面的；其二则是属于客观方面的。

从主观的方面来说，这两位诗人是冯至从生命的早年就十分喜欢和关心的重要文学家，他自己对这两个人应该说有相当的研究，对此他做过这样的描述："在四十年的岁月里，我有时长期不读他们的作品，但每逢从书架上把它们取下来翻阅，都犹如旧友重逢，并且在旧友身上发现一些新的东西。"① 可见冯至对这两位诗人的作品的喜爱程度以及熟悉程度。而熟悉和喜爱当然还不能构成建立逻辑联系的充足理由。面对两个人们普遍爱戴和尊重的诗人，他要回答"这两个在东方和西方都具有一定代表性的诗人的特点是什么？他们歌咏的主要对象的什么？他们的思想感情、经验和智慧有什么相同？有什么差异？我们今天从他们那里还能够吸取什么？"等等一系列的问题，这样，"主观的原因就转变为客观的原因"②。

这里我们不打算对冯至的具体研究做进一步的申述，从他所给出的两个理由，我们不难看出，要建立逻辑联系，作家作品所具有的特点和他们所歌咏的对象是先决条件。而从文学对话的意义上来说，作家所面对的共同问题以及对之所做出的回答则是不可忽视的对话话题之所在。换言之，跨文化文学之间的联系，在这里不是被置于不同文学以及与之相关的文化事实之间直接或间接的历史联系之上，而是被置于作品之间所具有的文本关系之上。这些文本关系是以不同文学系统所面临的问题为出发点和归结点的。这方面的研究实例，有丁乃通中西叙事文学比较研究。在丁的研究中，"白蛇传"型故事、"黄粱梦"型故事以及"灰姑娘"型故事成为具有普遍意义的叙事类型，跨越了既有的文化界限而具有了共通的特性。③ 单个文本的局限性消解了，文本的空间同时拓展了文学的空间。

在这个意义上，历史联系与逻辑联系也具有交叉和互相发明的方面。对此，有学者做了延伸性的分析，也许对我们有启发：

---

① 冯至：《歌德与杜甫》，《冯至学术论著自选集》，第400页。
② 同上书，第400页。
③ 参见丁乃通：《中西叙事文学比较研究》，陈建宪等译，华中师范大学出版社，1994年版。

比较文学研究是以系统而条贯的"比较"方法来从事跨越国界的文学研究。所谓"比较",乃是透过对比(contrast)与类比(analogy)来找寻异同的一种方法。对比强调异点探讨,类比侧重同点描述;前者可使两物的特点益形突出,而后者则可归纳为通则和模式。比较文学里的类比研究,其意涵可有广狭两种。狭义的类比研究隶属于影响研究,旨在从两个具有因果关系的比较体(comparatum)中寻出类同或相似……广义的类比研究则是想在毫无时空接触关连的文学现象里,考察类似点或亲和性(affinity),期能从综合诸般类同或相似当中,揭发创作过程的奥秘,并建立文学的通则或恒常定理。①

显然,类比研究中作品所体现的相似点和亲和性,是建立逻辑联系、进行对话的前提。而亲和性的发现并不是比较文学研究的最终目的,因为,人们还期望找到一种文学的通则,一种恒常的定理,这就与对文学的审美特质的揭示联系了起来。

二、比较文学与文学理论的互动

的确正如韦勒克所说,比较文学的研究,也是与"文学性"密切相关的,文学的审美特质因而是比较文学研究必须关心的重要问题。这里我们从文学理论与比较文学的互动关系这个角度来展开论述。从一定意义上说,文学对话中的逻辑联系,不仅建立在作品的优先性之上,而且也是一种文学思想与文学观念的互动,比较文学视野的拓展以及面临的问题,不仅与文学史密切相关,同时也与文学理论和文学批评有内在的联系。

在文学理论层面来建立跨文化文学之间的逻辑联系,是比较文学发展的自身要求,因为,比较文学不仅要讨论文学作品本身之间的联系,而且也要讨论与作品密切相关的文学理论之间的联系;既要讨论不同文学理论和文学思潮的直接交流与对话,也要讨论不同文学理论和文学思潮的间接关联和汇通。

这个问题的提出,实际上涉及比较文学和其他文学研究学科的关

---

① 张静二:《文学的省思与交流》,台北:书林出版有限公司,1995年版,第126、127页。

系，特别是把比较文学与文学史的联系，延伸到了文学批评与文学理论的方面。韦勒克对此做了分析和申述，甚至是为这种延伸作了辩护。在他看来，

> 真正的文学学术研究关注的不是死板的事实，而是价值和质量。正因为如此，文学史和文学批评之间并没有区别可言。即便最简单的文学史问题也需要作出判断。即便拉辛影响了伏尔泰，或赫尔德影响了歌德，为了使这些话有意义，也需要了解拉辛和伏尔泰、赫尔德和歌德各自的特点，因此也需要了解他们各自所处的传统，需要不停地考虑、比较、分析和区别，而这种种活动都基本上是批评活动。没有选择标准，不描绘人物特点并对之作出评价，就无法写出文学史。否定批评的重要性的文学史家们，自己就是不自觉的批评家，而且往往是承袭传统标准、承认传统声望的人云亦云的批评家。①

在这里，比较文学对事实联系的关心被置换为对"价值"与"质量"的关心，比较文学与文学批评和文学理论的联系在这个意义上变成为一种价值关联。比较文学研究作为文学研究的一个分支，在韦勒克的思想中因而也是更接近文学理论与文学批评的。比较文学，必须回答文学研究的当代发展中所面临的问题，而不是停留于对既往历史的回顾和总结。与比较文学的发展历史同步，本世纪出现的许多在目的和方法上都不大一样的文学批评运动和流派，不管它们有多少的局限和缺点，都共同联合起来反对"束缚比较文学研究的外在唯事实论和原子论"（韦勒克语）。文学理论自身的发展为比较文学的研究提供了建立逻辑联系的方法论基础和研究模式，而一些文学理论的形成事实上也是与比较文学的发展，与人们文学观念的革命性变化有相当大的关系的。不同文化背景中文学的发展，既是独特的，同时又是相互联系的。这些既独特又相互联系的文学现象、文学命题、文学思潮和文学运动，需要人们从比较文学的角度、从理论高度上作出概括和总结。

跨文化文学理论之间的对话，在本书中将有专章讨论，从文学对话

---

① 韦勒克：《比较文学的危机》，见张隆溪选编《比较文学译文集》，北京大学出版社，1982年版，第29页。

这个比较文学方法论基点上来看，无疑，上述辩难与努力，至少为逻辑层面的跨文化文学对话做了很有意义的正名。事实上，中国比较文学在这方面的研究也取得了成绩。比如，钱钟书的《诗可以怨》一文，就是这方面的一个典范，其中对韩愈《送孟东野序》和《荆潭唱和诗序》中所提出的"物不得其平则鸣"和"欢愉之辞难工，而穷苦之言易好"两个观点与"诗可以怨"的经典说法，作了洞烛幽微的剖析，并用大量材料令人信服地说明，中国与西方都认为最动人的诗是表现哀伤或痛苦的诗，很多诗人和理论家在说明这一点时，不仅看法相近，而且取譬用语也往往巧合，从而指出了比较诗学中一个非常重要的问题。① 钱钟书还写作了《中国诗与中国画》、《通感》等文，在这方面都具有示范性的意义。此外，王元化《刘勰的譬喻说与歌德的意蕴说》以及张隆溪《诗无达诂》等也很有代表性；② 而刘小枫的《拯救与逍遥》则从中西诗人对世界的不同态度出发展开论题，从比较的角度，把对一些诗学问题的回答与对价值问题的回答结合了起来，可谓独树一帜。③

当然，我们这里讨论比较文学与文学理论的互动，并且把比较文学中建立逻辑联系的维度延伸到文学理论的层面，并不是意味着这种互动关系只在涉及纯理论问题或话题时才存在，恰恰相反，我们认为，比较文学应该而且可以在多个层面对话，而即使是对文学作品的分析也是与文学批评和文学理论分不开的。比较中所涉及的问题，当我们要对之做出判断时就必然具备一定的理论立场和理论倾向——这也许正是韦勒克所谓的"文学史和文学批评没有区别可言"的一个理由吧。而罗马尼亚的比较文学学者迪马则认为："文学批评所要帮助我们理解的作品的艺术价值本身，在许多情况下，往往就是不同文化区域的作品相互影响的原因，也就是文学的国际联系的因素。"④

叶维廉提出了中西比较文学中"模子"的问题，进一步解释了文学的国际联系与作品的艺术价值的关系。他认为，"所有的心智活动，不论在创作上或是在学理上的推演上以及其最终的决定和判断，都有意无

---

① 参看钱钟书：《诗可以怨》，见《七缀集》，上海古籍出版社，1985年版，第101—116页。
② 参见《比较文学研究资料》，北京师范大学出版社，1986年版，第464—469页以及第470—480页。
③ 参见刘小枫：《拯救与逍遥》，上海人民出版社，1989年版。
④ 亚力山大·迪马：《比较文学引论》，上海译文出版社，1991年版，第11页。

意的必以模子为起点"，① 就中西文学比较而言，"我们必须放弃死守一个模子的固执。我们必须从两个模子同时进行，而且必须寻根探固，必须从其本身的文化立场去看，然后加以比较对比，始可得到两者的面貌。"② 而这种比较和对比，既要回避所谓"法国学派"的缺陷，也要回避美国学派的缺陷，从而兼及文学联系中的"历史的衍生态和美学结构行为两个方面"。这样看来，在跨文化的背景中，比较文学既要研究文学的历史形态，同时也要研究文学的价值形态和美学形态，而所谓比较文学与文学理论的互动，也就不只是研究方式的问题，而是涉及比较文学学科品质的重要问题了。

三、跨文化逻辑关联的价值与困扰

人们在文学对话中建立逻辑联系的努力当然自有其价值，本世纪比较文学视野的拓展乃至整个文学研究的发展应该说都是与这种努力分不开的。意大利的克罗齐及其追随者们，俄国形式主义及其在波兰和捷克的反响，在西班牙语国家中引起强烈反响的德国精神史和问题学研究，法国和德国的存在主义批评，美国的"新批评派"，受荣格原型理论启发而兴起的神话批评，甚至还有弗洛伊德精神分析和马克思主义，直至后结构主义、后殖民主义以及女性主义……人们从不同的层面寻求文学现象后面的价值与精神结构，试图建立跨文本和跨文化的文学模式乃至文学规律，并从自己的理论立场、文化背景和社会角色出发，进行证明和反驳。不过，试图建立跨文化文学之间的逻辑联系，并且期望以一定的模式和规律来总结和解释这些联系，也需要回答一些无法回避的问题甚至是挑战。

首先，随意性的比较是没有意义的。正如法国学者巴尔登斯伯格在创办颇有影响的《比较文学评论》杂志时所说的那样，"仅仅对两个不同对象同时看上一眼就作比较，仅仅靠记忆和印象的拼凑，靠主观臆想把一些很可能游移不定的东西扯在一起来找类似点，这样的比较决不可能产生论证的明晰性"。③ 钱钟书也曾借法国比较学者伽列（J. M

---

① 叶维廉：《中西比较文学中"模子"的应用》，见温儒敏等编《中西比较文学论集》，北京大学出版社，1988年版，第14、15页。
② 同上书，第25页。
③ 转引自张隆溪编：《比较文学译文集》"编者前言"，北京大学出版社，1982年版，第4页。

Carré）的话，表达了同样的思想："比较文学不是文学比较"，也就是说，"我们必须把作为一门人文科学的比较文学与纯属臆断、东拉西扯的牵强比附区别开来"。① 这些话是正是针对为比较而比较的"文学比较"而言的。事实上，比较不仅在求其同，也在存其异，即所谓"对比文学"（contrastive literature）。正是在明辨异同的过程中，我们可以认识中西文学传统各自的特点。法国《拉罗斯百科全书》的观点也值得我们深思："如果仅把相似的东西排列在一起，就有可能造成任性的、虚构的、多此一举的对比，这只不过是修辞学方面的练习，而不是从文学作品本身去寻求它的发展过程与发展规律。"②

这一切都提醒我们，在比较研究中，要加深对作家作品的认识以及对文学现象及其规律的认识，而这就要求将作品的比较与产生作品的文学传统、社会背景、时代心理和作家个人等等因素综合起来考虑。从思想方法上说，法国学派和美国学派分别侧重不同的方面，而为了建立中西文学之间真正的有机联系，则可以也有可能将二者结合在一起加以运用。这样不仅可以避免研究中的随意性，而且可以增强比较文学研究的深度和广度。

其次对通过比较是否可以以及怎样建立共同的文学规律与模式的问题，我们应该有比较清醒的认识。因为，这常常是文学对话特别是文学对话中的逻辑联系的潜台词之一。

有学者已指出过传统法国学派在进行影响研究时所带有的文化偏见："传统的法国派比较文学自诩法国文学富丽而伟大，有着极其辉煌的成就，是欧洲文学的中心，其光芒耀射四邻，流泽所及，欧洲诸国的文学咸受其润泽与影响。为了证明这种领袖地位起见，他们遂广集各类客观材料（如传记、书信、档案），藉细密而精微的考辨，从一些确有事实关联的作家作品中，明其类同，定其相似，以指出法国文学所施放的直接或间接影响。"③ 也许对整个法国学派下这样的结论不无以偏概全之处，但是，比较文学研究中所存在的欧洲中心主义的倾向以及文化偏见，却决不是法国学派或注重历史事实联系的西方比较文学研究者们

---

① 张隆溪：《钱钟书谈比较文学与"文学比较"》，见《比较文学研究资料》，北京师范大学出版社，1986年版，第94页。

② 参见《外国百科全书论比较文学》，见《比较文学研究资料》，第77页。

③ 张静二：《文学的省思与交流》，台北：书林出版有限公司，1995年版，第127页。

才有的问题，人们在试图建立文学对话中的逻辑关联时也同样存在这样的问题。而对普遍规律以及模式的强调，就可能潜藏着这样的动机并产生相应的结果。

几年前，以"现代世界体系论"闻名学界的华勒斯坦（I. Wallerstein）组织了一个班子来审查西方的学术制度。根据华勒斯坦小组的研究，西方社会科学带有很强的民族国家的强权性质：英、德、法、美、意是社会科学大理论的主要输出国，社会科学的经典学说主要是按照这五个强权民族国家的历史经验为基础的。按照这一结论，不难推论，表面上具有普世性的现代社会科学理论实质上带有先发现代化民族国家的强权性质。不仅社会科学如此，人文学科也不例外。[①]

甚至，在某些普遍文学规律的背后，我们或许也不难看到这种强权的影子。而如果我们不审问某些"规律"的前提，则我们也就默认了西方的话语霸权。当然，比较文学的学科品质注定了，我们不会因噎废食，不会因为可能存在话语霸权而拒绝与西方文化的对话，拒绝跨文化的文学交流。只是在建立逻辑联系的同时，我们同样不要忽视历史的事实；在运用西方的方法时，不要忘记审察逻辑联系得以建立的理论背景和现实语境。而这样，我们就把问题引到了文学对话的理论维度这一新的论题。

第四节 文学对话的理论维度

一、双向阐发：文学对话的深层意蕴

上一节中我们已经说到单方向地将西方文学的某些理论结论来解释中国问题所可能产生的弊端，事实上以中国的文学观念来解释西方问题，有时同样也会产生错位的问题。但是，毫无疑问，这样说并不意味着将取消跨文化文学对话中东西方文学理论互相运用、互相阐发的可能性。相反，作为补充性的相对的方面，东西方文学思想既具有互相解释的潜力，具有逻辑的关联，同时，用对方的理论来阐发自身的问题、现象和思想，也是文学对话进一步深入和展开的题中应有之义。

---

① 参看华勒斯坦：《开放的社会科学》，刘锋译，三联书店，1997年版，第52—64页。

作为一种比较文学的方法论，阐发研究是首先由台湾的学者提出来的，古添洪和陈慧桦在《比较文学的垦拓在台湾》一文中首先作了下面的表述：

> 什么是比较文学呢？简言之，就是超越国家疆域的文学比较研究。就其研究的重心的不同，有所谓法国派和美国派之别。大抵而言，法国派因为欧洲文学的一重心，故初期比较文学学者以法国文学为中心，而研究欧洲诸国文学的直接或间接的影响，因此形成了以文学影响为重心的比较文学。美国派的比较文学学者，或鉴于美国处于被影响的地位，故提倡诸国文学的平行研究，探索其类同与相异，一方面展示诸国文学的特色，同时对文学的共同性、文学的本质有深一层的洞察。简言之，法国派注重文学的影响，美国派注重类同与相异。究其实，两派实可互补……在晚近中西间的文学研究中，又显出一种新的研究途径。我国文学，丰富含蓄；但对研究文学的方法，却缺乏既能深探本源又能平实可辨的理论；故晚近受西方文学训练的学者，回头研究中国古典近代文学时，即援用西方的理论方法，以开发中国文学的宝藏。由于这援用西方的理论与方法，既涉及西方文学，而其援用的亦往往加以调整，即对原理与方法作一考验、作一修正，故此种文学研究亦可目之为比较文学。我们不妨大胆宣言说，这援用西方理论与方法并加以考验、调整以用之于中国文学的研究，是比较文学的中国派。①

从这一段陈述中，我们可以看出，（一）阐发研究方法论，是基于对法国学派与美国学派的认识，并在总结中国学者研究成果的基础上提出的；（二）这种阐发思想，在一定程度上，是为了弥补中国文学理论的不足而提出的，强调的是用西方理论来解释中国文学问题；（三）在将西方文学理论用于中国文学的研究中，原有的西方理论被作了"修正"与"调整"。

问题虽然是到了上世纪七十年代才有意识地被提出来，但是，可以

---

① 古添洪、陈慧桦编：《比较文学的垦拓在台湾》"序言"，台北：东大图书公司，1976年版，第1—2页。作为阐发研究的成果，该书收集了《中西山水美感意识的形成》（叶维廉）、《中国文学批评中的评价标准》（古添洪）等文章，凡十四篇。

说，自从鸦片战争国门打开、西方文化大量涌入的时候开始，大批中国学者就运用西方的理论来解释和研究中国的问题了。梁启超、王国维、陈独秀、鲁迅、朱光潜、梁宗岱……几代中国学人都在这方面留下了成果和印记。随着时间的推延，人们对阐发研究的意义和问题也应该有更深的认识。

从文学对话的角度来说，西方理论对中国文学的解释固然也可以视为一种潜在的对话方式，但是要真正推进比较文学朝促进对话的大方向发展，双向阐发或许才是理想的境界。在对话中中国学者不应该永远是"听者"。中国比较文学研究进入世界对话的格局中，不应该只是一种愿望，而应该成为一种现实。

问题是，美好的愿望如何才能成为现实？这里我们不妨以刘若愚的研究作为参照来做一些申述。

刘若愚在英语环境中进行中国文学研究，并试图对中西文学理论进行综合。但是，作为一个批评家，他处于这样的境地之中：他"所关心的文学，既不使用他本国语言也不产生于他本身的文化背景"，当他试图将"本国语言的文学以外国语言解释给外国读者时"，他发现与他的读者之间不仅有文学上的理解困难，而且在人生、社会和现实的共同知识、信仰与态度上也有很大的理解上的问题。

这或许是跨文化研究中必须面对的语言与文化的障碍，不独刘若愚为然。在这样的情形下怎样进行中西文学理论的综合呢？怎样寻求互相阐发的可能性呢？刘若愚的努力对我们是有启发意义的。一方面，他对中国传统的文学理论有深入的了解；另一方面，他也以一个批评家的身份对西方重要的文学理论了然在心。更重要的是，他不仅以西方的眼光来面对中国的诗学传统，而且尽可能以中国的眼光来审视西方的诗学遗产。他不是将两种观念做简单而机械的并置，而是从东西方思想的互相观照中，深刻地阐明对方。例如，在对中西形而上观念的分析中，他通过上述移位式的互鉴，得出这样的结论："认为文学是宇宙之道表现，这种中国人的形而上概念与杜夫润认为艺术是存在之表现这种概念是可以并比的，而道家的道本身的概念，与海德格所阐明的现象学，存在主义的存在概念是可以并比的。"[1]

---

[1] 参看刘若愚：《中国文学理论》，杜国清译，台北：联经出版事业公司，1981年版，第301、302页。

重要的也许不是用西方的理论来解释中国的问题，还是用中国的理论来解释西方的问题，双向阐发概念的提出，本身就应该包含着互相观照、互相理解乃至互为主体性的主旨。这才是文学对话的深层意蕴，才是比较文学的内在要求。对中国的比较文学发展而言，跨文化的文学交流和沟通，既是一个从无到有的过程，同时也是由侧重运用西方研究方式，向中西平等对话、互相发明演变的过程，中西文学研究之间的互相阐发、互为主体，将是比较文学未来发展的重要目标。

早在上世纪九十年代初期，就有学者对阐发研究做出过界定，认为它是"一种跨文化地借用文学理论模式的比较文学研究策略和方法。它是在充分理解、审慎选择和适当调整的基础上，采用某种具有跨文化适应性的理论和方法来比较、印证、概括、解释别国文学，由此使研究成为一种介质、一种对话、一种融合，并为进一步的跨文学对话提供可交流与可理解的话语"。① 这一界定，并未强调阐发研究是中国学派的专利，而是将之泛化。它之所以引起我们的注意，是因为它把这种研究方法论与文学对话联系在了一起。

二、交流理性与文学对话的理论意义

对话，不仅是比较文学的方法论基点，同时也是一种新的理性精神的表达。德国思想家哈贝马斯在其重要著作《现代性哲学话语》中，曾经从交流理性的角度分析了对话模式对现代生活的意义。他认为，人们交流的根本范式是由参加者的不同行为态度所决定的，参加者通过对世界中某些事情的了解来协调自己的行为。当人们进行对话时，对话者之间需要一种"互为主体性的平衡"，也就是说，在对话中人际关系是主体与主体之间的关系，而不应是主客二分的关系。②

如果我们将人际关系的"互为主体性的平衡"扩大到不同文化之间的交流，应该说也是很有意义的。

正如马丁·布伯（Martin Buber）所言，"人持双重的态度，因之世界于他显现为双重世界……其一是'我-你'。其二是'我-它'……

---

① 杜卫：《中西比较文学中的阐发研究》，见《中国比较文学》，1992年第二期。
② 参见哈贝马斯：《现代性哲学话语》（Jürgen Habermas, *The Philosophical Discourse of Modernity: Twelve Lectures*, trans. Frederick Lawrence, Cambridge: Polity Press, 1990），第336—366页。

由之'我'也是双重的。"① 在跨文化的交往中如何把对话的对方看成是"你",而不是"它",不仅是对话方式的问题,而且也是对话是否能真正取得理想的结果的先决条件。用另一位系统科学家的话来表达则是,不同文化"相互依存的逻辑是相容性的:就是你和我,他们和我们。它取代了利己主义的逻辑的那种只说我或你、我们或他们的排他性。这种新的逻辑能使人们和社会玩双方都赢的'正和'游戏"。②

双向阐发研究以至整个比较文学研究以文学对话为基点,并因此达到沟通和理解的目的,不仅是既往比较文学发展所提供给我们的经验教训,同时也是与当代世界的文化现实密切相关的。

在当今世界的文化秩序中,人们将世界的文化自觉不自觉地分成主流/支流,并按地缘政治分成了东方/西方,按传统的理解分成了雅/俗,等等,文学无疑也体现在这种划分之中,甚至是参与了这种划分。用布尔迪厄的话来说,面对这些划分,人们始终在争夺文化资本以及自身的"文化正当性",而第三世界国家尤其在批判欧洲中心主义的文化褊狭。东西方文学之间的互相了解,并不比比较文学诞生初期更使人乐观多少。特别是西方文学对东方文学的了解,更是进步微小。在这样的现实面前,如何将文化的正当性建立在对话的基础上,而不是对抗的基础上,依然是我们面临的问题之一。

文学对话是整个世界必须进行的对话的一部分。通过文学进行相互了解和对话,不仅已经在历史的层面展开过,在逻辑的层面展开过,而且常常是交互进行的。这些对话尽管有这样那样的不尽如人意的地方,但是,对话的渠道却因此而更加受到了人们的关注。人们可以在对话中,从别人的文学中直接或间接获得自己所需要东西,也可以在与别种文学的对比中,进一步发现自身文学的丰富性,在相互阐发中,人们还可以暂时改变自己的文化角色,更加真切地体会异域文学的真谛。

可以说,对话这个逻辑基点,不但使比较文学研究的既有特色得以彰显,使得比较文学研究的目的进一步凸现,而且在面对当代语境中的现实问题时,我们也更加可以看到,对话也为比较文学自身提供新的生长点,为跨文化交流的未来提供新的可能性。

---

① 马丁·布伯:《我与你》,陈维纲译,三联书店,1986年版,第17页。
② E. 拉兹洛:《决定命运的选择》,三联书店,1997年版,第130页。

思考题

1. 以文学对话作为比较文学方法论基础有什么意义？
2. 什么是比较文学意义上的"事实联系"？它包含了怎样的方法论意义？
3. 什么是文学对话中的逻辑关联，请举例说明。
4. 如何理解双向阐发研究的方法论意义？

第四章
研究领域:范式的形成及其发展

第一节 方法与范式的互动

关于比较文学方法论的探讨之所以显得必要,在于通过这种关于学科研究手段和操作方式的反思性理解,从而将问题提升到清晰的意识层次上加以抽象和确认。在这一意义层面上,方法是对研究实践的再一次抽离和普遍化。而在本章将要讨论的研究范式则有所不同,它是居于二者之间的过渡。相对而言,研究范式更接近具体的学科研究实践。换句话说,方法可以游离出既定的范式甚至超越学科去发挥普遍的效用,而范式却似乎不行,它只好在学科的范围以内去演绎自己的角色。就此一意义而言,在确认一个学科的架构和性质特征时,对它的研究范式,尤其是作为范式具体表现形式的研究类型的分析和论证,将有着至关重要的意义。具体到比较文学,包括比较方法在内的各种方法,只有通过研究范式,也就是说通过大大小小的各种研究类型才能有效地作用于研究对象。然而多少有些令人遗憾的是,一直以来,学术界似乎对这二者之间的区别和关联缺乏清晰的认识,于是我们不断可以见到这样的情形:某些专谈比较文学方法论的著作,却往往将比较文学特有的研究类型与一般人文研究的普遍方法混为一谈;而某些关于研究类型探讨的文章,又常常将当今学术研究中具有普遍意义的方法作为比较文学独特的研究类型介绍,甚至提升到有关学派学术理论支柱的意义上加以强化,这不仅会引起学界的误会,而且极容易成为对比较文学持否定观点的人士批评比较文学的一条证据。很显然,方法与类型二者之间关系的夹缠不清,无疑只会加剧我们试图规范这一学术体系的困难,使本来就歧义甚多的比较文学学科面目变得更加模糊,因此,似有进行认真区分和辨析的必要。在前面的章节里，我们已经对比较文学的方法论原则展开了探讨。在本章中，我们将试图进一步对比较文学的研究范式及其相关的研究类型问题加以梳理和辨析。

首先，普遍的研究实践都肯定这样一个前提，即在研究方法与研究范式（类型）之间存在密切的关联，比较文学并不例外。如果我们将比较文学作为人类整体文学研究之中一个大的范式来看待，那么，毫无疑问，这一学科的研究范式的形成在很大程度上是和"比较法"这一特定的方法论原则联系在一起的。马克斯·韦伯（Max Weber）在谈到关于古代文化研究的不同原则立场和观点时，曾经区分过由于不同的价值目标和方法原则所决定的不同研究范式：一种是认为古代文化具有绝对的价值，是永恒有效的不朽文化规范，是具有普遍意义的学术客体；另一种看法则认为，对于古代文化，就其真实的个别性而言是无限远离我们的，因此，希望洞见其真实的本质是完全无意义的，然而从审美的角度去看，它却是绝对独特的、极有价值的、通过主体进行个别沉思的崇高对象。从这两种原则立场出发，就国别文化研究而言，自然会形成两种不同的学术范式及其方法，即载道的和审美的研究。然而也还有第三种关于文化的研究观点，这种研究的目标在于：

> 这种资料能够用于获得可应用于不仅我们自己的文化而且"任何"文化的前史的一般概念、类比和发展规律。一个恰当的例子是比较宗教研究的发展——没有对古代的详尽无遗的把握，要达到它现在这么高的水平是不可能的，而关于古代的研究只有通过严格的语文学的训练才有可能。根据这一观点，只有古代的文化内容适合作为建构一般"类型"的启发手段，古代才会进入思考的范围。[①]

从最后一种原则立场出发，无疑将形成一类独特的研究范式，即跨文化的研究范式。显然，这一范式的形成不得不依赖于两个重要条件，一个是研究的特定学术目标，即多种民族文化的某些共同规律性研究，另一个条件则是适应于这一目标的比较方法。韦伯在这里给出的是比较宗教研究的例子，但它显然也同样适用于比较文学研究。

---

① 马克斯·韦伯：《社会科学方法论》，朱红文等译，中国人民大学出版社，1992年版，第151—152页。

试将比较文学研究作为一个大的独立的研究类型看待，认真考察一下它与其最重要的比较方法原则之间的关系，也许多少能够廓清一些二者之间的区别和联系。首先，一种研究类型的形成总是会与某些特定的研究方法产生血肉相关的联系，但是，类型不等于方法，甚至方法本身也并不总是注定非得从研究类型的母体生长出来不可。事实上，"比较"从来都不是比较文学学科的专利。往远处说，比较不过是人类思维的基本方式和普遍的研究方法之一。朝近处看，比较文学学科在十九世纪的形成，更多的也是受到了相邻学科如比较解剖学、比较生物学、比较哲学、比较宗教学、比较语言学等的影响和启发，并且从它们那里借鉴了比较研究的具体方法。尽管只是从这一学科的命名本身（且不管它是如何的不科学和不确切），便可见出其与比较方法的密切关系，但事实上，从比较文学学科形成伊始，其任何研究类型都并非是、也不可能是以比较作为唯一的研究方法的。诚然，作为跨越民族、文化、语言和学科的研究类型，比较文学在具体研究实践中常缺少不了问异求同的比较分析，然而，如果没有其他相关方法的综合运用，任何课题研究的价值目标仍旧难以从纷繁的材料集合中浮现出来，并由此得到合理的定位。以历史较长的影响研究为例，如果离开了事实考证的文献学方法、译介学中的语言学方法、文学研究中关于社会历史关联的语境研究方法等等，纯粹的比较将是没有意义和不可想象的。由此我们可以推论出有关方法与类型关系的第二方面的认识，这就是，一种研究类型常常需要运用多种具体的研究方法去展开研究，而另一方面也存在这样的情况，即一种具体的研究方法也会根据需要而被运用到不同的研究类型当中去。事实上，具体方法在研究类型中的运用至少可以区分出以下的情形：首先，在最基本的方法层面，比较文学研究作为文学研究的一个重要范式和切入途径，一般文学研究的基本方法不同程度地都会有选择地被运用于其间；这里所谓"一般文学研究的基本方法"主要是指曾经适应于国别文学的研究方法，它至少包括文学史、文学理论和文学批评等方面的研究方法原则。作为一个比较文学研究者，他不仅应当具有这方面的知识结构，而且可以根据需要将这些有关的研究方法运用于自己的研究实践，他尤其不应当仅仅是简单地套用国别文学的研究结论。其次，既然是比较文学研究，当然要求研究者以跨文化的、国际的眼光去看待和分析问题，因此就理所当然地要运用属于比较文学的研究方法去解决问题，其中就包括各式各样的比较方法，譬如语言的比较、叙事话语及其修辞的比较、意象的比较、文类的比较、主题的比较、跨学科的比较以及运用对方理论反观自身的双向阐发和比较等等,在种类繁多的比较过程中,不同民族和不同文化传统的某些文学差异和特点,包括艺术形式、价值取向、审美趣味等,就有可能清楚地浮现出来,而这些差异和特点又往往是纯粹的国别文学研究所难以发现的。最后,对于更深一层次的比较文学而言,它并不满足于仅仅发现差异和特点,而是要试图寻找不同文化的文学之间的某些中介话语和理论"共相",即某些可能与人类发展共性有关的文学和文化价值的规律及其普遍性。要追求这一学术境界,最终就不可避免地会选择所谓总体文学的研究方法,就需要调动哲学、社会学、人类学、心理学、文化学甚至自然科学诸方面的知识,运用总体综合分析的方法去寻找规律性的因素。尽管在具体研究实践中,问题并非能够分得如此清楚,但就方法运用原则而言,其规则大致只能在此一框架之内加以考虑。这里涉及的只是一个研究类型中多种方法运用的情况,反过来看,一种方法也常常被分别运用到不同的研究类型中去。且以比较文学研究中常提及的两种基本方法,即注重历史性的实证方法和注重文学性的审美批评方法为例,一般而言,前者是影响研究的方法学标志,而后者是平行研究的理论旗帜,在五六十年代关于比较文学发展趋向的国际性学术辩论中,各执一端的两派学人为此争论不休。而正是在这场辩论过程中,有识之士逐渐意识到,方法并非某种研究类型的专属,在方法上走极端往往不是导致僵化就是走向空疏,只有根据研究对象的需要而综合地运用各种方法,才有可能获取较理想的学术效果。因此,有必要发展一类新的比较文学研究策略:

  它将历史方法和批评精神结合起来,将案卷意见与"文本阐释"结合起来,将社会学家的审慎与美学家的大胆结合起来,从而最终一举赋予我们的学科以一种有价值的课题和一些恰当的方法。①

  说简单一点就是,审美批评的方法既可以用于平行研究,也可以用于影响研究;同理,历史实证的方法也不仅只是用于影响研究,它同样

---

① 艾田伯:《比较不是理由》,见《比较文学研究译文集》,干永昌等编译,上海译文出版社,1985年版,第102—103页。

也可运用于平行研究或跨学科研究。基于上述比较文学研究的历史经验和理论逻辑，可以得出关于方法与研究类型之间关系的第三点认识，这就是，在研究方法与研究类型的生成关系上，尽管二者之间有着千丝万缕的联系，但二者均存在自己独立的成长逻辑和活动区域，而且往往并不同步。相对而言，研究方法具有更大的学术活动空间和跨越科际的适用性，因而，在学科的性质定位上，与其说纯粹方法上的个性具有理论说服力，倒不如说，由综合因素造就的特定研究范式及其各种研究类型更接近学科的学术特征。如果承认这样的分析多少算得上言之有理的话，那么，就比较文学学科自身的理论建设和发展而言，在继续重视研究方法的同时，就的确有必要加强对那些与比较文学研究领域有关的研究范式及其大小研究类型的深入探讨。

从来自对比较文学学科的批评性意见中，我们也可以从中感觉到纯粹从方法论着眼的弊端。早期对比较文学学科持否定性看法的学者，往往就是从对研究方法的抨击去展开其论证的，意大利著名美学家本尼第托·克罗齐（Benedetto Croce）就曾经说过："比较方法不过是一种研究的方法，无助于划定一种研究领域的界限。对一切研究领域来说，比较方法是普遍的，但其本身并不表示什么意义。……这种方法的使用十分普遍（有时是大范围，通常则是小范围），无论对一般意义上的文学或对文学研究中任何一种可能的依靠程序，这种方法并没有它的独到、特别之处。"因此，他认为："看不出有什么可能把比较文学变成一个专业。"①

近年来，在国内也有人提出过"比较文学消亡论"的观点，其立论的一个重要支点就是认为，比较文学作为以国际性的眼光和比较方法研究文学的学科，一旦等到其他多数文学研究学科的人们都具备这种眼光和方法意识之后，比较文学学科也就消亡了。上述批评的着眼点基本上都是集中于比较文学的方法论特征上。姑且不论这种对"比较"作为比较文学学科方法原则的理解，显得过于简单和缺乏本体论意义上的限定，也不论比较文学学科在方法运用上的多样性和复杂性，并非一"比"就灵，只要稍微注意一下一百多年以来，比较文学在其发展的历史过程中所形成的范式和各种具体研究类型，就会发现问题并非如此简单。这种种类型的形成并非仅仅是由某种方法所决定，而是经由了实践的经验总结、历史的淘洗并因为现实对其有所需求而得以存留和发展。

---

① 转引自《中国比较文学》，上海外语教育出版社，1988年第二期，第92—94页。

至于决定这些研究类型的因素,则至少包括与国别文学研究有所不同的特定价值倾向、侧重不同的研究对象、区别较大的研究范畴、因研究目的差异而导致的研究方法的特殊组合等等。所有这些因素,以许多代学人的心血和经验去实现有机的黏合,遂成为我们今天所见之大大小小的比较文学研究类型。要消解比较文学学科的意义,不仅需要消解与之相关的比较方法,也要能够消解与这些方式有关的各种因素和整个一套研究类型系统,尤其要以消解比较文学研究的价值需求为前提。这在目前的语境条件下,几乎是不可能的。无可否认,由于文学研究现实需求的变化或比较文学在不同民族文化地域的历史使命不同,有些类型的价值意义会衰减甚至蜕变,而与此同时,一些新的研究类型又会产生,如中西比较文学兴盛以来,与阐发研究和跨文化研究有关的研究类型就不断崭露头角。但无论如何,在比较文学研究的基本目的需求始终存在甚至正在变得越来越强烈的当今人类社会,正是这些行之有效的范式和类型,作为比较文学学科最为坚固和生命力最强的构成部分,始终维系着学科的历史性演进,并推进这一学科由欧洲本土向包括亚洲在内的世界各地区的扩展,使今日的比较文学在真正国际性的意义上不断发挥其作用。在今天和未来可以想见的岁月里,只要时代对于文学有着国际性的、跨文化的、跨语言和跨学科的研究需求,这些研究范式就会以不同的面目发挥其效用,各种研究类型就会在不断对自身的扬弃过程中得到新的发展。消亡之说又从何而谈起呢!看来,即使是为了比较文学学科本身的现状和未来发展着想,也的确需要将关于研究范式和类型方面的研讨,作为未来一段时期内比较文学学科理论建设深化的重要方面来加以强调。这种探讨不应该仅仅是统计学和实用主义的梳理,而至少应当深入到学科本体论的层次,就有关范式和类型形成的前提和条件、内在的知识和方法结构、研究侧重和价值功用、可能的学术洞见与不见、发展变化的前景和消亡可能性等方面,做一番较为认真仔细的研究,以期从方法论之外的另一个层面,对比较文学的学科定位和学术拓展提供有内在说服力的支持。

第二节 研究类型的建构与流变

各种研究类型是比较文学学科基本研究范式的具体表现形式,同时也是大量比较文学研究实践的经验总结。研究类型的发生、形成、命名、定位、流变和消亡等，总是与学科的历史发展相关联。诸类型在学科内的组合方式、价值分量、地位的升降和迁徙，也始终与学科的学术倾向和时代命运血肉相连。这当然并非是比较文学独有的学科现象。不过值得加以注意和强调的是，比较文学基本上是属于那种类型化倾向特别突出的学科。有的学者将其称之为"类型性"。[①] 离开了范式和类型的讨论，许多比较文学的学理问题就不易说清楚。一般而言，在国别文学研究中，人们对研究角度、方式和对象等与研究范式有关的因素，也同样会给予极大的关注，比如八十年代中期有所谓"新理论"、"新方法"热。但是，人们很少会像比较文学学科那样，打开一本专著，阅读一篇文章，讨论一个课题，总是要先问问是什么样的研究类型，譬如，是影响研究还是阐发研究？是主题学问题还是文类学问题？是译介学课题还是形象学课题？……并往往以此作为评判某一研究课题之学术意义的重要切入点。在比较文学学科教学体制内部，有关研究类型的教学在教材和课时中均占了相当重要的比例。以研究类型区分专业方向和作为选题的圈定范围是普遍认可和习惯了的学术常识。绝大多数的著作和论文，也总是能够让人一望而知是属于哪种研究类型，或者是哪几种类型的综合运用。甚至学科的学术总结和评奖也常常有以类型归类的习惯。所以，将类型化倾向作为比较文学的有关重要特征，应该是合乎学科实际的理论界定。

我们在前面说过，类型的形成和结构是由综合的学术因素所决定的，但是就具体类型分类的命名而言，则多数有某些因素依托的重点，包括不同高低大小的类型层次，也常有其学术因素依托的侧重。一些类型主要是根据具体研究内容加以划分，如主题学、文类学和思潮流派研究之类，均是以不同的研究对象作为类型划分的主要因素。另一些类型则以某一文学现象的不同研究范畴加以区分，譬如就"影响"这类文学现象而言，如果是从接受者的角度出发，去讨论某一文学现象（作家、作品、思潮流派等）在其形成发展过程中所受到的外来影响，对造成这一切的外来根源作"寻根"式的考证和追索，揭示其间种种因果关系，我们将其称之为"渊源学"；而如果颠倒一下位置和研究方向，从影响

[①] 参见赵毅衡、周发祥编《比较文学研究类型》一书的"前言"，花山文艺出版社，1993年版。

的"放送者"的立场出发,从造成某一文学现象的外来根源出发,去探讨这一根源对于某一文学现象所施加的影响及其意义,尝试找出某种规律性的东西等等,我们就称之为"流传学"了。如果既非从根源出发,也不是从作为结果的现象本身出发,而仅仅是关心居于"放送者"到"接受者"之间的"媒介者",关心影响这一过程所经由的途径、方法、手段、问题及其因果关系等,就成了通常在比较文学中所称的"媒介学"。实际上三者所面对的文学现象都是一个,只不过进入的角度和设定的范畴不同而已。当然,以所使用的方法及其性质特征作为研究类型划分的根据,更是该学科普遍认可的方式。就大的类型而言,如果在方法论的依托上,是以追根溯源的历时性事实考证为主,以所谓"影响"为研究起点,自然就圈定了一个界限清楚的研究类型,即我们常说的"影响研究"类型。如果是以关心文学现象之间的"文学性",即以美学探讨作为基本的方法立场,试图在基本无甚具体联系的前提下去讨论某些文学现象之间的歧异和共相,深化我们对于文学的普世意义的理解,则将为比较文学确定一更加广泛的研究类型,即所谓"平行研究"。我们甚至可以依据对于比较方法使用的不同情形,作进一步的类型细分。在平行研究中,文学作品之间的探讨自不待言,如果是文学理论之间的比较探讨,就形成了一个具体的研究类型——"比较诗学"。而如果是间接地以一个民族或两个以上民族的文学理论去阐释某一民族的文学作品,就有了一种新的研究类型——"阐发研究"。至于以文学去与人类其他知识领域进行比较研究,则会形成一类更大的研究类型——"跨学科研究"。如此等等。如果有进一步的研究需求和划分根据,我们还可以做更多和更具体的类型区分。但是,有一点应该指出,类型的区分和命名必须有研究实践发展的现实根据和需求,并且回过头来能够进一步指导该类型的研究实践活动,否则,任何主观臆想地构思出来的所谓"类型"和类型组合的罗列,除了造成学科理论的烦琐化和思维混乱外,没有什么别的价值。

　　由以上的分析可以见出,有关比较文学研究类型的形成根据和分类标准,一直都是很不统一的。之所以如此,与比较文学在其不同的历史发展阶段中研究领域的扩展、研究重心的转移和学科观念的转变有关。在早期注重事实联系的阶段,围绕着影响研究这一大的范式和领域,逐渐形成一些相关的研究类型,大至前述的渊源学、媒介学之类,小至原型研究、形象研究、改编研究等。上世纪五十年代以后,随着平行研究的兴起又出现一些研究类型，大如主题学，小如母题研究、题材史研究等，而七八十年代以来东西方比较文学的开展，尤其是中西比较文学的兴盛，使诸如阐发研究、比较诗学之类新的研究类型得以脱颖而出。在阐发研究这一类型下，又可分出单向阐发与双向阐发之不同。在比较诗学这一类型中，又可具体再区别为范畴研究、术语研究、方法论和话语研究等等。至于在跨学科研究和文化研究成为最近一个时期的热点以后，与之相关的一些研究类型也就逐渐成为探讨的重心，譬如文学与人类学、文学与宗教学、文学与市民文化空间、文学与大众传播媒介、文学与当代高科技、信息网络社会与文学观念等。作为新起的研究类型，它们在以往和二十一世纪的比较文学研究中，都将扮演重要的角色。而在未来的岁月里，随着社会和文化的快速转型和复杂变迁，新的研究类型的不断出现，不仅不令人感到奇怪和吃惊，反而应该说是完全可以预期和有必要加以促进的。

　　作为比较文学研究类型形成根据和划分标准的多样性和多元性特点，对于研究本身来讲，当然应该说是具有开放性和学术活力的表现，是好事情，然而，就学科理论建设而言，在研究类型的规范化和系统化方面，却碰到了不易解决的困难。相当长的一个时期以来，比较文学研究者们都在试图借助某种分类标准，将各种研究类型纳入一个完整统一的研究框架，建构一个具有可操作性的有机系统。[①] 但结果总是不尽如人意。原因是显而易见的。首先，依不同的分类根据建构起来的各种类型组合，却试图以某种分类标准将其统一起来，必然面临纲目不清的局面，相互牵扯，同质异象，终归是难免顾此失彼。其次，不同的标准，意味着在方式、方法、对象、范畴、研究性质以及价值取向上的差别，各自有自己的类型组合原则和领属方式，一旦硬将其捏合在一起，一方面，自然就会出现并无真正有机逻辑关系的假整合现象，其中会掺入分类者太多的主观因素；另一方面，必然会有太多溢出体系之外的特例需要加以解释。特例过多，体系的稳定性就会动摇。最后，即便勉强构建了一个类型体系，其实践的意义又如何呢？常常出现的情况是，某些类型在不同的类型层次间不断重叠，其实是大同而小异。如主题学，在平

[①] 事实上，国内出版的多数比较文学概论类书籍，都尝试进行这样的分类整理，但始终难以达到理想效果。以此问题作为专著的似乎仅有赵毅衡和周发祥主编、花山文艺出版社1993年出版的《比较文学研究类型》一书。

行研究中有，影响研究中也有，跨学科研究中也会出现，按现行的分类方式，究竟放在什么位置为合适呢？而某些人为划分的类型，并没有太多的实践意义，纯粹是为着体系的完整性而制，基本上是空摆设。如在跨学科研究的"文学与自然科学"类型下，再分出一些亚类，像"文学与数学"、"文学与物理学"之类，一个学者如果高兴的话，可以把自然科学的一大批学科都与文学排列起来，成为洋洋大观的以文学为中心的放射性类型组合，然而，这样的分类除了换一个学科作为对象之外，在学理上和研究的价值意义上与其他类型其实并无太大差别。也许，我们该换一换思路来考虑问题，对于像比较文学这样一门处在不断变动过程中的开放学科，运用黑格尔式的逻辑体系论方式，试图构建一套包罗万象的类型体系，似乎在学术思维方法上就存在问题，或者说它干脆就不符合比较文学学科的精神原则。在如何去认识、理解和总结比较文学的研究类型这一问题上，恐怕有必要像理解比较文学的定义一样，需要从开放性、动态性和过程性的原则去考虑问题，而不是试图以一个包容性的结构体系去固定它。就比较文学学科而言，它所包含的学术现代性特征之一，就是在其发展的历史进程中，因了研究实践的现实需求而不断调整和改变自己的学术定位和价值趋向，并由此形成新的学术范式和研究类型组合，这些类型组合在特定的学术环境条件下自有其内在的逻辑合理性和系统性，但是，与以往的类型组合和后来又出现的类型组合之间却存在较大的分别，故很难统一于一个完整的体系内。明智的选择应当是将类型问题作为一个过程来看待，着力去探讨各种类型及其组合在比较文学不同发展阶段的意义，去梳理它们在以后阶段中的流变，去考察在岁月的过滤之下，有哪些类型能够得以留存和更新，并且是如何汇入到新的类型组合中去，成为新的有机组成部分。在这里，类型的内在学术价值和生命力是研究者所应该关心的重点。至于它是否能够结合在一套周密完整的架构之中，这倒是属于其次的问题了。

在有关比较文学研究类型的诸种问题中，关于类型的结构层次和大小主次问题似乎也有值得反思的必要。目前通行的描述方法是，将比较文学先划分为文学范围内的"本科研究"和似乎是文学范围以外的"跨学科研究"。然后将本科研究再划分为"平行研究"和"影响研究"，有的著作则加上"历史类型学研究"、"阐发研究"和"接受研究"等，各家看法不等，但都试图自圆其说，都将这一部分称之为"主要类型"。然后在此基础上再分出各自的所谓"次要类型"，例如，将影响研究分为"渊源学"、"媒介学"、"流传学"以及与影响有关的"主题学"和"文类学"等,将平行研究再分为"主题学"、"文类学"、"类型学"、"思潮流派研究"、"比较诗学"、"阐发研究"等,而跨学科研究又分为"文学与艺术"、"文学与社会科学"、"文学与自然科学"等。在所谓次要类型的基础上又再次分出更多的"细类",譬如将渊源学分为"原型研究"和"母题研究",将媒介学分为"翻译研究"、"旅游研究""文化传播研究"、"外交文学",将流传学分为"改编研究"和"形象研究",而将文学与社会科学分为"文学与哲学"、"文学与宗教"、"文学与社会学"、"文学与心理学"、"文学与法学"等等。如果就是这样层层深入推进,似乎还可以不断进一步再细分下去。① 甚至可以最后贴近某一具体的或者人为规定的研究课题去分类。然而,一旦这样一套主次大小各归其位的类型组合的结构图式完成后,你就会发现它们与当下的比较文学学科研究现实有着太远的距离。第一是同类异位,例如前述"主题学"就同时出现于影响研究、平行研究和跨学科研究这三个所谓主要研究类型中。而"比较诗学"也未必只是平行研究范式的专有,不同民族之间文学理论之间的事实性接触和影响,在当今往来交流极其便利的信息社会中,已是普遍的现象,有关的比较研究也屡屡可见。例如从比较诗学角度去研究五四以来中国现代文学理论的进展,就不能不涉及马克思主义文论的译介和实际影响,故很难将比较诗学只是限定于平行研究这一大类之中。第二是同类异名,仍以比较诗学为例,一般讲,比较诗学是它的通名,但在同一体系中的另一分类标准则将作品与作品的比较、理论与理论的比较等称之为"直接比较"这一类型,所以你又可以称其为"直接比较类型",而如果是对某一时期或思潮流派之间的文学理论做跨文化的比较,是不是又该称之为"思潮流派诗学研究"的类型呢?第三是主次易位,在比较文学的研究实践过程中,特定时空条件下设定的类型结构次序,常常很快就被现实的学术进展所突破。譬如文学与文化的关系研究,在通常的比较文学研究中,文化或者是作为研究的语境,或者是作为研究的附带价值取向存在,或者是作为跨学科研究的一部分而存在,但是近年比较文学研究的一个重要趋向恰好是比较文化研究的分

---

① 有关各种不同的研究类型的命名差别、不同结构方式差别、类型差别、类型数量差别等,可参见近年出版的多种比较文学概论性的著作。只要认真参考数种,便可见出其间的立场、观点和认识的歧义之大。

量日益加重,在一部分学者的心目中,文化研究甚至有取代"文学"成为比较文学主要价值目标的趋势。一个明显的例子就是九十年代以来美国比较文学界围绕比较文学发展前景的学术论争,争论的其中一方就明确认定,文化研究是未来一个时期内比较文学研究的价值目标所在。[①] 不管这场争论的结果如何,仅就比较文学的惯常研究类型结构而言,确实是一种有力的震撼和挑战。通常比较文学最基本的研究类型划分,是将比较文学分为文学范围内的本科研究和跨学科研究两大类,然而面对这一挑战,又该怎样来确定基本的类型划分呢,是单独划分出一个与之并列的"文化研究"类型呢?还是从总体上去认定,当下和未来一个时期内的比较文学在本质上就应该是一种文化研究?从而让本来是属于跨学科研究范畴或者说本来就无所谓类型的文化研究,一跃而成为基本的大类或者是根本的深层价值归宿?这的确是值得深思和耐人寻味的问题。再例如翻译研究,在一般的比较文学著作中,它本来是属于媒介学的次一级细类的研究,可是如果注意一下近二十多年的情况,翻译研究已经惶惶然成为比较文学当中最基本和最重要的研究类型之一,以至九十年代以来,有的学者甚至认为,原本作为比较文学一个分支的翻译研究,近年以来已经成长为一门独立的学科,并且认定:"现在是到了重新审视比较文学与翻译研究之间的关系的时候了。"[②] 无论比较文学意义上的翻译研究是否真的将很快作为一门独立的学科而脱颖而出,但有一点可以肯定,即再试图不顾现实的改变而将翻译研究安置为"影响研究—媒介研究—翻译研究"这样排在最后的第三等级细类,恐怕已经不太可能了,它已经或正在由低向高、由小到大、由次要类型向主要类型作快速运动,其生命力不可等闲视之。也有这样一些类型,它们在不同的文化语境中所处的地位大小高低均不太相同,譬如比较诗学,过去在西方或者说欧洲文化语境中,它基本上是处于比较文学研究格局中较次要的研究类型。因为西方文艺理论基本上是源自希腊罗马以来的诗学传统,欧洲不同民族之间文学理论的概念和话语,很难说有多少根本性的差异和矛盾,因此,对于对话、协调和汇通的要求,也未必有东西方之

[①] 关于这一论争的背景及其影响,可参见本书第二章"历史、现状与学科定位"的有关部分。

[②] 参见苏珊·巴斯奈特:《比较文学》(Susan Bassnett, *Comparative Literature*, Oxford and Cambridge: Blackwell Publishers, 1993),第 160 页。

间的问题那么迫切。然而,一旦将比较文学置于东西方或者具体到中西方的文化语境中,情况就将发生变化。中西文学交流和文化对话中的大量误读,在很大意义上,正是由于各自所持的理论话语存在较大歧义,在术语、概念、范畴的运用上各执一端,在审美的价值倾向和认知方式上各有其途,一旦盲目搬用则难免出现南辕北辙的误解。因而从中西比较文学研究的目标着眼,使双方在文学理论话语上达于基本的理解、协调和认知,从而使其在处理具体文学现象时均能超越自身,在设身处地的为对方着想的同时,也使自身的话语为对方所理解,以至尝试建构一个双方认可的讨论问题的诗学空间。所有这一切,不仅是诗学本身的课题,同时也是中国传统诗学通过现代转化为世界认知的问题,尤其更是开展中西比较文学研究而又可能减少误读的基本前提,是极为重要而又十分迫切的任务。基于此,在考虑中西比较文学的研究领域选择、研究类型主次定位和确定孰先孰后的次序时,无论如何,比较诗学都是必须优先加以考虑的。不能因为历史上的或者说以往西方比较文学理论的分类传统如此,我们便只能比葫芦画瓢,不敢越雷池一步。从关于研究类型的困扰,可以进一步启发我们考虑一个具有全局性和普遍性的问题,即在探索建构中西比较文学的学科理论的时候,既要考虑这一学科的基本原则和学术传统,更要考虑中西比较文学研究的当下语境和实践需求,由此去决定自身的价值目标,筛选合适的方法路径,确认适当的研究范围,认定重要的研究类型,在实践中不断调整和深化学科的内在学术结构,逐步形成自己的理论特色,并以这样的理论和实践成果去与其他国家和民族的比较文学界对话。至于这种特色是否会被称为比较文学的"中国学派"或者其他的什么称谓,那多半是应该由别人来认定的事情,对于中国的比较文学研究者而言,当务之急是精心耕耘好自己的田园。

在本节论述的末了,有一个问题仍旧需要再一次强调和澄清,这就是概念、术语和称谓上的同名异义问题。我们在本章范围内提及的许多术语和概念,如影响研究、阐发研究、跨学科研究、比较诗学、主题学、文类学、形象学、翻译学等等,绝大多数情况下,指的都是某类比较文学的研究领域,研究范式,更具体的说,是指研究类型。正如我们在前面所讨论过的,类型和方法有密切的关系,但不是一回事。研究类型自己有着超出方法以外的价值、范围、对象、范畴诸方面的综合构成和学科意义,不宜混为一谈。在前一章里讨论方法和方法论的时候,我们也曾广泛涉及上述一些概念、术语和称谓,但它主要是指其中所包含的独特的方法和方法论原则。例如在前面一章提到"阐发研究"时,显然就不是作为研究类型来讨论,而是针对其中特别的一类方法,即所谓"阐发法"来加以探讨的。其他概念亦当如是看待。在一门学科的历史发展进程中,由于不同时期以及不同学养的学者对同一术语的理解和定位不同,因而在运用上存在歧义也是常见的现象,认真加以清理和重新区分,本身就是学科理论研究的一项工作,尤其是对于像比较文学这样远非已经完全成熟了的学科。然而,在尚未找到更好的命名和区分方式将它们明确区分开来之前,我们在理解的时候,切不可简单化地望文生义,而是要根据具体的内容审慎地细加分别。

第三节 类型化研究的功能模式及其价值取向

在对研究范型与方法的关系和研究类型的建构及其流变加以初步的讨论和梳理之后,现在我们可以进一步来探讨比较文学类型化研究的形成背景、功能模式及其在研究实践中的价值取向了。正如本章前面所指出的,比较文学是一门类型化倾向比较突出的文学研究学科。换句话说,比较文学研究的历史经验及其特色,尤其是它不同于一般国别文学研究的学术视角、对象范畴、论证途径和方法论特色等,往往就是从具体的研究类型中体现出来的。因此,对于其类型研究的功能模式及其特征的理解和把握就显得至关紧要。在具体的研究操作过程中,能否完成一项真正意义上的、扎实严谨的、合乎学术规范的比较文学研究课题,在很大程度上,的确是要取决于研究者本人对于有关研究类型的功能和特点的把握。当然,对于一个研究者而言,他并没有必要熟悉和掌握那些自有比较文学以来陆续形成的所有研究类型,而一本学术目的明确的比较文学学科理论著作,也完全没有必要罗列和呈示出所有的类型。在一般的情况下,明智的学者会根据一套基本原则来强调他的类型选择。这些原则大致可以归结为以下几个方面:第一是典范性。所谓典范性,它意味着这种类型在比较文学发展的历史上发展得相对比较经典,比较完善,且有一定的代表性,对于我们理解什么是比较文学研究类型的内在特征有指导意义。其二是现实性。所谓现实性,在这里有两层意思,一是指这种类型对于解决现实中国学术语境中迫切的文学问题有明显作用；二是指此一类型在研究选题和方法路径上有比较具体的可操作性，不致使入门者如老虎咬刺猬，无从下口。其三是前瞻性。这首先是指某些新起的类型，它们虽然在理论上有待完善，在实践方面成果也未必突出，但是在可期的未来有着良好的研究前景；其次是过去虽有此一类型，但在整个类型格局中地位不太重要，而在目前的环境条件下重新获得了新的理论动力和研究资源，且正显示出越来越强的生命活力，研究前景看好。其四是能够举一反三。即对一种类型的介绍和剖析应该有利于对其他相关类型的认识，同时，如果能够有助于未来新的类型的发现、总结和推广，就更加功德无量了。

在国际和国内学术界多年以来出版的比较文学学科理论著作中，我们均可以见到不少根据上述原则系统展开研究类型介绍和分析的较好例证，读者自可以从本书所提供的参考书目中去学习参照，从而选择适合自己知识结构和研究兴趣的研究类型和类型组合。就单一具体的研究类型的发展建构变迁历史、内在结构特征、研究的对象范围和操作方法而言，在以往出版的许多相关著作中也已有较全面的介绍，尤其在作为本教材前身的《比较文学原理》[①]中已有详细论述，故本书将不再赘言。本书的编著原则和期望的学术目标，主要是希望与读者一起，在此前已较为系统地掌握比较文学基本学科理论知识的基础上，着眼于学科现实的问题和未来的发展，通过重要问题的讨论，进一步去深化对比较文学学科的认识和理解。因此，就本章而言，作者所确立的问题重点除了前面有关方法与范式的互动关系、研究类型的建构与流变，以及有关类型研究的功能模式及其价值意义问题之外，在后面的部分里，还将继续讨论阐发研究类型与中西比较文学的学术诉求、新的思想理论资源与研究范式的更新、解构和重组等现实理论焦点以及与之相关的学科发展前景问题。

所谓类型化研究的功能模式和实践价值意义，主要是指某一研究类型所具有的主要学术功能及其形成的历史语境、其对于研究对象的内涵和外延限定、价值预期及其与相关类型之间相互阐发依存的关系。应该说，这是以往的著作中较少涉及或者说有所忽略的方面。而我们认为，对于比较文学的具体研究实践而言，这无疑是一个相当重要的问题。试想，如果仅仅是认识一个个的研究类型，而对这些类型的学术功能及其

---

① 乐黛云：《比较文学原理》，湖南文艺出版社，1988年版。

与其他相关类型的内在联系缺乏了解，对研究类型与研究对象的复杂关系缺少认识，其结果很可能是机械地、孤立地和僵硬地去看待这些类型。一方面是面对今日纷纭复杂的文学以及文化世界，另一方面是接受过去形成的一个个孤立的研究类型，如果没有对类型的真正认识，其结果要么只能生搬硬套，削足适履，要么就是眼花缭乱，无从下手。特别是在社会生活和文学现象正变得越来越复杂的今天，情况更是如此。

正如本书第一章中所指出的，进入二十世纪后半期以来，全球社会的物质世界和精神世界都在发生着巨变，人类正经历着认识论和方法论的重大转型，我们正处在一个无论在规模和深度方面都表现出强大震撼力量的文化转型时期。转型社会的冲击波所至，遍及各知识领域，包括文学研究在内的人文学科也面临振荡和改变更新，过去那种学科越分越细的趋势出现逆转，正所谓合久必分，分久必合，其中一种新的趋向就是跨学科研究和科际之间的整合成为世纪末的学术潮流。对一个重要的研究对象，一个学科往往难以独立解决问题，而必须将其视为一系统工程，同时调动多学科的力量，采取总体分解、综合研究的方式去解决问题。过去那种单一学科、单一范式和单一方法的研究方式所带来的弊端日益明显，急需改变，非如此，不能适应快速复杂的世界变迁。学科之间是如此，学科内部也同样面临这种冲击和更新自身的要求。就比较文学而言，作为一门在其复杂历史进程中始终将开放性和开拓性视为自身传统的学科，作为一门视学术的现实需求为最终使命、总是在实践中不断调整和深化自身理论的学科，中国的比较文学完全应该在这一普遍的学术趋势推动下，面对二十一世纪，反省和调整自己的学科目标和研究姿态，以适应中国和世界的比较文学发展。这种反思和调整，既包括总体上的学科战略目标和理论走向，如有关比较文学与文化研究关系的学科论争，有关世纪之交这一文化转型时期比较文学新历史作用的讨论，有关比较文学学科定位的省思等等。这些思考当然都是完全必要的。但与此同时，我们也应该对学科内部的学理、方法、范式诸问题做一番认真的反思和调整，以适应现实和未来研究的操作实践的需要。

基于这样一种学术背景来考虑比较文学研究类型的功能和意义，应该是到了以某种新的视角来认识和理解类型问题的时候了。诚然，作为在研究实践中类型化倾向十分突出的一门学科，比较文学在其百年历程中先后形成了大大小小的众多研究类型，为这一学科研究领域的拓展和深化及其在文学研究界地位的确立扮演了重要的角色。然而，随着比较文学历史性地步出欧美学术界，在东方和第三世界学术文化领域一试身手，特别是在像中国这样一个文化和文学历史久远、成就辉煌而近百年来却又面临学术理论落伍的大国，当舶来的比较文学于上世纪八十年代应时复兴，再次登上中国的学术历史舞台，在经过一段时间以西方比较文学理论为范式的借鉴和跟进以后，必然要冷静下来思考这种理论范式对于中国文学研究实际的适应性问题。这其中至少包含两个方面的意思：一是源于西方的比较文学学科，其理论产生的文化土壤与理论范式本身的内在机制和功能是相一致的，因而，当运用这种理论范式去处理西方文学问题时，二者之间也是有机契合的。而另一方面，今日中国的文学和文化所面临的问题与昔日建构比较文学的西方历史环境有许多根本的不同之处，在学术的价值取向和研究对象诸方面都有重大差别，一旦不加改造或者只稍加改良就试图运用这类理论方法来解决中国的文学问题时，在经历了最初的新鲜尝试和由无知到逐渐了解的过程以后，理论范式与研究实践的价值错位和内在矛盾就会逐渐暴露出来。特别是从二十世纪八十年代初至今，在经历了近二十年的努力之后，中国的比较文学在队伍、学科建设、教学和科研等方面都日渐走上了专业化和体制化的道路，从中国比较文学未来的发展出发，也必须审慎地重新思考自身的学术目标和学科理论建设问题。在这样双重的语境条件下，有关学科理论范式与研究实践之间的矛盾问题就愈加变得尖锐和迫切起来。这里面自然也包括了这里讨论的研究类型问题。如何解决这类冲突，本身就是一项重要的比较文学理论课题。

我们在追溯比较文学于十九世纪在欧洲产生的各种背景条件和学术根源时，常常提及许多显在的社会历史和知识性的原因，譬如社会历史方面的资本主义的崛起、工业革命的胜利、世界性的商业贸易和市场的开拓，思想理论方面的哲学实证主义和社会学的兴盛，自然科学的一系列重大突破带来的认识论革命，其他比较学科的影响等。就文学自身而言，则有社会历史批评的风行，现实主义和浪漫主义文学的繁荣等等。[①] 但是，人们有时候却往往忘记了这一学科得以形成和发展的潜在的意识形态立场和文化战略动因。而实际上，十九世纪同时也是西方中心主义思想登峰造极的时代，它借助欧洲资本主义在各个方面的历史进

---

① 参见乌尔利希·韦斯坦因：《比较文学与文学理论》的"附录一：历史"，刘象愚译，辽宁人民出版社，1987年版。

展而日渐膨胀。这一思想在哲学精神上强调自希腊罗马以来的西方逻各斯理性中心主义的至高无上权威，以及由此而形成的西方文化传统、价值观、思维和行为模式等，都被视为具有科学的和普世的真理性，因而应该为世界其他民族所效法。这种文化中心论的恶风所及，使文艺复兴和启蒙时代以来尚存的，对东方和其他地区民族文化的学习态度扫荡殆尽。随着而来的就是由文化上的中心主义走向文化上的扩张主义，视亚非拉第三世界文化为非科学、落后、愚昧的存在物，除了具有所谓"奇异性"的猎奇和欣赏价值外，更多的是需要教诲和启蒙，需要泯灭掉自身的本性和特点，竭力效法和靠拢现代西方文化。从十九世纪以来形成于西方的众多社会和人文学科的理论预设、研究范式和方法论原则中，均可以不同程度地找到这种文化中心论的思想渗透和制约的痕迹。例如当时曾经盛行一时的考古学、人类学、社会学、民族学、民间文学以及所谓东方学等。中国著名人类学者费孝通就曾经说过：

> 人类学原本是本世纪初年的白种人到他们的殖民地（非西方的文化环境）去研究那里的部落人的生活的一门学科。最先是哥伦布发现新大陆，然后一大批欧洲人海外移民，做买卖、做海盗、发展资本主义。欧洲人到了世界各地除了掠夺物质资源之外，同时还会碰到各种不同文化的人。有些旅客、商人、传教士曾把他们所见到的事情记录下来。那个时候有一种观点认为西方文化以外的文化都是落后的，因而认为这些落后民族都需要接受欧洲的先进文化，也就是要求世界的西方化、资本主义化，这在白种人看来是他们义不容辞的天职。[①]

于是他们就采取各种强制或者是诱导其自愿的方法，企图利用自己一时间占强势地位的文化去取代其他价值观念不一样的非西方文化，其口号是仿佛中性的和有普世价值的"现代化"，但隐藏其后的却是以欧美的价值标准为中心的"西化"。而十九世纪以来，在相当程度上也是为着这一目的而建立起来的与研究非西方社会文化有关的上述众多学科，无疑都被浸泡于这样的麻醉液之中，在科学研究的口号和旗帜下，自觉不

---

① 费孝通：《从人类学是一门交叉的学科谈起》，见北京大学人类学与民俗研究中心等编《人类学与民俗研究通讯》，第30、31期，第5页。

自觉地从事着将非西方民族的传统文化抽空和纳入西方价值体系的工作。巴勒斯坦出生的美国学者爱德华·萨义德（Edward Said）把这种局面称之为西方学界对非西方文化的主观武断的东方化，这种所谓东方学是被西方命名和规定了的"东方主义"：

> 东方主义的所有一切都与东方无关；东方主义之所以具有意义完全取决于西方而不是东方本身。①

学科的实践告诉我们，同样诞生于十九世纪末欧洲中心主义文化氛围中的比较文学不可能是一个例外，只不过它是在另外一类口号，即"世界文学"或者"总体文学"的口号下从事目标一致的工作。其实，在早期西方比较文学学者那里，所谓"世界文学"实际上多数时候指的就是西方文学，而所谓"总体文学"的价值目标，基本上就是以欧洲文学传统作为范本的。他们的研究要么从根本上忽略非西方的文学，只热衷于西方文化之间比较和研究；要么就是居高临下地谈论西方文学是如何"影响"了非西方的文学。至于非西方文学的传统、价值和个性，在西方传统经典文学的阴影之下早已被遮蔽得无影无踪。即使是像弗里德利克·杰姆逊（Frederic Jameson）这样极其愿意为非西方文学一辩的学者，也只是说有别于西方现代主义以来的文学传统，我们不应该像读普鲁斯特和乔伊斯类的作家那样去随意批评第三世界的文学，而应将其当作他们的"民族寓言"来看待：

> 所有第三世界的文本均带有寓言性和特殊性；我们应该把这些文本当作民族寓言来阅读，特别当它们的形式是从占主导地位的西方表达形式的机制——例如小说——上发展起来的时候。②

至于第三世界文学在文学的内在品格、形式技巧、审美特征等方面的独特个性和创造性，即使是杰姆逊这样的西方马克思主义文论家，也是将

---

① 爱德华·萨义德：《东方主义》（Edward W. Said, *Orientalism*, New York: Vintage Books, 1979），第 21 页。
② 杰姆逊：《处于跨国资本主义时代中的第三世界文学》，见《新历史主义与文学批评》，北京大学出版社，1993 年版，第 234、235 页。

其忽略不计的。更何况众多本来就是自觉地站在西方文化中心论旗帜下的比较文学研究者了。

研究的实践是处于这样的状况，那么，在这种实践过程中形成的比较文学学科理论又怎么可能公允、怎么会具有包容非西方民族文学研究的普遍性呢？于是，如果要真正从东方或者中国本土比较文学研究的实际以及二十一世纪的学术趋向去考虑比较文学的发展和使命，学科理论的根本反思和改造便不可避免地、或迟或早地要被提上学科研究的议事日程。中国比较文学界似乎已经可以考虑这项工作的可行性了。任务无疑是艰巨和复杂的，需要从大处着眼，但更应该从一些具体的和操作性比较强的问题去着手。这里关于研究类型的省思正是出于这一学术动机。面对相关的中国文学和文化研究的现实需求，如何看待从西方借鉴来的类型范式，怎样认识这些研究类型既往的功能意义和价值预期，如何探索适合东方尤其中国本土比较文学研究的类型范式，所有这些，无疑都是今日中国新一代比较文学学者无可回避的迫切课题。本书当然并不试图也不可能完成这一学术目标，但是在介绍和描述相关的研究类型和类型组合时，却责无旁贷地应该主动提出问题并尝试解决的可能途径，即有义务和责任反省类型理论产生的学术价值背景，考虑现实和未来中国比较文学研究的价值目标，审视诸种类型在中国本土比较文学研究中的功能意义，并且提出基于这样的反思基础上的类型建构。

通观自比较文学作为一种学术研究于上世纪二十年代出现在中国本土近百年的学术历史，尤其是作为一门学科自上世纪八十年代以来发展兴盛于新时期国内文学学术研究界三十余年的历史，无论在学术价值目标，还是研究的学术内容和对象方面，都与传统的西方（主要是欧美发达地域）比较文学研究有着重大的区别，这种差别性必然会影响到中国比较文学研究界对于西方比较文学研究类型的借鉴选择和批判改造。同时也要求中国比较文学研究者们根据本土的研究实际去发展、创造和建构适合自身需要以及时代需求的新的类型，事实上，中国的比较文学研究者们正是这样去实践并且有所建树的。因此，在从中国学者的立场去介绍比较文学学科理论的时候，自然应该认真去总结和强调这一方面的努力和成就。这也正是在具体介绍和描述一些研究类型的结构特征和功能意义时，本书作者的重要学术探索方向。

第四节 中国比较文学实践与阐发研究类型

自比较文学学科在欧美学界诞生至今，陆续形成的大大小小的研究类型不下几十种之多，有关它们之间的生成历史和相互关系，在本章的第二节已有分析。如需进一步了解，读者还可以从本书参考文献中查看中外著作的有关章节。面对如此众多的研究类型，本土的中国比较文学研究者当然不可能不加选择地依样画葫芦，照单全收。道理是很清楚的：首先，这些类型是自十九世纪以来，在特定的西方文化语境条件下，因着特定的价值目标进行实践的经验和理论总结，面对中国比较文学研究的学术现实和文化诉求，舶来的类型理论如果没有经过一番选择、审视和适应性的改造功夫，很难在此立足；其次，本土中国比较文学研究的内在需求和价值目标，也在呼唤适合自身实践的新的研究类型的产生。因此，如果检视一番世纪初至今中国比较文学研究发展的历史路径，其在研究类型问题上的理论立场和运作实践大致也是循着与此关联的三方面思路去探索的：一方面，以拿来主义的态度，不断借用西方比较文学的类型模式来尝试进行相关的中西比较文学研究实践。例如与事实影响和国际文学交流有关的渊源学研究、流传学研究、文类学研究等；另一方面，则试图以新起的文学或人文社会科学理论对既有的研究类型进行改造和发展，使之较为适合今日研究之需求。如以原型批评和人类学理论对主题学和文类学研究的改造和深化；以接受理论去刷新与影响研究相关的研究类型；以新的文化研究理论去发展传统的国际文学关系研究，从而使形象学研究在东西方文学和文化关系研究中被赋予新的价值意义；以当代阐释学理论去重新建构中西比较诗学的方法论架构等。再一方面的思路，则是进一步尝试从具体的本土比较文学研究实践的基础上去总结建构新的研究类型，在这方面，目前探讨得比较多的无疑是争议较大的阐发研究和文化对话研究类型模式。无论这些探索的方向有多大区别，成败得失的程度有何不同，但有两个十分重要的学术出发点基本上是一致的：其一是立足于本土中国比较文学研究的实践需求，其二是着眼于当代国际比较文学研究的趋势和理论走向。实际上，就后一个出发点而言，作为全球多元文化语境下的一种学术参照，如何取舍扬弃，最终还是必须归结到中国比较文学研究的实践诉求这一根本出发点上来。因此，对于现实和未来的中国比较文学的类型理论而言，最重要的问题不是对舶来的比较文学研究类型是否有全面的把握和描述，也不必匆忙地去圈定和肯定那些似乎属于中国土生土长的研究类型已经有多么完善以及有多么大的学术意义。这些工作当然也是重要的和应该及时去做的，然而，目前最迫切和最重要的问题更在于，我们应该认真审视在建构自身学科理论过程中作为本土中国比较文学研究的学术立场，并以此为出发点，历史地去清理既往学科理论建设过程中所走过的路径，尽力去廓清通向未来的学术思路。正是在此一意义上，相对而言，"过程"应该比匆忙的"结论"更具备理论前瞻的意义。尤其在世纪末的今天，问题似乎比过去更加显得突出和迫切了。这当然是属于整体学科建设应该考虑的大课题，然而它对于重新审视研究类型问题也并非是无足轻重的。下面让我们试着集中讨论一下阐发研究类型的有关问题。

在中国本土和海外华人世界所展开的比较文学研究中，陆续有多种类型模式被尝试运用过，其中突出地被称为中国比较文学研究者独立创造的研究类型当属阐发研究，其与之相关的理论问题和学术评价也是中国比较文学学术界争议较大的问题。有的论述甚至将其提升至建构学派的意义上加以强调，我们尽管并不完全赞同这种观点，但这并不影响对阐发研究在本世纪以来的中西比较文学研究中所扮演重要角色的重视和肯定。

关于"阐发"一词，英文中有一近似的字是"illumination"。一般英文辞典的基本意思是：照亮、阐明、解释、启发等。阐发研究概念的提出或许与此有一定的关系，但是真正意义上的阐发研究确实是中西比较文学研究实践的产物。这里作为比较文学研究类型的阐发研究，一般主要是指用外来的理论方法去阐明本土的文学创作，即以形成于一种文化系统中的文学理论批评模子去分析处理形成于另一文化系统中的文学现象，有时候也结合本土的理论方法展开双向或者多向的阐发。就迄今为止的研究实践和成果而言，多数情况下是援用西方文学理论的批评方法来处理中国的文学现象、文学理论和文学作品。从事过这类研究的学者，自本世纪初比较文学被介绍入中国本土以来已经延续了好几代人，他们当中不仅有中国大陆的研究者，也有相当多的港台和海外华人学者，还包括一批近年来崛起于汉学界、以中国文学研究为其专业学术方向的西方学者。在这支队伍中我们可以排出长长的一列令人刮目相看的学者名单，如：上世纪五十年代以前即有梁启超、王国维、陈独秀、鲁迅、朱光潜、吴宓、钱钟书等,而从那以后的研究者就更多了,仅海外学人,随便列举便有如夏志清、叶嘉莹、高友工、梅祖麟、刘若愚、叶维廉、韩南、浦安迪、余宝琳、宇文所安(斯蒂芬·欧文)、余国藩、伊维德等。国内学者更多。可以这么说,如果没有这种类型的阐发研究,中西比较文学的研究将出现相当大的一块缺失。另一方面,一直以来,也有学者尝试以中国传统的文学理论去阐发西方文学作品和现象,不过相对而言,这一领域的研究就比较稀见,业绩有目共睹的学者也较少,譬如朱光潜、钱钟书、叶维廉诸人,而且他们的研究也较少以中国传统文论的批评话语去直接处理西方文学作品,多数情况下是进行双向或多向的理论比较和阐发,在严格的意义上,这与其说是一种阐发研究,倒不如说是中西比较诗学研究更妥当一些。但不管怎么说,从中西比较文学研究的实践立场来考虑比较文学研究的类型理论问题,阐发研究无论如何都是必须加以认真对待和总结的重要方面。

即使不涉及鲁迅于1907年写下的《摩罗诗力说》和《文化偏至论》等文章,单就二十年代末有吴宓这样的学者去美国师从白璧德学习比较文学归来,在东吴大学、清华大学等校开设相关的比较文学课程开始,有学科自觉的比较文学研究在中国本土和海外华人学界已有近百年的历史,而与之相应的阐发研究其历史甚至更长。早在五四之前,王国维即运用西方文学理论对中国小说戏曲进行过阐发研究,在以叔本华的悲剧理论对《红楼梦》阐发分析的基础上,他提出作为一般人在日常环境中由于各种关系的牵制而形成的悲剧,《红楼梦》可谓"悲剧中的悲剧"。陈寅恪在总结王国维的学术成就时,即认为他的三大贡献之一就是"取外来之观念,与固有之材料互相参证",① 以之用来进行文学理论批评的著述和小说戏曲研究。这大概要算中国最早期的阐发研究实践了。② 既有的资料说明,尽管阐发研究作为一种比较文学研究类型③的正式命名,是在七十年代中叶由台湾比较文学学人所确认的,但是作为一类研

---

① 陈寅恪:《王静安先生遗书序》,见《金明馆丛稿二编》,上海古籍出版社,1980年版,第219页。

② 参见陈惇、刘象愚:《比较文学概论》,北京师范大学出版社,1988年版,第78、79页。

③ 它同时也被视为一种方法,但在作为类型的具体研究实践中,一个具体的阐发研究案例也会在阐发的同时配合其他方法的使用来达到学术目的。请参见本章第一节"方法与范式的互动"。

究类型的使用却是自上世纪初以来由中国内地本土学人的前辈学者开其先河,并且以其令人瞩目的成绩影响于后人。因此,当我们立意对这一研究类型的生成原因和发展状况加以描述和总结时,就不能不从这样一个较远的历史起点开始,否则难以窥见事实的全部真实面貌。

前面已经说过,西方比较文学的类型理论中并无阐发研究这一类型,而它之所以在上世纪初的中国很快出现,并且自中国有比较文学开始就成为一代学人情不自禁的选择,其原因是与二十世纪中西文化交流和碰撞的特定历史环境密切相关的。近代以来,中国作为一个地区性政治、经济、文化中心的天朝大国,其逐渐落伍于西方列强已是不争的事实。这种落伍不仅表现在政治、经济、军事诸层面,同时也表现在思想文化等学术层面。至十九世纪中叶,这种落伍所招致的危机已使中国到了亡国灭种的边缘。救亡图存的压力迫使一代又一代的志士仁人去向自己的西方对手求教,从对船坚炮利的欲求到对民主共和的渴慕,进而意识到批判封建文化传统、从事思想文化革新的重要性。鸦片战争以后,国门渐开,西方文化开始大量涌入,新兴的西方文化与古老的中国文化发生了必然的碰撞,文化的落差日渐凸现,中国的一代知识人士试图经由文化的更新去唤醒国人,改造民心,以发愤图强,重振中华。而文学则被视为实现这一目标的最重要途径,从梁启超的小说革命到鲁迅的弃医从文可谓一脉相承。而借用西方的思想理论,去批判性地重新理解和认识旧有的自身传统,无疑也是那个时代的文化学人首选的和最有效的方法论途径,当时的人们并不忌讳这种做法,只要翻翻当时出版的著作和杂志即可一目了然。这其实也是所谓势之所以然而又不得不然,其间既有不少主动的寻求,当然也包含诸多无奈的选择。实际上,从那个时候至今,一切援用舶来的思想理论对中国传统文化现象的认识和处理,都可以视为一种广义的阐发研究。八十年代中期热闹一时的新理论、新方法热,九十年代关于所谓理论话语"失语症"的争论,以及学界关于重建中国文论话语的呼吁,其间都隐含着一个潜文本,即中国缺少自己的现代文艺理论和批评方法,于是不得不借助于外来的、生成于他种文化系统的理论方法去分析和处理本土文化系统中过去曾有和现实发生的文学现象,亦即需要借助他者(the Other)的思想话语去阐明、照亮自己的文化和文学文本的意义。这也就是普遍意义上的阐发研究。这种意义上的阐发研究之所以成为二十世纪中国学人自觉和不自觉的普遍学术选择,实际上是由前面所提及的历史文化背景所决定的。它有一个明确的学术前提，即近代以来中国与西方之间所存在的包括文学理论批评在内的明显文化落差，正是这一落差使众多中国研究者不得不借他人的酒杯来浇自己胸中之块垒，进行各种阐发的尝试。对于中国人而言，它同时又包含着一个世纪性的学术主题，即对于中国学术文化的现代性追求。为着这一追求，既然在中国这样一个自身封闭的文化传统中不可能生长出一套现代性的学术文化来，那么走向现代性的第一步，就必须开放自身，借用他人的镜子来照一照自己的形象。至于这个镜中的自我是否真是自己的真像，那当然是有待进一步去深入检验的问题。实际上，从任何理论立场对于文本的关照总是"洞见"和"不见"互生的，何况是基于文化系统差别如此重大的理论和文本之间的阐发和对话，糟糕的"误读"和创造性的"悟读"几乎都是必然会出现的事情。问题只在于我们该怎样去认识和理解这种阐发和读解。只要上述学术文化的前提和主题仍旧存在，作为其策略性学术选择的阐发研究就会在相当一个时期内被中国学术界不断运用下去。也是基于这样的学术前提和主题，我们于是也可以理解为什么以西方文学理论批评方法去阐发中国文学本文的研究如此之多，而以中国传统文学理论批评方法去阐发西方文学本文的情况却相对较少的原因了。实现平等的双向阐发，甚至使以中国文论话语去阐发域外文学本文成为比较文学阐发研究的主流，作为一种理想的学术追求，它当然离不开学者的鼓吹和努力，然而更重要的是，这一切都必定有待于与此相关的历史文化前提和学术主题的变迁。

至于比较严格的比较文学意义上的阐发研究，它虽然不能简单等同于上述广义的阐发研究，但其生成和发展的历史文化背景和学术目标却大致是接近的。因此，中国的比较文学学科在努力描述和分析这一学术研究类型的时候，就不能不顾及到这一背景。这里所谓的严格的比较文学意义上的阐发研究，既有学科分类和理论推演限制的理由，也是几十年来中国比较文学研究实践的总结。于是，所涉及的阐发研究范围相对就狭窄一些，在理论方法的运用上更加严格一些，在学理上的理性意识更明确一些，一句话，它有着学科的自觉意识。就内容和范围而言，它主要是指有意识地运用西方的文学理论，尤其是二十世纪文学理论的批评方法，对中国的文学作品和现象，尤其是经典的、传统的文学作品和现象所作的跨文化分析研究；它同时也包括以传统的中国文学理论批评方法对西方文学作品和现象作类似的处理；此外它更希望能够以两种以上文化差距较大的文学理论批评方法对多种文学作品和现象做综合的分析和研究。上世纪六七十年代，当中国内地因人所共知的原因而处于与西方世界的文化隔绝状态之时，中国台湾和香港地区的比较文学研究和北美地区的中国文学研究却走向了兴盛。在方法和研究类型的采用上，不少学者都势之所然地运用西方理论批评方法来阐释中国文学作品，从而接续上了五四以来阐发研究中国文学的历史进程，并发展为一时之盛。执教于美国的余国藩在1973年11月2日提交给美国现代语言学会年会比较文学讨论组的论文中指出：

> 过去二十年来，旨在用西方文学批评的观念和范畴阐释传统的中国文学的运动取得了越来越大的势头，这样一种趋势预示在比较文学中将会出现某些令人振奋的发展。……应该指出，运用某些西方的批评观念和范畴来研究中国文学，原则上是适宜的，这正如古典文学学者采用现代文学技巧与方法来研究古代文学的材料一样。①

台湾已故外国文学与比较文学学者朱立民在评述以刊载英文比较文学学术论文为主的学术杂志《淡江评论》的前三期时也指出：

> 许多论文是研究中国文学的，而大多数作者用的是西方现在流行的批评方法，这就是我们当前所需要的。②

尽管这些论述从今日比较文学研究的立场去看不无商榷之处，在当时也引发不少学术论争，但它确实也反映出阐发研究作为一种比较文学的方法策略和研究类型，较容易成为跨文化的中西比较文学研究的学术选择，并且造成了一时普遍运用的风气。这一时期毕竟和以往有所不同，学者们的学科自觉意识较强，并力图从中西比较文学研究的立场去进行理论总结，于是，也就是在七十年代中期，一些学者从方法论的角度给予这种研究以正式的命名："阐发法"。③ 它虽然与我们今日作为研究类

---

① 参见余国藩《中西文学关系的问题与前景》，见美国《比较文学与总体文学年鉴》（YCLGL），印第安纳大学出版社，1974年版，第23卷，第50页。
② 古添洪、陈慧桦编：《比较文学的垦拓在台湾》，台北：东大图书公司，1976年版，第4页。
③ 同上书"序"，第2页。

型探讨的阐发研究有所区别,但从学理上来认识这种研究的特点,却是从这个时候才正式开始的。此后一些中国内地学者或从方法的立场,或从类型的角度对这种研究的方法、理论以及内涵和外延作了较多补充,如提出双向阐发、理论间的阐发、跨文化原则等等,力图使之相对而言变得更加完善,以争取比较文学研究界的认同。

关于对作为方法的阐发研究的描述和分析,在前一章已经论及;而作为类型的阐发研究的理论特征、基本内容、有关的争论、研究示例和应注意的问题等,在陈惇和刘象愚所著的《比较文学概论》一书中已有专门的章节加以讨论,读者不妨参看。这里着意进一步要加以省思的是,阐发研究作为一种研究类型所依托的文化语境及其被普遍使用的原因,并以此为出发点作进一步的展开和申述。

资料显示,自上世纪八十年代迄今,对中国文学作品和现象做阐发研究的势头不减。在国内学界,这种研究从对现、当代文学的关注逐渐深入到对古代文学的研究,其研究范围遍及小说、诗歌、戏剧和许多文学史现象。1993年国内召开的中国古代小说国际学术研讨会的会议综述在论及这一转变时指出:

> 小说批评理论研究,在八十年代以前,一直是大陆学人的弱项。在扫除了几十年来由于非学术因素的干扰造成的明显失误和由于单一视角造成的批评理论盲点之后,小说研究吸收各种西方理论,调整建构了新的小说批评理论范式。例如,为突出小说的叙事艺术特征而借鉴西方叙事学理论;为突出小说作为语言艺术而借鉴新批评理论;为把握中国小说想象、虚构及同一情节的流转变异而借鉴西方原型说;为改变以往小说与政治的直线因果联系而努力把握小说的文化心理中介,把握小说形式和小说类型在文化结构、文学结构和小说结构中的地位和作用及三者之间的联系。①

该综述还列举了一系列论著以证明国内学者运用西方理论分析阐发中国古代文学作品的状况。1996年10月在天津召开的中国古代文学研究的回顾与前瞻学术研讨会,也进一步对研究者尝试以新的理论方法来研究

---

① 参见《文学遗产》,中国社会科学院文学研究所编辑出版,1993年第六期,第117—118页。

中国古代小说的多元化态势表示肯定。足见国内古代文学研究界在这一研究领域的涉猎程度。至于海外尤其是欧美的中国文学研究界和以中国文学为研究对象的比较文学研究界，利用各种西方文学理论批评方法对中国古代和现当代文学进行研究分析几乎是普遍的选择，近十多年来更表现出日渐兴盛和日益深化的势头。究其原因，从策略上讲，对于生活在海外和西方世界的学者来说，若以中国文学为其研究对象，在研究角度和方法的选择上，倘若按照中国国内传统的治学路子去操作，无疑是扬短避长，事倍功半，从语言、资料、文化学术氛围到治学传统诸方面都难以和文化中国的本土一较短长。而以西方文论、尤其是以二十世纪风行一时的西方文学理论批评来处理中国文学现象，即是扬长避短。尤其以一种文化的理论批评方法去读解另一种文化的文学，尽管存在误读的风险，然而，其间可能引出的洞见和新意以及提升一种民族的文学意义至世界性文化普遍价值的学术挑战，确实是极富诱惑力的。对具有西方血统而又生于斯长于斯的外国学者而言，以本文化的理论去研究中国文学，无论出自任何目的都是理所当然的事，何况这还是一个充满发现的机遇和可能的文化矿藏；而对于留学或移居海外的中国人来说，做这样的阐发研究，相对于外国学人，则是发挥其占有文学文本的长处，而相对国人，则又是发挥其占有西方批评话语的长处，因此，跨文化的阐发研究就成了他们的必然选择！除去六七十年代中国台港和海外学人的努力外，八十年代以来又有大批中国内地留学人员的加盟，其阵容和声势自然就有些蔚为壮观了。而从时代发展和中国文学研究对世界文化的意义去考虑，随着中国国际地位的提高和开放交流的扩大，中国文化和文学的价值和意义越来越为世界所看重，中华民族源远流长、博大精深的文化资源和文学成就对世界各民族文化发展的借鉴价值无疑是不可限量的，从这一角度去认识问题，国际学术界对中国文学阐发研究的重视也是现实的需要，潮流所至和势之必然。

　　以中国古典小说的阐发研究为例。国内真正具有现代意义的小说研究大致始自上世纪初，尚不足百年。而在西方，真正运用某些理论方法所展开的专门性研究，大致只是最近几十年的事。此前的所谓研究，基本上是以翻译介绍为主，即使是零星的专题研究也主要侧重于中国式的考据和资料整理，中国式的评点和欧洲大陆历史年鉴学派的综合描述，较少令本土中国研究者重视的成果和新意。然而，自五十年代以后情况发生了较大的变化。首先是第二次世界大战以后，在传统的汉学研究中心欧洲之外，在西方又形成了另一个新的汉学重镇，即以美国为主的北美汉学研究以及近年来十分热闹的当代中国研究。为着冷战时期的政治和社会需要，政府部门和民间基金组织投入了大量的资金于此一领域的开发。尽管这种研究主要以政治、历史、经济、社会和思想史为主，但是传统的中国古典文学研究仍然占据相当的分量和位置，与中国古典文学相关的师资、研究人员和研究生培养均能自成系统，从此作为一支可观的队伍与欧洲的中国古典文学研究遥相呼应，齐头并进。根据不完全统计，近五十年来欧美各大学和研究机构完成的与中国古典文学相关的博士论文已不下五百余种。① 其中相当一部分为古典小说研究，由此可以窥见其规模和实绩。其次也正是这一时期，新兴的各种人文、社会科学理论，尤其是各种文学理论在北美学术界大为盛行，蔚然成风，似乎不谈时新理论便无以论文学。以至西方文学界有二十世纪是理论的世纪、批评的世纪的说法。这种风气必然对那里的中国古典小说研究造成影响。研究者在选题和决定研究角度和研究方法时，无论从赞同还是反对的立场出发，多少都会考虑到时代的学术趋势。况且，影响常常是在潜移默化和不知不觉中完成的。一个研究者可以声明自己不受影响，但这并不能保证他的著述和话语中没有被影响的痕迹。再就是学科知识积累发展的过程所致。包括中国古典文学研究在内的汉学研究作为一门从西方的立场研究中国的学科，要走上正常的研究格局，在人才、资料、翻译介绍、知识和经验的积累方面，都需要一个酝酿发展和从量变到质变的过程。既然各种因素正好在上世纪的后半叶已陆续具备，在这样的学术环境中，中国古典小说的阐发研究在海外成了气候，也实属再正常不过的事情。于是从五十年代至今，在欧美出现了一批可观的阐发、研究中国古典小说的成果，成就了一代有相当学术影响力的研究者群体。他们当中有以研究白话小说见长的韩南（Patrick Hanan），有以新批评方法读解中国古典小说知名的夏志清，有以运用原型批评理论和结构主义叙事学分析《红楼梦》等四大名著著称的浦安迪（Andrew H. Plaks）以及余国藩等，有结合中西文论去阐释中国古代诗词的叶嘉莹、高友工、梅祖麟、叶维廉、余宝琳、宇文所安等，有以中国的考据评点与欧洲史学方法结合研究中国古代小说的杜德桥（Glen Dudbridge）、雷威安（Levy André），有以西方语言学理论、结构主义、叙事学、原

---

① 参见黄鸣奋：《英语世界中国古典文学之传播》，学林出版社，1997年版，第9页。

型理论、解构主义修辞学、历史诗学等理论专题研究中国历史小说、神魔奇幻小说、笔记小说、白话文学、文人小说等见长的王靖宇、伊维德（Wilt L. Idema）、何谷理（Robert Hegel）、芮效卫（David Roy）、李福清（Riftin）、高辛勇等。八十年代末期以后，由于一批来自中国内地和港台的学人加入这支西方研究者的队伍，更加呈现出新的学术活力和强劲的发展势头。这整个一代学者的研究几乎覆盖了中国古代小说的大多数领域，如魏晋文言小说、敦煌变文、唐传奇、宋元白话、历代笔记、明清长篇白话章回小说、短篇文类、情色小说、谴责小说等等。不少名篇名著甚至被用以多种西方理论方法对其进行过探讨，在二十世纪中国古代小说研究的历史路途上，形成了一片独具特色的海外景观。在八十年代中期以后，其中的部分成果被陆续译介到中国国内，以回返影响的方式，对本土的文学研究造成了相当的冲击和影响。在中西比较文学研究的历史性开拓中，这应该说是一种有特色的进展和值得重视的学术倾向。

　　面对阐发研究在海内外广泛运用的强劲势头，比较文学学术界并非没有不同观点的批评和争论，在本节的后面也将要论及这些争议。但无论如何，对阐发研究在处理本土文学作品和现象方面的别开生面，对其超越国别文学研究的局限性而能见他人之所不见、言他人之所不能言，对由新的理论批评方法所揭示的洞见和启迪，尽管始终面对主要来自某些国别文学研究者的质疑，但只要这种研究是建立在扎实的历史资料整理和严谨的理论分析的基础上，其成果就不会随风而逝，而且随着时间的推移正在得到愈来愈多的人们的理解和肯定。且以中国古典长篇白话章回小说的研究为例，浦安迪在对史料、版本、作品研究史和文本细读的基础上，运用结构主义、原型批评和新批评的诸种方法，对《红楼梦》、《水浒传》、《西游记》、《三国演义》四大奇书的原型与寓意、作为"奇书文体"的结构特征、回目与意义、修辞与叙事、小说文体在中国的生成史与西方的差别诸方面进行了详尽的比较分析研究，[①] 得出了与传统小说史家不同的结论。比如，他认为，尽管有民间口传文学的因素，但从根本性质上讲，包括四大奇书和《金瓶梅》、《儒林外史》在内

---

① 参见浦安迪：《红楼梦中的原型和寓意》（Andrew H. Plaks, *Archetype and Allegory in the Dream of the Red Chamber*, Princeton University Press, 1976）和《明代小说四大奇书》（*The Four Masterworks of Ming Novel: ssu ta chi shu*. Princeton University Press, 1987）。后者有沈亨寿等人的中译本（中国和平出版社，1993年版）。

的"明清章回小说的六大名著与其说是在口传文学基础上的平民体创作,不如说是当时的一种特殊的文人创作,其中的巅峰之作更是出自于当时某些怀才不遇的高才文人——所谓'才子'——的手笔"①。为了证明这一重要论断,他通过关于奇书文体的源流分析,关于长篇百回定型结构及其变体、次结构与作品内容的精妙结构关系的分析,关于叙事修辞策略和诗、词、曲、歌寓意的丰富内涵等方面的精到分析,认定这些作品的最后写定本,即嘉靖和万历年间问世的《三国志通俗演义》、《忠义水浒传》、《金瓶梅词话》和世德堂本《西游记》完全"迥异于当时流行于世的通俗小说:从它们的刊刻始末、版式插图、首尾贯通的结构、变化万端的叙述口吻等等方面,一望可知那是与市井说书传统天地悬殊的深奥文艺。它与同时代的吴门文人画派、江南文人传奇剧其实同出一源。由此我认为,我们不妨按照'文人画'、'文人剧'的命名方法,用'文人小说'来标榜'奇书文体'的特殊文化背景,庶几不辜负这些天才文艺作家的突出艺术成就和一片苦心雅意"②。在对奇书文体的叙事特征进行分析的基础上,浦安迪进而把审视的视野进一步扩大到对整个中国传统叙事文类的关照上,相当有说服力地证实明清长篇章回小说不仅是一类特别的文人小说,而且在文类的意义上乃中国叙事文类前无古人的崭新文体,前承《史记》,后启来者,把中国的叙事文体发展到了虚构化的巅峰境界。通过与西方叙事传统的比较,他进一步发现中国明清章回小说并不是一种与西方的"novel"(小说)完全等同的文类,二者有各自不同的家谱,也有各自不同的文化功能。一般讲,西方的叙事传统大致经历了一条从"epic"(史诗)到"romance"(罗曼司)到"novel"(小说)的系统发展路径,是一个一以贯之的连续的发展过程;而中国的叙事文类发展历史显然有明显区别,在中国,"历史叙述"(historical narrative)与"虚构叙述"(fictional narrative)之间显然存在极为密切的关联,这不仅表现在叙事作品的内容与历史的关系,所谓"演义"者是也,而且在叙述方式上,也多有先秦以来历史叙事传统的大量继承,中国旧称小说为"稗史"可谓一语道破天机。从明清奇书文体回溯中国叙事文类的美学传统,其与历史的血缘关系可谓源远流长,而大致走过了"神话—史文—明清奇书文体"的历史路径。如果此一分

---

① 浦安迪:《中国叙事学》,北京大学出版社,1996年版,第21页。
② 同上书,第24、25页。

析能够最终成立，则中国的叙事文类可以找到一条与西方的"epic-romance-novel"相互对应的比较研究途径，从而有望改变本世纪以来在文学批评和文学史研究中偏重以西方叙事模式为元话语的偏向，并为中国叙事文类的研究深化和使中国叙事传统以系统的、现代特色的理论形态进入国际性对话提供一种新的思路。这样的研究尽管在具体的分析上不无可商榷之处，但对今日亟待更新的中国叙事研究理论和方法领域无疑是富于启迪的。事实上，上世纪以来，特别是近几十年来，海内外对中国文学的阐发研究，在小说、诗歌、戏剧和其他文类和文学史现象方面都有大量可圈可点之处，并在相当大的程度上影响了二十世纪中国文学研究的历史和现代转型的进程。而阐发研究自身也在逐渐的理论提升中成为当代中国文学研究的方法和类型的重要组成部分。这首先是一种普遍存在的历史事实，同时在理论形态上也正在得到不断的证明和认同。

尽管阐发研究在中西比较文学研究中有如此普遍和长期深入的运用，但是对它的质疑和批评也似乎从来就没有停止过，包括本身就多用此法进行研究的域外学者。他们从自身和海外学人的实践体验出发，对阐发研究的困扰有极简练的总结：

> 我们都知道，在这学科中用力最勤、同时也是最受诟病的莫过于所谓的阐明法（illumination）。阐明法使用外来的理论架构，来阐明本土文学。这种方法的好处在于能发前人所未见；但缺点乃在西法硬套，令人有生吞活剥、囫囵吞枣之感。当然，所谓应用之妙，在乎一心。阐明法并不一定循由西方理论到中国作品这么一条单行道。批评家往往在实践上，证明理论的地方性，并给予理论修正，矫正欧美中心的沙文主义。不过理论体系通常有其封闭性，能做多少修正是个问题，再说从外国理论的立场，作品改变理论的效果究竟不大，正如狗尾摇狗身，幅度必然不大。[①]

这段论述基本上道出了人们对阐发研究的批评和质疑。首先是所谓对于西方理论机械盲目的生搬硬套问题。不加理解和选择地使用一种理论随意去"套"一种实践现象，恐怕是所有人文社科研究在理论借鉴初期都

---

① 周英雄：《比较文学与小说诠释》，北京大学出版社，1990年版，第4页。

会碰到的问题，即使单一民族文化内部自身的学术研究也多有此类情形，而在跨文化的文学探讨如阐发研究里，稍有不慎就更可能落入生搬硬套的陷阱，这几乎是事先就可以预料的情况和风险。港台学界有一个广为流传而又近乎笑话的学术争论故事：事情涉及中国古典诗词中常见的蜡烛意象，譬如红烛、烛泪等，多与种种有关爱情的比喻和象征有关，于是有学者试图以弗洛伊德的精神分析理论去加以阐发，认定蜡烛从根本上讲就是男性生殖器官的象征，洋洋洒洒写出宏文发表。此语一出，学界大哗，于是有学者质疑道，若以此见解去分析李商隐的《夜雨寄北》"君问归期未有期，巴山夜雨涨秋池。何当共剪西窗烛，却话巴山夜雨时"，这"共剪西窗烛"该是一个多么荒唐恐怖的意象啊！其与作品本意又何止相差万里。这当然是一类极端的例子，不能够以偏概全，就此彻底否定阐发研究。实际上，阐发研究能够令人信服、为人称道的例子也并不在少数，譬如前述浦安迪、余国藩诸人的中国古代长篇小说研究；高友工、梅祖麟、叶维廉诸人的中国古代诗词研究；钱钟书、刘若愚等学者的理论综合阐发等。阐发研究出现生搬硬套的原因，当然有理论模子和运用对象之间的文化差异带来的错位和不可避免的误读，然而在很多情况下更与研究者的学养素质有关，与涉及具体问题时对外来理论和本土文学文本之间关系的理解程度和运用有关。所谓"运用之妙，在乎一心"，就是强调研究者本身的素质和研究深度的至关重要性。如浦安迪、余国藩诸人的中国古代小说研究，如果没有对中西理论和文学的良好素养，尤其如果缺少对西方结构主义叙事学、神学和中国阴阳五行观念之间的潜在关联的认识，就很难从一个角度去敲开中国古代长篇小说的形式结构硬壳。正如在整个比较文学学科的发展过程中常常为人诟病的简单比附和肤浅比较一样，其在很大程度上并非学科和理论本身的罪过，而往往是研究者的素质和研究态度问题。比较文学研究在学科本质上，比起国别文学研究而言，由于学者必须面对跨文化的知识和语言能力要求，实际上是极其复杂严谨而又难以操作的学科。而有时候人们却将其理解得太简单了。

　　其次是关于单向阐发的弊病问题和双向和多向阐发的必要性问题。这在前一章有关阐发研究的方法论探讨和本节的前面已有讨论。从学理和世界各民族平等的文化诉求出发，作为一种学术方向，为了避免任何文化上的沙文主义亦即中心主义的弊端，双向和多向的阐发研究是完全应该的。但是在具体的实践中，也必须正视当代世界范围内文化和学术理论存在落差和不平等的现实，要实现相互认可的双向平等阐发这一目标，还有待学者的努力和大环境的改变，它往往是由于某类文化的内在需求所决定的。我们今天之所以多取西方理论来阐发本土文学，自然是为着与前述文化上的"现代性"世纪主题有关的目标。在西方出现与此类似的内在需求以前（如启蒙时代对东方和中国的寻求），我们不可能希望他们像我们取法西方理论一样，也用中国的理论去普遍地阐发他们的文学。而在涉及一个个具体的研究个案时，出于对研究者本人打通中外知识结构的要求和研究的严谨与周密，则完全有必要在借助西方理论批评方法来处理本土文学现象时，时时都应注意到其与本土理论批评方法之间的潜在关联和多方面的对话，并力求从多种理论和方法的角度，对文学文本和现象做综合的处理。这应该是阐发研究较为理想的形态。至于在这样的阐发研究中必然会出现对外来理论的修正、补充和丰富的问题，当然也属于题中应有之义。一次认真的研究过程必然包含对作为操作过程的理论和方法的理解消化过程，由于被阐发的文学文本的文化差异性和独特个性，其在被阐发和照亮的同时，也必然回过头来质疑或补充原有的理论，扩大其阐释的范围。正是在这样一个反复的阐发过程中，原有的理论走向了丰富和发展。阐发研究从某种意义上说，对被阐发对象及其理论都是有益的，是一种"双赢"的策略。然而，正如在本节前面所强调的，对作为研究类型规定性的阐发研究而言，我们对它的关注首先在于其对被阐发文学的照亮和发明的意义，至于理论的补充修正问题，由于牵涉到不同文化和文学中理论范式的比较研究问题，因此我们准备将其放到比较诗学的范围内做更深入的探讨。

就现实需求而论，阐发研究无论作为方法还是作为研究类型的合理性，在今天这样一个学术国际化的时代，其实践的可行性和理论必要性都是不言而喻的。中国文人常说："学术乃天下公器。"在过去，这个"天下"基本上是指中国，然而时至当下，在一个广泛开放和交流的时代中，这个"天下"就只能是指涉一个更大范围的全球世界了。中国文学能够以对自己的跨文化阐发研究作为众多出发点之一，走出自己本土文化的"围城"，去与世界上的各种文化、理论和文学对话，在互识、互证和互补的历史进程中，更新自身、发展自身并证明自己在世界文学和文化格局中的意义，应该被认为是理智的选择。而当代阐释学的思想，也进一步从理论层面支持和证实了这一选择的学术可行性。

当代阐释学与传统阐释学的一个重大区别，在于前者对作为理解和阐释主体的人的充分重视。在当代阐释学看来，"人"之所以称之为人，而不同于一般的动物，就在于人有自我意识，也就是说有思想。人在时空的进程中具有不停顿的、永恒的反思能力，且能够不断超越自身既有的认识。所谓"阐释"的丰富性和永无止境的奥秘正在于此。而关于文学的现代阐释学理解与传统文学研究的不同，也正在于其对作为创作和批评主体的人的格外关注。在当代阐释学看来，文学理解和阐释不仅仅是主体的认识和行为方式，更是作为此在的人的存在形式，由人的存在的历史有限性和思维发展的特性所决定，任何理解和阐释都不可能是纯客观的。理解不但具有主观性，而且还受制于"前理解"，一切当下的理解和阐释都必然受到种种先在的理解和认识的制约。这种称之为"前理解"之物自然也包括以经验范式的形式而被肯定下来的种种"理论"和"研究类型"。无论这些理论是生成于哪一类文化体系之内，它在进入人的意识之后，便作为前理解的一部分参与新的理解。阐释的目的是为了在新的语境之下达到一种新的理解，而新的理解又将作为进一步阐释的基础，如此不断循环延伸，人类的认识也就在这样的进程中得到自身的发展。于是，理解就不再是去把握一个不变的事实和现象，而是去理解和接近人的存在的潜在性和可能性。追求新知就不再是理解的目的，而是为着解释我们存身其间的世界。而理解一个文本就不再是企图找出一个文本中永恒不变的原义，而是一个在不断超越既有认识中向前发展的回返去蔽运动过程，是为着揭示和敞开文本以试图表明人的存在意义的可能性的学术追问。根据阐释学的这一见解，阐发研究在一定程度上也就是本土文学在加入了跨文化的前理解（譬如西方理论）之后，在一个更大的阐释循环之内对本土文学的新的理解和认识，异域的文化和理论作为前理解中新的构成部分，开启了特殊的视域，为新的阐释提供了具有创造性的积极因素，而有可能达到更高和更深层次的新理解。理解和阐释本土文学并不是本土理论和本土学者的专利，在此一意义上，注重利用外来理论的阐发研究的方法和视野并无不妥。其研究的效果以及评价如何，至关重要的还是进行阐发研究的人和批评者的知识结构、阐释能力和理解立场。

当代阐释学对于阐发研究的另一启示在于，相对于作为元语言的诸种理论方法而言，被阐发的文本不是等待理解的被动之物，而是阐发过程中的积极参与者。也就是说，在经由阐释者作为中间主动载体的理论方法和被阐发对象之间，存在的是一种积极的、互相提问的对话关系。

一次阐发行为就是一次对话事件。对话式的阐发使问题得以敞开，使新的理解成为可能。在这样的阐发过程中，被阐发的文本不会是一个被动的客体，而是能够主动提问的"另一个主体"。文本将一个个文学奥秘的疑团呈现出来，而新的理论话语则试图对其作跨文化的理解和解说。在本土文化内部被视为理所当然的理论与文本的交流互识，在跨文化的差异阐发中双方都只能处于提问状态。这种相互性的提问打破了理论与文本之间主与次、主动与被动，元话语与对象话语之间对立二分的模式。双方均带着自己差异极大的视域和前理解平等地进入对话，在互为主体的对话阐发中，去发现各自的问题所在并力求寻找超越自身局限性的途径。当理论与文本之间的阐发日益显出缺乏形而上的理论提升能力的时刻，跨文化之间的理论比较和阐发就被提上了议事日程。于是，阐发研究的终点往往就成了比较诗学的起点，比较诗学将试图从更彻底地解决问题的高起点上去继承和超越阐发研究。就以中国文学本身为阐发对象的阐发研究而言，无论如何补充和发展，并有如此普遍的广泛运用，其在中西比较文学研究的格局中，始终只是有限时空内的策略性选择，它往往包含着学术不平等的潜语言。但是，在经由比较诗学之路而达于对各种文化的文学理论批评传统有普遍的把握和提升、并更充分地发挥其特点而运用于不同文化的文学研究时，阐发研究作为中西比较文学研究的重要方法和研究类型，还将会在平等对话的基础上，得到更充分的发展。

第五节　文化语境的转变与研究范式的重组

一、理论进展与比较文学的回应

　　从比较文学学科发展的历史来看，比较文学的各种研究类型总是处在某种争议和变动不居的学术环境当中。就大的方面而言，由于学术目标和研究重心的改变，研究范式始终在不断改变和拓展。强调"事实影响"的国际文学关系研究范式就与强调"文学性"的平行研究范式明显不同；而建立在东西方文化差异基础上的中西比较文学研究更与前两种范式大异其趣。后者的阐发研究和比较诗学等研究类型的理论定位和研究取向，从根本上看去，不乏对于前二类范式的欧洲中心主义和西方中心主义文化立场的接受性反拨因素，而这又与东方和中国的思想理论和文学资源的介入、与当代新的文学理论的参与有关。有关的分析和论证，在前面关于阐发研究类型的论述和后面章节关于比较诗学的分析中均有详尽的讨论。而就一些相对较小而具体的研究类型而言，各种比较文学学科著作的作者总是告诉我们，它的出现充满争议，它在实践中不断变化更新，它的未来尚不可估量等等。譬如接受美学理论如何刷新了影响研究的刻板面孔；符号学与阐释学如何使形象学出现新气象；神话-原型批评和文化人类学如何使主题学、文类学研究等有了坚实的理论依托和新的话语方式；文化研究理论如何使跨学科研究有了新的理解和理论界说；译介学在各种文学批评理论的综合语境影响下，逐渐走出工具主义和媒介价值的狭义研究，成为新的文学和文类研究范畴等等。面对比较文学研究范式的改变和种种具体研究类型的更新和重建，只要稍加思索和分析便可注意到，在这些所有的变化后面都有一个重要的因素如影随形地影响和制约着比较文学诸方面的变革，这就是不断发展的、来自各个相关领域的新的思想理论资源，尤其是二十世纪西方世界的各式各样的文学批评理论，而居于这些文学理论背后的则是本世纪以来，尤其是两次世界大战以来，西方哲学思想和人文社会学科理论的历史性转型。

在1958年9月在美国召开的第二届国际比较文学大会上，韦勒克的那篇《比较文学的危机》的论文，作为比较文学研究的第一次重大转型的标志和一类新的研究范式形成的开始，多年以来一直为研究者们所重视和反复引用。这篇论文和围绕它的争论，作为一桩里程碑式的事件，已经载入比较文学学科发展的史册。然而必须指出的是，在造成这一重大改变的种种动因之中，当时在美国文学研究界已占主导地位的"新批评"理论在其中扮演了理论影响和支持者的幕后角色。新批评一反十九世纪在文学方面讲求实证，注重作者身份、人格、时代、环境、种族和道德，侧重外部研究为主的社会—历史批评传统，强调作品的独立性和内在价值，大力提倡对文本进行从整体到字句的研究性细读和审美分析，并称此为真正的文学内部研究，而把相关的作者因素、现实语境和文学的历史传统称为无关作品宏旨的外部研究，被置于无足轻重的地位。被称为"文学性"的美学标准成为新批评衡量作品价值的最高法典。而韦勒克与当时的许多比较文学学者都是其中的重要成员和推波助澜者，他的重要代表作《近代文学批评史》以及与沃伦合著的《文学理论》都是体现新批评理论精神的名作。平行研究之所以能够在相当短的时间内成为比较文学界的一时风气，正与作为理论支持的新批评理论有关。如果我们阅读那个时期以平行研究为范式的学术论著，往往能够从中读出新批评的味道来。然而七十年代前后西方学术界的理论大潮，如符号学、结构主义、精神分析理论、现象学美学、接受理论、阐释学、叙事学、解构主义、女性主义和西方马克思主义文论等，开始冲击比较文学学科。于是，刚从本学科自身理论的争议和调整中缓过一口气的比较文学学科，又不得不面对这一新的历史挑战。在这一时期各种比较文学的刊物和学术会议的讨论中，新兴的文学理论成了热门的话题。赞同和反对的观点针锋相对，不同意见的争论在八十年代中期到达了高潮。韦勒克依旧是论争一方的重要代表人物，并且以"文学性"和"美感经验"的捍卫者身份向对方进攻。不过这一次论争双方的位置颠倒了过来，1958年的时候，韦勒克是站在新兴的平行研究的队伍中去批评刻板地执著于事实关系的影响研究，而这一回，在1985年第十一届巴黎国际比较文学大会上，他却是站在已成气候的以文学性为价值指向的学术立场去与新兴的理论研究群体论战。一般来说，对于这类学术上的论争，很难用对与错、先进与保守的标签去评价，争论的目的是追求学理上的明晰和严谨，在互补和调适过程中，去促进学术探讨尽可能地向较为正常合理的方向发展。在这一意义上，学术探讨的过程总是比一时的结论更重要，它与其说是一种二元对立的形态，倒不如说是二元互补的过程。这不仅是研究者对于学术争论应持的立场，更应该是属于学术本身应有的理想状态。学术方向的偏重是学者的选择权利，而正常的学术争论既是一种论争式的对话，也是一种交流和补充。五十年代末那次论争的结果是后二十年双方的调适和互补，逐渐形成综合的共识。而八十年代的论战也当作这样的理解才不至于将争论绝对化。这既符合比较文学的对话和开放的学科特性，也是在遵循认识论的内在逻辑。学术史的事实告诉我们，历史的检验和理念调整力量比作为人的有限的是非判断常常更使人信服。具体到比较文学界这场关于理论问题的论争而言，其事后的学科变迁已在一定程度上表明，新兴文学理论在促进比较文学的学科发展和研究功能扩展方面，已是普遍被接受的事实。一桩颇具象征意味的事情就是，在1988年慕尼黑召开的第十二届国际比较文学大会上，国际比较文学学会成立了专门的文学理论委员会。

笼统地说比较文学具有理论化倾向，这容易给人某种含混不清且又多少有点批评的味道。然而什么是理论化，却是一桩需要冷静和严谨地加以辨析的学术课题。具体分析一下二十世纪各种文学理论在比较文学学科中扮演的角色，也许可以使我们的思路变得更清晰一些，从而在对待这一变化的态度上或许会多一些理性和宽容的成分。以近三十年文学理论与比较文学的关联而论，它们大致是沿着下列方向形成和产生其影响的：

首先是比较文学界的学者将各种新起的文学和文化理论作为自己的研究对象，并试图从国际化（常常被理解为西方社会内部的关系）和跨文化（西方社会之外的亚非拉不同文化地区）的立场去深化对这些文化和理论现象的理解和认识。一个较为突出的例子就是，在国际比较文学学会的支持和安排下，对后现代主义或者说对后现代文化理论的研究。这一项目的研究由学会前主席佛克马牵头，不仅成为学会的重要研究项目，而且在作为国际比较文学学会重要学术工程的多卷本《比较文学史》的研究和撰写安排中，后现代主义分卷占有相当重的分量。很明显，从比较文学立场对后现代问题的研究与通常研究的不同之处就在于，它不仅对作为西方当代社会文化产物的后现代主义进行研究，而且站在比较文学的学科高度上，运用一般的比较文学理论方法，对发生在包括中国在内的第三世界国家和地区的后现代文化现象及其流变，做认真的比较和分析，以求看清这一理论现象的完整面貌。这样的研究尽管依旧是以西方为中心的学术套路的变体，但它终于能够把目光投向第三世界，并试图在更广大的文化传统和群落中去检验西方理论，或者进一步讲，还试图以第三世界的文化思想资源去修正和补充自己的理论等等，也不能不说是西方理论依托比较文学学科所导致的一种进步。

其次，由于新兴理论的冲击，一部分学者，尤其是处于非西方社会中的比较文学研究者意识到，发掘、重建和弘扬自身文化中的文学理论的重要性和迫切性。于是，比较诗学研究异军突起，譬如以中国诗学为重心的东西方比较诗学研究就成了研究的热点。当然，这一方面的研究者不会像后现代的研究那样为相当多的西方比较文学学者所热心参与，但毕竟有诸如艾田伯、孟而康、米莱娜、宇文所安等一批学人参与其中。而更主要的是一批如中国这样的第三世界比较文学学者所表现出的学科和文化的责任感，十分投入地进行了具体深入而又卓有成效的研究工作。当朱光潜、钱钟书在半个世纪以前写作《诗论》和《谈艺录》时，中西文论的比较研究还多数是一种个人的研究行为；而到了七十年代刘若愚、叶维廉著述《中国文学理论》和《比较诗学》时，在海外已形成一家的研究格局；进入八十年代至今，国内的比较诗学研究成果和人才叠出，学科建设成效显著，开始成为文论研究界颇具实力的研究群体。在这样的学术氛围中，从事文论研究要忽略比较诗学的存在已经不可能了。之所以有如此迅速的发展，正是来自于两股内在的学术驱动力，一方面是追求中国传统诗学理论和话语走向其现代转型、弘扬其跨文化国际意义的迫切愿望；另一方面则是二十世纪，尤其近几十年来西方新兴文学理论冲击的结果。正是由于后者在学术上的优势和前者在学术研究领域的急需走向世界，使不少研究者看到中国诗学话语在当代国际化的学术领域中必需更新，使之现代化，以便汇入世界文学发展的洪流。于是，借助自身的理论对手这个"他者"的桥梁，通过对话、阐释和互识互证，从而使中国传统诗学话语浮出"现代性"海面的历史使命，就成了比较诗学界最现实的迫切学术追求。为了铺就通向这一目标的路径，中西比较诗学必须同时展开在跨文化语境下的古今对话和中西对话，后者自然必须以西方文学理论作为对话和比较研究的一方；而即使是前一种形式的对话，也不能不通过对当代西方文学阐释学等理论的借鉴，由此来探寻中国传统诗学阐释学向现代层面的理论和方法原则提升之可能性。而所有这些努力，在根本意义上，就是在当代文学研究话语格局中暂时处于被动和边缘弱势位置的中国传统文学理论对于蜂拥而至的西方话语的主动回应。同时也是中国的比较文学研究界以自己深厚的文学历史传统和资源优势参与国际性学术对话的最重要环节。于是也就可以理解在中国比较文学研究的格局中，比较诗学何以处于如此被看重的位置，本书为何要以整个一章的篇幅来讨论比较诗学的种种问题。

尽管如此，比较文学对于理论最直接、最具体的回应，还应该算是在比较文学研究中直接运用新的理论批评方法来处理文学作品和文学现象的实践。前述阐发研究类型在中西比较文学研究中能够蔚为大观可以说是较为典型的一例，由此可见理论在其中的重要影响作用。至于在整个国际比较文学界，只要翻翻相关的报纸杂志和出版物，近几十年来，运用新理论去分析处理文学本文的论著，始终占据相当的分量。尤其是在北美的比较文学研究界，此类研究文章著作更是表现为一股不衰的潮流。由于这种对新理论的运用是在比较文学研究范式的基础上去展开的，也即是说，这些理论的运用往往是在相关的比较文学研究类型范围内的学术操作，它就必然与固有的研究类型发生联系，在处理文学文本的同时也会对研究类型的结构内涵和学术方向产生影响，导致研究类型本身的调整、更新变化和解构重组，为比较文学的研究类型体系做适应时代需求的更新发展带来理论活力。

二、理论冲击下的研究类型更新与发展

正如我们在"类型的建构与流变"一节中所讨论过的，任何一个比较文学研究类型的形成、发展以及它在学科研究体系中学术意义的地位变迁，都是由综合的因素所决定的，并且与比较文学在不同的历史发展阶段中研究领域的扩展、研究重心的转移和学科观念的转变有关。若以梵第根时代的研究类型观念来看待六七十年代欧洲的比较文学研究类型，其离经叛道的程度，就是梵第根本人恐怕也会大吃一惊的。而若从今日包括中国在内的国际比较文学发展的学术目标态势去考虑研究类型的走向，新的发展和变迁更是不可避免，而且很可能会在整体性的意义上去实现从以西方为中心的、地区性意义上的比较文学向真正全球意义上的比较文学的学科调整。作为身处亚洲发展中国度的中国比较文学工作者，不仅应该认识和理解正在到来的学科变革，而且出于自己的文化立场，更有特别的理由和义务主动参与其中，促进这一变革朝着有利于本土和世界的比较文学学科发展的方向推进。就研究类型问题而言，需要注意的，不仅仅是在既成的学科格局内对已有的研究类型的理解和运用，更重要的是从现实的理论进展和研究实际需求出发，去追踪、总结和把握研究类型的内部变更和新类型的可能。基于这样的认识，当代新的人文社科思想和文学理论冲击对于比较文学研究类型变迁的意义，就应该是尤其值得加以注意和重视的学科理论问题。

新的理论对于研究类型的影响往往是多方面的，既有对整体研究范式的价值方向的改变，也有对具体研究类型的更新、改变、扩展，甚至可能是对原有类型的拆解和重建。

譬如对人们较为熟悉的影响研究类型，它对国别文学研究的超越无疑是作为比较文学学科价值意义首当其冲的重要证明。但是，一方面由于其研究方法上过于强调国际文学关系中的事实来源，所谓来源又并不怎么关注历史久远的世界文学史整体，只是立足于十八九世纪欧洲文学的有限事实，于是其所谓影响便有了地区文学阶段发展的偏颇和时代的局限性；另一方面，创建这一类型的西方学者出于或明或暗的民族主义、沙文主义的动机，热衷于证明西方文学，尤其是法国文学的优越和对别国文学的影响。这甚至令人怀疑他们当初的动机就未必是为着不同

民族、不同文化的文学共同发展的目的，而是为着他们自己的文化中心主义的目标。这样的影响研究实际上关注的重心是"影响者"而并不怎么注意"接受者"的个性和创造性。然而，近些年由于接受美学和读者反应理论的兴起并为比较文学研究者所借鉴运用，为扭转这一类型研究方向的偏颇提供了理论和方法的依据。在接受美学看来，文学作品的价值形成过程，并非只是作家和作品之间的关系，它同时也包括接受者的参与性创造，文学作品价值形成变化的历史在很大程度上更与接受者的参与密切相关。其次，由于接受者的"接受屏幕"和"期待视野"的不同，来自于影响者的文学作品和现象在接受者的文化环境中将会被选择、改造和重新定位，使其发生超越原先所处文化境遇的畸变和新的生长。在这种情形下，与其说是影响者在发送影响，不如说是接受者的主动选择；与其说是为了证明影响者的高明和伟大，不如说是阐明接受者如何去借用一个合适的"他者"当作"镜子"来认识自身的处境，寻找解决自身困扰的途径。至于这个"他者"在自身的文化环境中地位如何，是否高明和伟大？对于接受者来说，在许多情况下几乎是无关紧要的问题。英国作家伏尼契（E. L. Voynich）是一个较突出的例子。在现代英国文学史上伏尼契是无足轻重和不见经传的，然而她的长篇小说《牛虻》却对二十世纪上半叶争自由、求解放的一些国家和民族的青年一代产生过相当大的鼓舞和教育作用，成为传诵一时的名著。这种情形在一个本土的英国文学史家看来是不可思议的事情，但却是比较文学的接受史上值得强调的重要的事件。类似的情况在文学影响—接受的历史上屡见不鲜。在法国文学史上颇见争议的作家罗曼·罗兰和马拉美、挪威作家易卜生的《娜拉》、意大利作家乔万尼奥里的《斯巴达克斯》等作家和作品，他们在如中国这样的非西方国家中的接受、变形和生长，都是与其在本土文学中的地位、影响和评价大相径庭的，受到的评价也未必是站在西方中心主义立场的研究者所愿意接受的。如果不从接受者的立场去考虑问题，在所谓影响研究当中就会形成人为的盲区和价值方向的倒置。而恰恰是新的接受美学和读者反应理论的引入，为刷新和改变既成研究类型的学术意义注入了理论的活力。它的意义不仅在于方法论上的改观，更在于使影响研究中的西方中心主义价值观从学理上遭到有力的驳斥和遏制，使这一研究类型在跨越西方文化的当代比较文学研究中有用武之地。

　　国内有关这方面的研究，以尼采在中国从五四时期到四十年代的接受情况最为典型。如果只是浮泛地去看影响，则尼采的思想对这一时期的中国现代文学产生了普遍的影响，但是这并不等于中国的文学家都会站到尼采那种与大众为敌的立场去看问题，事实也确实并非这样。于是，从接受者的角度，人们尤其应该关心的是，一个提倡超人理论，认为压迫众生和消灭弱者是理所当然，以少数人控制世界为目标的哲学及其哲学家，如何通过一种特别的接受方式，为中国的文学家和思想者所"悟读"，被利用来作为说服被压迫的弱者应该奋起赶上强者以求得"群之大觉"的精神武器。在这一方面，乐黛云《尼采与中国现代文学》一文是运用接受美学和读者反应理论研究中国文学对外来思想接受的一个有说服力的示例。通过对鲁迅、郭沫若、茅盾等五四以来一代作家在不同历史阶段对尼采思想的选择接受和创造性误读的详尽考证和分析，可以比较肯定地判断，中国现代文学史上人们对于尼采的主动接受和创造性解读，均与那个特定的时代环境密不可分，并且成为从弱势民族立场去改造性地接受一种异文化思想的范例，也从一个方面构成了世界性尼采研究的特出部分。以鲁迅为例，他所处的时代和传统与尼采相比迥然不同。尼采生活在真正的世纪末（1844—1900），他憎恶大众，对当时方兴未艾的革命思潮和工人运动怀着恐惧，它是站在反对众人的立场去呼唤蔑视众生、居高临下的超人；而鲁迅却是站在处于黑暗时代和沉重历史包袱重压之下，对不觉醒的"庸众"而"哀其不幸，怒其不争"的立场，希望以新的精神来唤起民众。从这一角度对尼采思想的接受，尽管也强调"重个人，排众数"，但他只是反对那种"万喙同鸣，鸣又不揆诸心"的"庸众"、"恶声"，希望个人都有独立思考的能力，所谓"人各有己"，进而达于"群之大觉"。个性张则"沙聚之邦由是转为人国"，"人国既建，乃始雄厉无前，屹然独见于天下"。作为接受者的鲁迅从尼采的立论出发，却引出以群体的自觉为奋斗目标的精神结论，体现出的是鲁迅对于时代和中国社会的深刻认识，这无疑是尼采所不可能具有的思想境界。正是从这种基本立场出发，鲁迅在不同时期对尼采的接受总是具有自身的鲜明个性和创造性：

  早期鲁迅曾以尼采的新理想主义（新神思宗）和唯意志论（意力说）为理想，但他的目的在于使中国避免资本主义的缺陷，改造国民精神，提倡奋发自强以挽救祖国。"五四"时期，他把尼采"重新估定一切价值"的学说作为彻底反帝反封建的一种武器，以尼采"超人"的精神鼓励人们为改革旧敝，要不理嘲骂，不听恭维，不怕孤立。三十年代开始，鲁迅批判了尼采的脱离现实，脱离人民，但仍然肯定尼采对资本主义社会现象某些精到而深邃的观察。①

足见，鲁迅正是基于时代的需求和自己的思想发展，从而实现对尼采学说的有用部分的吸收改造，将其作为思想的资源来充实和深化自身的理论建构。以鲁迅为代表的现代文学的先进一翼正是从这种积极的意义上来接受和选择尼采的。这与四十年代国统区中一部分人借助尼采来宣传法西斯的统治观念具有根本性质的不同。

类似的例子可以从中国唐代诗僧寒山对六十年代美国青年一代的文化影响中找到。从中国文学的立场出发，无论怎么强调，寒山也不可能进入古代一流诗人的行列。作为一个身世、姓名（"寒山"并非其真实姓名）和时代都不甚清楚的诗人，寒山在有唐以来的各种文学总集、选本和诗文评中都很少被看重和提及，仅是在禅宗和民间有一定影响，而偏偏就是这个在中国不太入流的诗人，却超越李白、杜甫等诸多大家，成了六十年代在美国最有影响力的诗人。成为整个"垮掉的一代"（The Beat Generation）的精神偶像。其在域外的影响和被接受的个中原因，确实是相当耐人寻味的。从中国比较文学研究者的理论视点去看待这类现象，首先应该理性地去认识自身文学的域外影响，不宜因为某个作家在他国产生了某种影响，就盲目地自豪于这种影响，并且以域外的声誉标准轻易地改变对这些作家的本土文学评价。事实上，接受美学所告诉我们的一种见解就是，他种文化如何去接受一个作家或作品，在很大程度上是出自于他们自身的文化需求和精神困扰，是他们文化和生存现实的变相的价值表现方式，与某个作家和作品在本土文化中的评价关系并非无关，但却不是决定性的因素。美国当代著名诗人卡雷·史奈德（Cary Snyder）在他翻译的寒山诗选的前言中写道：

> 他们的卷轴、扫帚、乱发、狂笑成为后来禅宗画家特别喜欢描绘的形象。他们已成为不朽人物。而在今天美国的穷街陋巷里，果

---

① 乐黛云：《尼采与中国现代文学》，见其《比较文学与中国现代文学》，北京大学出版社，1987年版，第101—102页。

树园里，无业游民的营地上或在伐木场的营幕中，你时时会和他们撞个满怀。①

能够和人们"撞个满怀"的，当然不会是古代的寒山，而只能是与寒山思想相契合的一代美国青年，即那些现代的"寒山们"。在整个六十年代，一个人如果漫步于美国的许多名牌大学，总会碰见那些蓄发、光脚、挂着耳环到处跑的嬉皮型大学生，而其中十个有五个会告诉你，他读过寒山的诗并且崇拜他。台湾诗人和学者钟玲曾经问过一些学生为什么喜欢寒山，得到的回答是"因为他是一个披头士（Beat Man）"，真可谓一语道破，于是我们可以理解一代美国青年是如何来接受寒山的了。从文化和文学去看，寒山在美国一时之热，既是六十年代美国一代青年精神危机和整个社会信仰问题加剧的表现，也是西方现代主义文学在对"现代性"与人的关系的质疑过程中，自身文化资源不能满足认识的需要，从而不得不外求于包括东方中国在内的异文化"他者"的一种表现。也就是说，并非本土的中国人缺乏识别自己的文化土壤造就的诗人的能力，从而使寒山明珠暗投；也不能简单地说大洋另一边的外国人没有眼光，不认李白而单挑寒山；而是六十年代的美国青年一代需要一面非我的镜子去辨认自身的文化和精神状况，而这个八世纪的中国"法丐"（The Dharma Bums）的风神、诗歌和生命方式，尤其是他站在边缘立场对俗世人生的批判方式和生活态度，正好投合了他们的脾胃，从而被引为同道，为他们的都市化隐身、体验性的抗议和不合作的立场找到了历史的和国际化的证明。因此，与其说是寒山对他们构成影响，倒不如说是他们从寒山看出了自身，而寒山则因他们而一时复活。那么，一旦造成这一联系的文化语境逐渐消失，这个寒山也会重新隐身到历史的迷雾中去。事实上，七十年代以后随同西方反抗的一代逐渐融入主流社会，寒山热也就由热渐凉了。这与其说是一桩影响的事实，倒不如视为有限时空条件下的接受现象更合适一些。显然，这种从接受理论角度进行的分析，与传统的影响研究在出发点和研究的意义归宿方面都有了极大的不同，也见出当代理论对于传统研究类型的改造和革新。

新的理论资源影响渗透的结果，还使一些具体研究类型的当代学术意义更加突出，同时也使一些研究类型面临拆解、合并和重组的可能。

---

① 托马斯·柏金生编：《垮掉的一代例释》，纽约1961年英文版，第138页。

譬如有关形象的研究作为国际文学关系研究的一个部分，即使是在以西方为中心的比较文学研究界，人们也承认多年来它多多少少总是存在着文献性太强而文学性分析不足的倾向。而在今日比较文学已走出西方世界，面对更广大的研究领域的时候，在未必有太多历史联系线索的亚非拉跨文化地域和跨学科发展的时代，传统的形象研究的前景就将面临一系列的问题。形象研究要发挥更大的作用，就有必要更新自身的研究思想。近年来，正是对新起的符号学、结构主义、接受美学和侧重研究"他者"、"乌托邦"和"意识形态"诸种关系的当代阐释学理论的借鉴，[①] 使形象问题被置于文化差异带来的象征关系和社会总体想象物的层面加以深入的文学和文化考察，从而使形象研究获得了新的理论动力和新的研究视野，而发展成为具有相当独立性、并且表现出理论分析与文献研究并重的形象学研究类型。就其研究势态和理论走向而言，我们有理由期望其在东西方文学关系研究的领域一显身手。

当代译介学的发展也表现出类似的情形。通过一些比较文学研究者所具有的不同于语言教学研究者和一般翻译者的理论视野，在跨文化的翻译研究实践和诸如多元文化理论、符号学、文化语言学、文化对话与文化误读理论（翻译也是一种对话和阅读）等当代理论的影响和借鉴下，其作为一种研究类型的学科范式理论有了突出的进展，它在关于翻译文学作为特殊文类、翻译文学作为民族文学组成部分、翻译文学史、翻译的文化研究以及翻译中的创造性叛逆等研究领域的进展，明显地超越了传统翻译研究仅仅是在语言工具和文学意义的转达媒介范畴徘徊的领域，使译介学在将文学的翻译研究作为一种文类现象和文化行为的研究方面显出其独特和重要的学术价值，并且表现出试图超越比较文学的学科限制而独树一帜、自成体系的倾向。这样，比较文学的译介学无论是作为比较文学的研究类型还是作为整体的翻译研究学科的一部分，其在研究中的重要性都正在变得越来越突出。

同样，在比较文学研究类型中占有相当稳定和重要位置的主题学和文类学研究，也由于新的理论介入而有了新的理解和分析立场。通常的主题学和文类学基本上是站在比较文学的角度来研究文学的主题、母

[①] 关于形象学研究对于当代理论的借鉴，参见让-马克·莫哈：《试论文学形象学的研究史及方法论》，孟华译，见《中国比较文学》，1995年第一期第192—199页和第二期第144—158页。

题、题材、意象、情景、套语、文学类型、体裁、风格①等方面在不同国家、民族和文化地域中的定位、发展、流变的异同和特征及其规律。而围绕这些有关主题和文类研究的学术可行性争议，多半是由于缺乏能够从总体上来指导这类跨越性研究的关于人类认识关系和精神共同性问题的文化理论和文学理论，以致在具体研究工作中出现某些偏颇，譬如仅仅是将传统中国文学主题加以整理的著述，只是找出某些主题和意象，并列出一批只属于本国文学的例子，却缺乏跨文化的比较研究和从不同民族文化和学科理论立场的理论提升，于是本当属于国别文学或者说是古代文学主题研究的范围，却被误认为是比较文学的主题学研究而加以肯定。当然，这为比较文学主题学、文类学积累了有用的材料，但真正比较文学的主题学研究除了至少要做系统相关的跨文化比较分析外，更需要综合的理论判断和总结。而像文化人类学、原型批评理论、比较神话学和社会心理学等学科的理论正好提供了所需要的支持。从这些理论的立场看来，比较文学在研究这类问题的时候，应该着眼的不仅仅是两个或者几个不同民族和不同文化的文学主题与文类差别及其特征探讨的问题，而是应当从人类整体的历史和现存状态的总体综合立场出发，全面地观察和分析不同民族和地区的文学中反复出现的这些主题、母题和文类等等现象，探讨和总结可能的原型、模式和类型的历史文化流变及其意义。如同弗洛伊德、荣格、列维-斯特劳斯、诺斯洛普·弗莱等人在他们的著作中对文学所做的创造性研究那样。尽管他们不是比较文学研究者，但是他们的研究却在跨文化和学科综合的现代理论立场上达到了值得效法的学术范例、水准和深刻透视问题的学术境界。近年来，受其启发和影响，不仅有国外的比较文学研究者，也包括国内的一批比较文学学者都开始逐步运用诸如文化人类学等学科的理论来处理中西比较文学的研究课题，且取得了可观的成果。② 其中不少在文化阐释学和文化人类学的名目下对中国传统文学所作的比较研究课题和著作，若是从比较文学角度去看，也可以说是在当代理论支持下所做的主题学和文类学的综合研究。在这里，传统的主题学和文类学在新理论的烛照

---

① 有关主题学和文类学的一般历史发展、研究内容和理论方法的介绍，可参考其他已出版的比较文学原理或概论性的著作，这里只涉及它们与当代文学和文化理论关系的有关问题。其他研究类型的讨论在本书中亦大体做同样的处理。

② 参见叶舒宪：《文化人类学与比较文学》，见陈惇等主编：《比较文学》（第三编第二章），高等教育出版社，1997年版。

下已经被拆解和重组，并且似乎已经以新的面目和类型特征出现在当代比较文学研究的学科类型范围之中，甚至大有溢出这种类型研究格局而自成一体的趋势。譬如，它很可能建构出一套全新的文学研究的学科理论和方法体系，其命名也许就是"文学人类学"。处于这样的学术研究潮流的变迁过程中，再按照习惯的主题学、文类学等类型范式的操作方法去从事研究的意义就值得考虑了。如果我们再进一步扩展这类问题的思考视野，结合前述种种理论资源对传统的比较文学研究类型的刷新和改造，各种新的研究类型生长和独立的苗头，如阐发研究、翻译研究、中西比较诗学、文化对话研究等等，一系列全新的问题便摆在了比较文学学科类型研究者的面前，而核心的命题将是，既有的学科类型格局是否需要更新？比较文学的类型化研究，或者说整个比较文学学科的研究格局是否已经处在了又一次革命性转变前夜？

三、新的文化语境与类型化研究的前景

当代西方文学理论对比较文学学科的影响，也许只是这一学科在二十世纪末实现自身研究理论体系和价值目标转变的前奏。进入九十年代以后，来自不止一个方面的思想和文化冲击，使比较文学不得不再一次面对新的挑战。对于作为学科重要构成部分的研究类型体系而言，原有架构的拆解和重组已是不可避免的命运。这既意味着新的困扰和阵痛，同时更是二十一世纪实现学科更新重建的机会。从二十世纪五十年代末由韦勒克发动的论战和学术革新，到八十年代后期的第二次变革，即理论研究在国际比较文学界站稳脚跟，其时间距离差不多有三十年时间。而仅仅相隔国际比较文学学会决定成立文学理论委员会才十年左右的时间，在1997年在荷兰莱顿召开的第十五届大会上，一个新的机构——文化研究委员会在国际比较文学学会内的成立，颇具象征意义地宣告了又一次挑战和变革的正式来临。随着二十一世纪新的发展，这种革新转型的迫切性将益加凸显出来。

毫无疑问，变革的动力总是来自各个方面。就全球社会发展的总体趋势而言，正如本书第一章所论述的，人类社会在经济、政治、科技、哲学和人文社科思想方面均出现了前所未有的进步和发展，同时也面临严峻的困扰和挑战。就文学研究本身来说，"文学研究的兴趣中心已发生大规模的转移：从对文学做修辞学式的'内部'研究，转为研究文学

的'外部'联系,确定它在心理学、历史和社会学背景中的位置。"①作为这种转变的结果,则是各种与"后"有关的文化理论的盛行,如后结构主义、后现代主义、后殖民主义、东方主义、新历史主义等,超越西方文化中心论的跨文化综合研究已经站到了学术研究的前卫行列。进入九十年代,曾兴起于英国却一直不太受重视的文化研究理论,近年却在以美国为首的西方学术界炙手可热,再一次成为时尚。潮流所至,从美国比较文学界开始,围绕比较文学是否会走向文化研究、文学研究与文化研究的关系如何定位等焦点,在比较文学界又一次引发关于比较文学趋势和前景的论争。不管这场争论中的各家如何各持己见,文化研究作为比较文学研究深化的方向之一,已经成为文学学术研究的事实存在。就比较文学界内部而言,近年来,随着以中国比较文学复兴为标志的非西方文化地域中的比较文学的崛起,传统的比较文学学科范式在跨文化的大环境中,也表现出众多不能适应研究实践发展的尴尬局面。如同前面的介绍和分析中所表明的那样,从各自本土比较文学研究的实际需要出发去革新研究范式,探索新的研究类型的理论探讨和实践努力,正在成为比较文学界内同仁的共识。从整个科学和学术研究大趋势的视野去看,走向普遍的科际整合和以问题为中心的多学科综合研究已成为国际性的学术气候,并且无疑会成为二十一世纪的学术研究主流。

面对这种种理论和现实的需求和挑战,素以开放和能够容纳外来思想理论和方法著称,经常通过不断革新自身学科理论、迅速适应和深化文学研究实践的比较文学学科,在立足学科基本理论和信念的基础上,为实现研究对象的扩展和研究类型的革新,确实有必要主动迈出更大的革新步伐。如何不拘泥于传统比较文学的格局,大胆认真地去探索既适合世界文化发展大趋势又适应本土比较文学研究实际的学科范式和研究类型体系,将是未来一段时期内中国比较文学研究者重要和迫切的学术工作。在本章的论述过程中,之所以没有刻意去遵循以往著作中关于比较文学研究对象和学科类型体系的介绍和叙述方式,而是把分析和讨论的侧重点放在传统研究类型的现实审视、新的思想和理论资源对研究类型的更新重组、新的研究范式和研究类型的建构上面,其着眼点正是在

---

① 希利斯·米勒:《文学理论在今天的功能》,见拉尔夫·科恩主编:《文学理论的未来》,程锡麟等译,中国社会科学出版社,1993年版,第121页。

于试图加强在新的历史条件和文化语境下，关于中国比较文学的发展动向的把握和学术前景探讨。

从总体上讲，二十世纪末的比较文学与半个世纪以前的比较文学相比，毕竟已经有了研究范围和价值方向上的极大不同。其最大的区别就是，比较文学作为一个学科终于走出以西方为中心的地域和文化圈子，表现出追求全球多元文化和文学关系探寻和跨文化、跨学科研究的趋势，从而开始在真正比较文学的意义上来讨论与世界各民族都相关的文学和文化问题。从这一基本的现实和与之相关的理论出发，尽管我们对未来一段时期内的比较文学发展和学科范式没有，也不可能有一套完整清楚的把握和表述，但是，以近年中国比较文学学科的实践经验和理论进展以及国际比较文学的学术走向为依据，至少在建构未来本土中国比较文学学科的范式基础和类型结构原则方面，已经可以找到和勾勒出一个大致的轮廓。

在今后的历史过程中，无论比较文学这一学科范式的具体面貌会如何，它都应该是一种以跨文化平等对话为根本原则，以问题意识、对话意识、跨文化意识和跨学科意识为学术前提，以围绕文学和文化问题的互识、互证和互补为方法学基础，在价值目标上既为着自身文化发展，也为着他种文化进展的文学学术研究范式。在这一范式的基本模式结构中，它首先需要共同的话题。这些话题可以是历史的、现实的，也可以是有关未来的；可以是普世性的主题、文类和其他问题，也可以是从本民族文化出发且与其他文化相关的问题；一般主题学、文类学、类型学和译介学的课题都可以在这一范畴内加以考虑。当然，话题的确定不能是某一文化的一方说了算，而应该在现实的基础上进行协商和探索。其次需要有能够相互沟通的话语方式。这种话语不仅仅是文学和文论话语，也包括跨学科的文化理论和其他学科的知识话语。在话语问题上，单方面的话语霸权和民族话语的自我独白都是不可取的方式，都不可能达到真正的交流。前者常常是一时的强势文化的沙文主义恶癖，后者也往往是弱势文化不明智的防御策略。话语的沟通将是一个长期的过程，在这一过程中，和而不同、多元互补等原则将逐渐消除误解和拉近双方对话的距离。一般的阐发研究，比较诗学研究，跨学科方法和理论都可以考虑统摄于这一范畴之下。接下来需要加以考虑的层面是，围绕某一话题（问题）展开多种理论和多种学科对于具体问题及其解决途径的探索。有关误读与悟读、他人与异己、身份与形象等方面的问题均可列入这一层次研究的范畴。最后应该强调的是，如何将属于文学价值研究的文学事实深入到文化的内层作更深入的追问，在文化与文明的普遍关联和价值共同性方面去深化文学研究的意义，也将成为这一范式结构中重要的一环。很可能就是在这样一个基本的原则和范式框架的基础上，再结合文化语境的变迁和具体研究实践的调整，我们可以尝试考虑如何来建构一套适合于本土中国比较文学研究的、富于文化个性的比较文学学科范式和研究类型格局，进而有意识地、系统地运用到中西比较文学研究的实践过程中去，并且在实践中使其得到完善和发展。

思考题

1. 比较文学意义上研究范式和类型有何区别？
2. 简述比较文学类型化研究的功能模式。
3. 简述中国比较文学阐发研究的类型。

第五章
比较诗学：文学理论的跨文化研究

第一节 比较诗学的必然性

一、"诗学"概念梳理

自从二十世纪五六十年代美国学者提倡对没有或缺乏事实联系的文学进行"平行"的美学研究，比较文学的研究领域大大地得到拓展，这实际上为理论进入比较文学提供了一定程度的合法性证明，也为中西两种历史上缺乏事实联系的文学之间开展比较研究提供了理论依据。在这种意义上说，旨在从跨文化的角度对文学理论进行比较研究的比较诗学，是比较文学在理论介入后的必然发展，也是中西比较研究结出的一个丰硕成果。也正是在这种意义上，我们认为，法国著名比较文学研究者艾田伯1963年所做的"比较文学必然走向比较诗学"的断言，具有高瞻远瞩的历史预见性。他在那本旨在总结法国学者和美国学者各自研究方法利弊的著作《比较不是理由：比较文学的危机》中，非常大胆、也非常自信地宣称：

> 将两种自认为是敌对实际上是互补的研究方法——历史的探究和美学的沉思——结合起来，比较文学就必然走向比较诗学。[①]

[①] 参见艾田伯：《比较不是理由：比较文学的危机》（René Etiemble, *The Crisis in Comparative Literature*. trans. Herbert Weisinger and George Joyaux. East Lansing: Michigan State University Press, 1966），第54页。英文版将原书的副题"比较文学的危机"用作正题。遗憾的是，英译者将上面这段话中的"比较诗学"（poétique comparée）误译为"比较诗歌"（comparative poetry），刘若愚在其《中国文学理论》（"导论"注6）中正确地指出过这一误译。

几十多年来比较诗学在世界范围内的蓬勃发展以及中西比较诗学研究的实绩都充分证实了他的这一预言的正确性。

然而,像"比较文学"一样,"比较诗学"一词也容易引起误解。比较诗学引起的误解除了与比较文学引起的误解有共同的地方外,还有其特殊性:它不仅受对"比较"一词误解的影响,而且受对"诗学"一词误解的影响。因此,在讨论什么是比较诗学之前,最好对"诗学"(Poetics)这一概念进行一番梳理。这里的"诗"不是指狭义的诗歌,而是泛指文学。因此"诗学"并非专指诗歌理论,而是泛指一般的文学理论。在西方,用诗学泛指一般的文学理论有悠久的传统。在被视为西方文学理论之源、雄霸欧洲文坛达两千年之久的亚里士多德的《诗学》里,"诗学"乃与伦理学、政治学、修辞学、形而上学等学科具有相同地位的学科,其主要研究对象是文学的一般理论问题,比如什么是文学,文学的组成成分,文学的手段和目的,文学与其他艺术的异同,文学与现实的关系等,尽管作者并非直接探讨这些问题,而是通过对希腊悲剧的研究来达到探讨文学的一般理论这一目的。受亚里士多德的影响,此后在西方文学理论中一直存在用诗泛指文学、用诗学泛指文学理论的传统,比如古罗马古典主义理论家贺拉斯的著作被命名为《诗艺》,十七世纪法国新古典主义理论家布瓦洛的著作被命名为《诗的艺术》。在中国的文学传统中,诗也一直是文学的代名词。[①] 到二十世纪,用诗学泛指一般文学理论在西方理论界更渐成定局。这首先源于俄国形式主义理论家对诗学的目的、研究对象所进行的重新界定。在俄国形式主义理论家看来,诗学的主要目的是回答是什么因素使语言材料转变成了艺术作品,换言之,是什么使文学成其为文学。如鲍里斯·托马舍夫斯基就认为诗学的研究对象是"有艺术价值的文学",并因此而将诗学界定为"研究艺术作品结构的学科",以与研究非艺术作品结构的修辞学相区别。[②] 正由于认为诗学的主要研究对象是语言艺术不同于其他艺术的特异性质,现代诗学也就具有了与传统诗学不同的理论内涵。第二次世界大战以后,新批评、结构主义、精神分析学、原型批评、符号学等理

---

① 当然,这一说法并不否认用"诗"泛指文学有文类发展内在的历史根源,比如小说这种叙事性文类直到很晚才成熟。这一点东西方皆然。

② 鲍里斯·托马舍夫斯基:《诗学的定义》,见《俄国形式主义文论选》,方珊等译,三联书店,1989年版,第76、79页。

论思潮相继出现,成为西方现代诗学的主体,更加重视文学的内在语言特征和深层结构的分析。现代诗学所关注的问题尽管与传统诗学有异,现代诗学对什么是文学这一核心问题所做出的回答尽管与传统诗学有很大的不同,但都是在文学的一般理论这一意义层面来使用诗学一词的,甚至有将诗学的外延进一步扩大的趋势。在一些学者眼里,诗学几乎成了理论的代名词。比如,加拿大学者林达·哈琴(Linda Hutcheon)就将其论述后现代主义的著作命名为后现代"诗学",她在"理论表述"这一意义上使用诗学一词,所谓后现代诗学就是对后现代的一种"理论表述"(theorizing the postmodern);美国理论家哈罗尔德·布卢姆(Harold Bloom)的论文集也被编者冠以"影响的诗学"的名字;甚至出现了"翻译的诗学"、"阅读的诗学"、"原始积累的诗学"这类用法。① 为了保持诗学一词的稳定性,我们不取上述这种过于宽泛的用法,而将诗学限定在文学理论研究的范围之内,正如乐黛云在《世界诗学大辞典》序言中所言:

> 现代意义的诗学是指有关文学本身的、在抽象层面展开的理论研究。它与文学批评不同,并不诠释具体作品的成败得失;它与文学史也不同,并不对作品进行历史评价。它所研究的是文学文本的模式和程式,以及文学意义如何通过这些模式和程式而产生。②

在这一意义上,我们可以将比较诗学粗略地界定为从跨文化的角度对文学理论进行的比较研究,"跨文化"是比较文学区别于其他文学研究首要的学科特征,"跨文化"也是比较诗学区别于其他文学理论研究的首

---

① 参见林达·哈琴:《后现代诗学》(Linda Hutcheon, *A Poetic of Postmodernism*: *History*, *Theory*, *Fictio*. New York and London: Routledge, 1988);哈罗尔德·布卢姆:《影响的诗学》(Harold Bloom, *Poetics of Influence*. John Hollander ed. New Haven: Henry R. Schwab, 1988);维里斯·巴恩斯通:《翻译诗学》(Willis Barnstone, *The Poetics of Translation*: *History*, *Theory*, *Practice*. New Haven: Yale University Press, 1993);克罗斯曼·维玛斯:《阅读的诗学》(Inge Crossman Wimmers, *Poetics of Reading*. Princeton: Princeton University Press, 1988);理查德·哈尔彭:《原始积累的诗学》(Richard Halpern, *The Poetics of Primitive Accumulation*: *English Renaissance Culture and the Genealogy of Capital*. Ithaca: Cornell University Press, 1991)。

② 乐黛云、叶朗、倪培耕主编:《世界诗学大辞典》"序",春风文艺出版社,1993年版,第4页。

要特征。

二、理论对比较文学的重要性

理论大规模进入比较文学研究是二十世纪中叶以后的事，理论的大量介入在法美学派之争后已经平静下来的国际比较文学界再次掀起巨大波澜。关于理论进入比较文学领域的利弊，国际比较文学界有过长期的争论，在1985年巴黎召开的第十一届国际比较文学大会上，赞成运用新理论的学者与反对这样做的学者之间发生的激烈交锋，把这一论争引向高潮。比如，曾以新批评理论为武器向法国比较文学研究提出挑战的美国理论家韦勒克就不无偏激地指责运用新理论的做法"否认美感经验"，是"反美学"的，是一种"新虚无主义"。[①] 毋庸讳言，纯理论研究会产生一些消极的影响，比如，容易走向为理论而理论，对理论的过度热忱往往导致对文学的实际感受力下降，许多理论本身缺乏可操作性，或是仅适用于特定的对象。对理论介入比较文学的批评正是从理论研究本身隐含的这些问题出发，反对运用新理论的学者认为文学研究应该以个人的情感感受和阅读经验为基础，用经验归纳的方法对文学文本进行具体的分析，反对抽象的假设和纯逻辑的推论。然而，我们认为，理论研究面临的真正危险并不在于它忽视个体体验，它的真正弊害是：理论研究由于是对个体经验的概括和抽象，因此常常不可避免地带有一种模式化的倾向，而模式往往具有很强的虚拟性，它以虚拟的方式提出假定并通过理论推演对此假定进行证明；由于人的思维不可避免地具有惰性，因此往往容易将这些虚拟的模式认同于永恒不变的"规律"。

同样毋庸置疑的是，理论进入比较文学领域自有其积极意义。理论可以使比较不至于浮在表面而有深度。正因为理论推衍的虚拟性，它可以不必过多考虑实际的应用，这样有时反而可以为具体研究提供思考的新起点和新框架。同时，新观念对实际生活总是起着非常重要的作用，新观念的出现往往是大规模新的实践的先导，没有科学假说哪会有科学实践，没有二进制的理论哪会有现代电子信息技术的产生，没有对于到底是什么使文学成其为文学的理论反思，又哪里会有二十世纪现代派文学对语言表述手法的各种新尝试？具体到比较文学学科发展而言，新理

---

① 关于两种意见在巴黎大会上相争的详细情形，参见杨周翰：《国际比较文学研究的动向》，《中国比较文学年鉴：1986》，北京大学出版社，1987年版，第1—7页。

论的运用也大大拓展了比较文学研究的空间，使比较文学在一些新的领域获得了突破性的进展。比如，比较文学向理论层面的深入使以跨文化文学理论研究为基本目标的比较诗学在比较文学中确立了自己的地位并获迅猛发展；理论研究的深入也使比较文学在跨学科研究方面出现新的整合，这在一定程度上导致了作为一个新的综合性学科的"文化研究"的产生。

因此，重要的并不在于应不应该运用新理论，能不能运用新理论，而在于怎样运用新理论，怎样扬理论之长而避理论之短，怎样实现理论研究与具体文本分析的完美结合，正如有学者所指出的，我们即要"肯定理论的推演本身对思路的开拓及其长远的指导意义"，同时又必须"承认理论必须与价值相联，使理论为具体的评价所充实"，[①] 这样才能最大程度地发挥理论对比较文学研究的积极作用。

三、中西比较诗学的必然发展

不少西方学者早已意识到把视野局限在欧美文化体系内部的弊病，感到有必要开展东西文学之间的比较研究，认识到只有这样才能真正面对文学理论上的重大问题，才能使理论具有更大的适用性和解释力。不管究竟有多少西方学者在实践这一点，但至少在理论上已经有相当多的西方学者认识到了中西文学比较研究的重要性。同时，中国比较文学在二十世纪最后几十年的复兴与发展及其在短时期内所取得的令世人瞩目的成就使这一认识有了坚实的基础和支撑。然而，由于中国文学与西方文学属于两种差异很大的文学体系，历史上实际交流和相互影响并不多，中西比较文学影响研究的空间不像西方文化体系内的影响研究那么大，因此中国比较文学研究者一开始就注意寻找中西比较研究的独特理论基础和方法基础，并且逐渐认识到从理论的角度对中西文学共同面对的一些基本问题进行思考，将会为中西比较文学研究做出独特的贡献，应当成为中西比较研究的一个主要领域。而且，从中国诗学自身来说，它在概念、命题、表达上的特殊性使其面临着比西方诗学更急迫的现代阐释与现代转化的问题，而在中国当代的理论语境中，古与今、传统与现代的命题大多可以转化为中与西的命题，因此开展中西诗学比较研究

[①] 乐黛云：《中国比较文学的现状与前景》，见《中国比较文学年鉴：1986》，北京大学出版社，1987年版，第13页。

也是中国古典诗学实现现代转型的内在需要。不仅比较文学研究者意识到了开展比较诗学研究的急迫性与重要性，中国古典诗学的研究者们也意识到了比较研究对于中国诗学现代转换的重要意义，认识到只有对中西文论开展比较研究，才能实现中国文论的现代转型，才能在中国传统诗学的母体上产生具有现代意义和世界意义的新的诗学体系。[①] 这两方面学者在认识上的逐渐趋近和研究方法上的逐渐汇合也许是为什么比较诗学近年来在中国能够获得很大发展的主要原因，也为其今后的进一步发展铺平了道路。

早在上世纪三四十年代，就有不少中国学者试图寻找表面差异很大的中西诗学之间的相互交流与相互沟通，寻找超越单个文化体系之上的共同理论规律，并且取得了重要的成就。比如朱光潜早在四十年代出版的《诗论》中就采用中西理论相互参照的方法，用西方理论解释中国的诗歌，同时又用中国理论阐发西方文学。这种比较并非盲目，而是有意识地进行的，他认为"研究我们以往在诗创作与理论两方面的长短究竟何在，西方人的成就究竟可否借鉴"的原因在于，"一切价值都由比较得来，不比较无由见长短优劣"。[②] 钱钟书的《谈艺录》也采用将中西文论融为一炉，两相参照的方法。作者也是有意识地采用这种比较的方法，他认为之所以要广泛参照西方理论，之所以要"取资异国"，"颇采'二西'之书"，原因是这样可以相互启发，"以供三隅之反"，而比较研究之所以能够相互启发、相互沟通，更深层的原因是，中西之间存在着共同的艺术规律，"东海西海，心理攸同"。[③] 七十年代末出版的《管锥编》在中西理论双向比较参照方面所做出的成就更是有目共睹。《管锥编》在资料的运用上不仅突破了中西之间的界限，而且突破了学科界限，目的正是寻求共同的理论规律，而之所以存在共同的"诗心"和"文心"，原因是，正如作者所言："心之同然，本乎理之当然，而理之当然，本乎物之必然。"[④]

[①] 比如《文学评论》杂志曾辟出专栏讨论中国古代文论的现代转化问题，得出的比较一致的看法是中国文论要想实现现代转化，借鉴西方理论并展开比较研究乃必要途径之一。参见张少康：《走历史发展必由之路——论以古代文论为母体建设当代文艺学》（《文学评论》，1997年第二期），蔡钟翔：《古代文论与当代文艺学建设》（《文学评论》，1997年第五期）。

[②] 朱光潜：《诗论》"序"，三联书店，1984年版。

[③] 钱钟书：《谈艺录》"序"，中华书局，1984年版。

[④] 钱钟书：《管锥编》第一册，中华书局，1979年版，第50页。

不少海外中国学者在寻找中西文学共同的理论规律方面也做出了很大的贡献。已故美国斯坦福大学教授刘若愚于1975年出版《中国文学理论》一书，借用西方的理论模式阐释中国的诗学理论，试图为中国古代诗学几千年的发展整理出一个清晰而有系统的线索。作者认为，"提出渊源于悠久而大体上独立发展的中国批评思想传统的各种文学理论，使它们能够与来自其他传统的理论比较"，有助于达到一个融会中西两大传统、具有超越特定理论之上的普遍解释力的"世界性的文学理论"。① 对世界性的文学理论、对共同的文学规律寻找的过程也就是作者所说的由孤立分散的作为可数名词复数形式的"各种文学"（literatures）与"各种批评"（criticisms）融合发展为作为不可数名词单数形式的一般"文学"（literature）与"批评"（criticism）的过程。② 为什么从理论的角度寻找中西文学之间的互通互融具有特别重要的意义？作者对自己的这一做法与追求进行了进一步的论证：

> 在历史上互不关联的批评传统的比较研究，例如中国和西方之间的比较，在理论的层次上会比在实际的层次上，导出更丰硕的成果，因为对于各别作家与作品的批评，对于不谙原文的读者，是没有多大意义的，而且来自一种文学的批评标准，可能不适用于另一种文学；反之，属于不同文化传统的作家和批评家之文学思想的比较，可能展示出哪种批评概念是世界性的，哪种概念是限于某几种文化传统的，而哪种概念是某一特殊传统所独有的。如此进而可以帮助我们发现（因为批评概念时常是基于实际的文学作品），哪些特征是所有文学共通具有的，哪些特征是限于以某些语言所写以及某些文化所产生的，而哪些特征是某一特殊文学所独有的。如此，文学理论的比较研究，可以导致对所有文学的更佳了解。③

美国加州大学圣地亚哥分校教授叶维廉也一直在努力寻找中西文学

---

① 刘若愚：《中国文学理论》（James J. Y. Liu, *Chinese Theories of Literature*. Chicago: University of Chicago Press, 1975），杜国清译，台北：联经出版事业公司，1981年版，第3页。
② 同上书，这是全书"结语"的最后一句话，可见寻求普遍有效的文学理论乃久久萦绕于作者心头的一个中心情结。
③ 同上书，第3、4页。

共同的理论规律,他将这种共同的理论规律称为共同的"模子",共同的"美学据点"。① "努力从中国和西方不同的文化传统和美学思想中,分辨出不同的美学观念和假设,从而找出其间的歧异和可能汇通的路线",乃叶维廉"长期的文化郁结",而这种不懈努力的内在动力是对保存和发扬中国文化深深的"忧虑和危机感"。② 这也许正是叶氏文集在大陆出版时编者冠以"寻求跨中西文化的共同文学规律"这一标题的用意所在。③

美国加州大学河滨分校教授张隆溪1992年出版的《道与逻各斯:东西方文学阐释学》在此基础上更进一步,对自己的研究方法和目的进行了详细的说明和理论论证。作者认为,比较文学的理论基础自学科创立之始就是一个令人困惑的问题,而一旦涉及中西之间的比较,其真正的危机出现了,因为二者之间很少"事实联系",唯一合适的批评话语是"差异"话语。如果影响研究不再是比较文学唯一的合法基础,那么对东西方共同的批评问题与理论问题进行研究的比较诗学也许可能比传统的影响研究结出更丰硕有趣的果实。作者有感于过去阐释学局限于西方传统之内的做法,试图将不同的批评传统置于平等的基础之上,从一个融汇东西方的批评视角出发考察阐释学的理论问题,目的是使中西文学之间进行"富有成效的相互鉴照",因此在研究方法上,就不是单纯运用西方理论解读中国文学,而是从融会西方批评传统和中国古典诗学这一角度去细察阐释学的概念及其基本理论问题,一方面向西方读者介绍另一文化语境中的阐释学理论,另一方面,也旨在使中国诗学中零碎的阐释理论"系统化",为其勾勒出一个连续的发展轮廓,以此证明阐释经验和阐释理论的普遍性。④

另外,一些富于热诚、睿智和洞见的西方学者也为中西诗学的相互

---

① 叶维廉在《东西比较文学中模子的应用》一文及其为台湾东大图书公司"比较文学丛书"所写的"总序"两篇文章中集中表达了这一观点。《比较诗学》(台北:东大图书公司,1983年版)一书收录此二文。

② 朱徽:《叶维廉访谈录》,见《中国比较文学》,1997年第四期,第101、99页。

③ 参见温儒敏、李细尧编:《寻求跨中西文化的共同文学规律——叶维廉比较文学论文选》,北京大学出版社,1987年版。

④ 参见张隆溪:《道与逻各斯:东西方文学阐释学》(Zhang Longxi, *The Tao and the Logos: Literary Hermeneutics, East and West*. Durham & London: Duke University Press, 1992)"序言"部分对全书意图和方法的说明。

交流和融会贯通做出了很多努力和贡献。曾任国际比较文学学会会长、现执教美国普林斯顿大学比较文学系的孟而康就是其中的突出代表。尽管他的主要研究对象是日本文学，但他对东方文学所特有的热情和洞见，对跨文化研究积极而不懈的倡导与实践，也使其与中国比较文学有缘。他曾于1983年与刘若愚一起率美国比较文学十人代表团来北京参加被钱钟书称为给双方带来了一种"兴奋的开始感"[①]的首届中美比较文学双边研讨会，并在会上宣读《比较诗学：比较文学的几个理论和方法论问题》的论文。1987年，他又在美国普林斯顿大学热情接待了参加第二届中美比较文学双边研讨会的中国学者们，使得这次研讨会成为他一向极力主张并亲自实践的跨文化研究的又一次成功的盛会。孟而康对比较诗学的研究和思考集中体现在《比较诗学：文学理论的跨文化研究札记》一书上，该书英文本1990年甫经普林斯顿大学出版社出版即引起学界的广泛关注，得到同行的高度评价。原香港大学比较文学系主任安东尼·泰特罗（Anthony Tatlow）在系列演讲《本文人类学》中，曾用专章评述了该书在理论和实践上的成败得失，高度赞誉该书是跨文化诗学研究方面"第一次有力的尝试"。[②] 孟而康认为，比较诗学研究要想真正获得"比较"的内涵，首先必须从跨文化的角度对世界上不同诗学体系，特别是东西两种异质的诗学体系的基本概念和基本原理这些最核心、最本质的问题进行研究。《比较诗学》一书并非一般性地泛论比较诗学的基本原理和方法，而是从"文类"这个独特的角度切入，通过对大量跨文化例证广泛精细的解读，在对"戏剧"、"抒情"、"叙事"这三大文类的来源、它们在各个诗学体系中的不同表现进行具体剖析的基础上，得出一个基本结论：一个文化中诗学体系的建立，必须以在此文化中占优势地位的"文类"为基础，西方诗学体系乃建立在希腊戏剧的基础之上，而东方诗学，比如中国和日本的诗学，则建立在抒情诗的基础之上——孟而康将这种对诗学体系的建立具有奠基作用的文类称为"基础文类"，而将那些建立在基础文类之上的诗学称为"原创诗学"。过去，西方研究者的目光都集中在西方的原创诗学——由亚里士多德所

---

① 参见钱钟书在1983年中美比较文学学者双边讨论会上的发言，《中国比较文学年鉴：1986》，第366页。

② 安东尼·泰特罗：《本文人类学》，王宇根等译，北京大学出版社，1996年版，第57页。

奠基的摹仿诗学——之上,认为摹仿诗学具有放之四海而皆准的普遍有效性。孟而康经过大量精细的考察和详尽的例证,认为西方之所以形成摹仿诗学一统天下二千余年的局面,并非由于摹仿诗学本身具有普遍的真理性,而是因为西方诗学在其原创阶段占主导地位的文类是戏剧。由此得出的一个合乎逻辑的推论是,如果存在某种不是建立在戏剧文类之上的诗学体系,那么它也就不可能符合摹仿论的要求。孟而康将不是建立在戏剧而是建立在抒情诗基础之上的、与西方诗学迥然异趣的东方诗学称为"情感—表现"诗学。当然,发现中西诗学在旨趣上这种深刻分歧的,孟而康并非第一人。但他的可贵之处在于,不是去进行这两大诗学体系孰优孰劣的价值判断,而是充分肯定与西方诗学异质的东方诗学存在的合理性及其对全面反思并建构普遍有效的文学理论所可能具有的积极意义。①

美国哈佛大学东亚系与比较文学系教授宇文所安（Stephen Owen）的主要研究领域是中国古典文学,其《初唐诗》、《盛唐诗》、《追忆:中国古典文学中的往事再现》等著作早已译为中文,倍受中国同行赞誉。他对中国古典诗学也产生了浓厚兴趣,并且不乏新鲜的"洞见"。1992年,他出版了《中国文论选读》一书。该书一个基本理论出发点是,一文学与他文学之间必定存在许多共同的特征,但一文学与他文学之间在概念、文类、文学思维结构等方面必定存在着重大差异,每一文学传统都有其自身独特的概念体系和思维结构。从此出发,他得出结论:中国诗学及其表述方式之所以难以为西方人所透彻理解,原因一方面固然在于这一表述方式本身特有的模糊性,然而更重要的是由于西方读者对中国诗学术语"能指"符号所指向和表达的"所指"不熟悉,对中国诗学独特的思维结构不了解,因此应该主动去学习。② 这也许正是他以西方读者为对象编写《中国文论选读》一书的主要目的所在。

有这么多不同学术背景、不同文化背景的研究者对中西诗学的比较研究发生兴趣并且取得令人瞩目的研究实绩,说明从理论的层面对中西文学共同面临的问题进行深入的思考对中西比较文学具有特别重要的意

---

① 参见孟而康（厄尔·迈纳）:《比较诗学:文学理论的跨文化研究札记》,王宇根、宋伟杰等译,中央编译出版社,1998年版,特别是"绪论"和第一章"比较诗学"。
② 参见宇文所安:《中国文论选读》"序"（Stephen Owen, "Introduction", *Readings in Chinese Literary Thought*. Cambridge: Harvard University Press, 1992）。

义，说明了比较诗学在中西比较文学发展中的必然性。这些学者不仅在具体研究中为我们树立了榜样，而且更可贵的是，为这种研究方法的合理性提供了一定程度的理论论证。八十年代以来，中国内地学者也越来越关注中西诗学的比较研究，发表和出版了一些论文和专著，比较诗学在中国出现生气勃勃的景象，展现出非常美好的发展前景。然而，对中西比较诗学研究的理论依据和方法基础，一直缺乏彻底深入的理论论证，而这却是展开具体研究之前必须明确的基本认识论前提。本章所试图进行的，正是这一理论论证的工作。

第二节 同异关系与二元互动：比较诗学的认识论前提

一、共同的诗学问题

如果我们接受文学是对人类生活经验的表达这一基本判断，那么，由于人类面临着许多共同的生活情境，比如必须面对自然提出的种种挑战，必须思考人与自然的关系，必须对人类喜怒哀乐、爱与恨的情感做出描述和解释，人类文化的发展必然呈现出许多共同的特征。比如，除了用声音、动作来表现内心的情感外，都学会了用抽象的语言符号来记录和描述内心的情感，都形成了我们今天称之为"文学"的东西。具体到中西两种文学体系而言，二者无论是在内容还是在表现形式上，都有很多相似的地方，比如都有关于宇宙创生的神话，都有对于洪水的记忆，最早产生的文类形式都不是小说——因为小说的发展需要一系列外在的条件，如印刷术的发明、都市经济的发展、读者群的形成等。① 作为对文学经验和文学现象进行理论思考和表达的诗学，也必然具有许多相同的特征，比如都在创作实践的基础上形成了自己的文本阐释体系，形成了自己的诗学思维方式，都对一些共同的理论问题，比如什么是文学，文学文本的意义是如何产生的，文学的作用是什么等，进行过系统的思考。

中西诗学都很重视从作品与世界的关系出发来探讨文学的性质。尽管西方诗学从柏拉图和亚里士多德开始就非常重视文学摹仿外在现实世

---

① 关于小说的形成与社会发展的关系，可参见伊恩·瓦特：《小说的兴起：笛福、理查逊、菲尔丁研究》，特别是第一、二章，高原、董红钧译，三联书店，1992年版。

界的作用，摹仿说在西方诗学发展中一直处于主导地位，中国诗学很早就提出文学是作者内心情感的抒发，"诗言志"这一命题被视为中国诗学"开山的纲领"，① 然而，摹仿说在西方诗学中占主导地位并不意味着西方诗学不重视对内心情感的表现，中国诗学重视内心情感的抒发也并不意味着不重视作品与外在世界的关系。主摹仿说的柏拉图就非常重视"神赐"的灵感在诗歌创作中的作用。亚里士多德的摹仿说虽然重视作品与现实世界的关系，但同时也为想象、情感等留下了发展的空间，他在《诗学》中认为不仅可以摹仿事物"已经"有的样子，而且可以摹仿事物"应该"有的样子，认为诗人的职责"不在于描述已发生的事，而在于描述可能发生的事，即按照可然率或必然率可能发生的事"，进而认为诗比历史更具有普遍性，因为历史叙述的是"已发生的事"，而诗则描述"可能发生的事"。② 更不用说西方诗学还有像浪漫主义这样专门论述天才、想象的理论，有"直觉表现"说、"情感符号"说这样的以表现无意识直觉和内心情感为主要旨趣的理论。况且，西方诗学对文学本质的看法在二十世纪经历了很大的变化，许多现代西方文学试图打破摹仿的假定及其相应原则，出现了"非摹仿"、"反摹仿"的倾向。③ 同样，中国诗学传统尽管对情感表现情有独钟，但同时还存在着"文以载道"、"兴观群怨"等关注作品与现实世界关系的另一条发展线索，这一发展线索虽然不时受到情感表现说的冲击，但一直或隐或显地对中国文学的发展起着至关重要的作用。另一方面，即使就情感表现这一理论本身而言，中国诗学尽管强调作品表现作家内心情感的功用，但在主情感表现的同时，强调内在情感并非无缘无故地产生的，强调外物对内心情感的激发作用，强调"心"与"物"、"情"与"物"之间的相互感应。刘勰虽认为作品的产生源于内心的情感（"辞以情发"），但同时认为内心情感的产生乃受自然外物的激发，随外物的变化而变化（"情以物迁"），没有"春秋代序，阴阳惨舒"，就不会产生情感的摇荡，作品也就无以产生（《文心雕龙·物色》）。"摇荡性情，形诸舞咏"的前提是"气之动物，物之感人"（钟嵘《诗品序》）。"情"与"物"一直是

---

① 朱自清：《诗言志辨》，见《朱自清古典文学论文集》（上），上海古籍出版社，1980年版，第190页。

② 参见亚里士多德：《诗学》，罗念生译，人民文学出版社，1962年《诗学·诗艺》合订本，第28—29页。

③ 参见孟而康：《比较诗学：文学理论的跨文化研究札记》，中文版第33—34页。

中国诗学关注的两个重要方面，强调任何一方而忽视另一方都有失偏颇，正如王夫之所论，外在世界的一切，如"天人之际，新故之迹，荣落之观，流止之几，欣厌之色"，必须与内在的人心"相值而相取"，才能产生诗（《诗广传》）。

就文学文本意义的产生这一问题而言，中西诗学都不外乎从作者、文本、读者这几个方面来探讨。西方有理论认为，文学文本的意义是作者所赋予的，理解文学文本就是为了发现作者寄寓其中的意图，美国学者赫施（E. D. Hirsch）甚至把作者的意图确立为阐释有效性的唯一标准。接受理论则认为文本的意义不是存在于作者的意图而是存在于读者与文本相遭遇的阅读过程之中。以"新批评"为代表的形式主义理论则认为意义的产生与作者和读者都没有关系，意义存在于文本自身的内在特性、存在于文本的符号结构之中。另有一些激进的理论家则否定任何客观意义的存在，认为文本的"能指"符号并不必然指向特定的"所指"，文本意义的产生是能指符号自身不断延展、不断变异的过程，这一过程并不指向一个确定不变的终极意义。中国诗学也大体上是沿着上述思路来探讨这一问题。一方面，中国诗学强调阐释的客观有效性，把确认作者的意图作为文本阐释的主要任务，如陆机就认为阐释活动的主要目的是欲窥"为文之用心"（《文赋》）；另一方面，中国诗学也非常重视读者在阐释过程中的积极作用，很早就有"仁者见仁，智者见智"（《周易·系辞上》），"诗无达诂"（董仲舒《春秋繁露·精华》）一类的说法。这一强调读者阅读对意义生成重要性的理论后来发展得非常成熟，如清代学者薛雪认为杜甫诗歌"解之者不下数百家，总无全璧"的原因即在于接受者期待视域的差异："兵家读之为兵，道家读之为道，治天下国家者读之为政，无往不可"（《一瓢诗话》），金圣叹认为《西厢记》"断断不是淫书，断断是妙文"，只不过"文者见之谓之文，淫者见之谓之淫耳"（《读第六才子书西厢记法之二》），王夫之认为诗与非诗的区别在于能否对读者产生感发的作用，诗歌是否成其为诗歌要看它是否能引发读者广泛的联想以至灵魂的震动，作品的意蕴和价值的实现与读者的接受直接相关："作者以一致之思，读者各以其情而自得"（《姜斋诗话》）。

可见，关于什么是文学、文学文本的意义是如何生成的这些问题，中西诗学虽然侧重点、具体内容都不尽相同，但思路却大体一致，都不外乎从文本与世界的关系、文本与作者的关系、文本与读者的关系以及文本自身的特点等方面来进行探讨。美国当代文学研究者艾布拉姆斯（M. H. Abrams）在探讨浪漫主义诗学与西方批评传统之间的关系时，提出过"文学四要素"一说。艾布拉姆斯考察了西方诗学自古希腊到现代欧洲的历史发展，认为西方诗学的全部发展都逃不出作品、艺术家、世界和欣赏者这四个要素之间的相互关系，之所以会形成像摹仿说、表现说、客观说和实用说等诸多不同的理论学说，是因为各种理论看问题的角度和侧重点不一样，比如摹仿说侧重的是对外在现实世界的摹仿，表现说侧重的是对内在情感世界的表现。他认为这四个要素所构织的关系网络可以为文学批评提供"坐标"。[①] 刘若愚在其《中国文学理论》中借用艾氏的四要素说，将其作为描述和分析中国诗学体系的"图式"和"框架"，并根据中国的理论实际对其做了一定的调整，除了将名称调整为作品、作家、宇宙和读者外，更重要的是，根据中国哲学的动态关系模式将四者之间的单向线性关系改进为双向循环关系：世界不仅可以感发作家，作家的作品反过来也可影响世界；作家不仅是作品的创作者，作品也会对作家的创作产生积极或消极的影响；同样，读者与作品、世界与作品之间也存在这种双向的相互作用的关系。[②] 尽管艾布拉姆斯和刘若愚从中西各自不同的批评传统出发，目的也不尽相同，但他们的努力代表着一种共同的倾向：寻找共同的诗学问题。正是这些共同的诗学问题构成了中西比较诗学研究的内在基础。

二、不同的理论表述

由于中西诗学是在不同的文化语境、不同的社会历史条件下形成和发展的，二者对共同诗学问题的回答不可避免地会出现差异。然而，差异并非体现在问题本身和回答的内容上，而更多地体现在回答的方式，体现在诗学思维方式上。

形式逻辑在西方思维中占有非常重要的地位。西方的思维方法，强调对逻辑因果从陈述到证明的过程，在细致的逻辑解析的基础上形成一个由概念、命题、假设和证明组成的完整理论体系。西方诗学体系的建

[①] 参见艾布拉姆斯：《镜与灯》（M. H. Abrams, *The Mirror and the Lamp: Romantic Theory and the Critical Tradition*. Oxford University Press：1953），特别是第一章"批评理论的总趋向"，郦稚牛、张照进、童庆生译，北京大学出版社，1989年版。

[②] 参见刘若愚：《中国文学理论》，杜国清译，台北：联经出版事业公司，1981年版，第12—14页。

立始自亚里士多德,其《诗学》奠定了西方诗学逻辑严密、体系完备的基调。亚里士多德将人类的知识领域划分为三类:一为理论性科学,包括数学、物理学、形而上学等;一为实践性科学,包括政治学、伦理学等;一为创造性科学,包括诗学和修辞学。亚氏在《诗学》中首先通过"创造性"这一区别性特征将艺术与其他学科区分开来,然后再通过"摹仿"这一区别性特征将"美的艺术"即"摹仿"的艺术(包括史诗、戏剧)与其他艺术区分开来,然后再通过摹仿所使用的媒介、对象和方式的不同区分出诗与其他摹仿艺术(比如绘画、雕塑、音乐),然后对诗所属的各个不同亚类(史诗、悲剧、喜剧)的特征逐一展开论述。从亚氏《诗学》到康德的《判断力批判》到黑格尔的《美学》,都是通过这种层层递进的方式建立其庞大的理论体系。这种从概念和命题出发通过抽象的逻辑分析一层一层地建构整个诗学体系的方法,是西方诗学在表述方式上的突出特征。这一特征不仅构成了西方诗学思维传统的基础,也构成了其学术传统和著述传统的基础。

中国思维传统则不太重视对对象进行条分缕析的细细切割和区分,而更重视主体独特的经验,重视主客之间的相互作用,重视从整体上直接把握对象,重视整体的浑成与圆融。中国思维之所以重整体直观是因为认识到逻辑的细致解析往往会破坏整体的和谐,因而妨碍对事物本质的把握。《庄子》"浑沌凿七窍而死"的寓言形象地表达了这一观念:

> 南海之帝为倏,北海之帝为忽,中央之帝为浑沌。倏与忽时相与遇于浑沌之地,浑沌待之甚善。倏与忽谋报浑沌之德,曰:"人皆有七窍,以视听食息,此独无,尝试凿之。"日凿一窍,七日而浑沌死。(《庄子·应帝王》)

这则寓言说明:任何存在物都有其自身的存在理由,有其内在的整体机质,内在的和谐秩序,强行的解析和区分可能导致这种内在整体机质与和谐秩序的毁灭和终结。倏与忽试图通过清晰的区分(凿七窍)而赋予内在和谐的浑沌以某种外在的秩序,但浑沌的死象征性地证明了这种方式不可行。也就是说,有着内在和谐秩序的整体具有极强的"抗解析性"。如果说这则寓言只是从感性上象征性地表明了这一"抗解析性",那么,《齐物论》篇则对此做了理论上的进一步说明:

> 其分也，成也；其成也，毁也。

理性解析与逻辑区分尽管在某种意义上意味着对事物认识的深入，意味着人类认识能力的不断精细化，意味着认识的成熟（"成"），但它同时也意味着用某种先在的、给定的标准——在浑沌的寓言中是"人皆有七窍"这一被广为接受的先在认识——去规范认识的对象，意味着对认识对象进行人为切割，因而同时也就意味着对浑成圆融的内在生命秩序的一种摧残与毁灭（"毁"）。在处理成与毁之间这种微妙的关系时，西方思维传统更多的是注重"成"的一面，而中国以老庄为代表的思维传统则更多地考虑"成"所可能带来的负面危害。《老子》对其最高哲学范畴"道"要么干脆不做描述（"道可道，非常道"），要么采用变通的方式用"恍惚"、"窈冥"一类朦胧形象的语词去描述（"道之为物，其恍其惚"，"恍兮惚兮"，"窈兮冥兮"）。既然事物作为一个整体是不可解析的，那么对它的把握和认识的最好方式是直觉感悟，所谓"目击道存"（《庄子·田子方》）就是要在直觉的瞬间感悟真理，把握如"涌泉"、如"飘风"（《庄子·盗跖》）般变幻难测的道和意义。正是在此意义上，禅宗主张不立文字，主张用当头棒喝的方法让你在痛楚的瞬间感悟难言之秘机。然而，要完全舍弃语言实际上是不可能的，退而求其次的方法是用尽可能直观形象的语言去传递那不可言说的意义。就像禅宗公案所记载的，当问到如何是"佛法大意"时，回答是："春来草自青。"这种方式好处是直观形象，含不尽之意于言外，但它潜含的一个问题是，对此佛法大意的理解有赖于理解者自身的悟性，由于人的悟性有高低，并非人人都能悟，因此许多微妙的真谛也许会因为感悟者资质的愚钝而永远湮没无闻。照上述问答模式顺推下来，如果问到什么是"诗法大意"，那么顺理成章的回答就是"不着一字，尽得风流"了。由于文学是语言的艺术，完全舍弃语言与文学的根本目的和表达方式有悖，因此诗学采取的经常是这种变通的处理方法，主张文学创作要尽可能地用形象的语言去表达，把重点放在作为言意中介的"象"上。对于"象"表达意义的微妙作用，《庄子》另一则寓言有很生动的描述：

> 黄帝游乎赤水之北，登乎昆仑之丘而南望，还归，遗其玄珠。使知索之而不得，使离朱索之而不得，使喫诟索之而不得也。乃使象罔，象罔得之。（《庄子·天地》）

这里以"玄珠"喻道，以"知"、"离朱"和"喫诟"分别喻智识、感官和言辩，以"象罔得珠"喻弃除心机智巧、以静默无心的方式领悟道。"象"的虚空使其具有极大的容纳力，"象"的朦胧使其能与难言的道相契合而很好地传达意义之微妙。对"象"的这一认识在诗学的层面上表现为对言外之意的寻求，"象"所表达的难言之意并不存在于语言之中，而是存在于语言之外。中国诗学不仅要求文学创作（特别是诗歌创作）能状难写之景、含不尽之意，对理论表述本身也提出同样要求。中国诗学理论话语的几种典型形态，如子书中散见的论述、文集的序跋、卷帙浩繁的诗话词话以及小说评点等，不像西方诗学那样从概念的界定出发展开对论题的逻辑论说，大多是从阅读经验中得出的一些简洁鲜明、形象直观的感受，像"韩潮柳海"、"郊寒岛瘦"一类直观形象的表述方式和评价方式历来大受欢迎，像《文心雕龙》那样"体大而虑周"的系统的专门著作毕竟很少。对于不熟悉中国诗学这种表述方式的西方读者而言，中国诗学中随处可见的一些概念，比如意境、象、气、神等，会令其如堕五里雾中，摸不着头脑。而中国读者由于熟悉这种表达方式，特别是熟悉其所表达的内容，所以在阅读和理解下面这样的句子时不会遇到任何障碍：

  充实之谓美，充实而有光辉之谓大，大而化之之谓圣，圣而不可知之谓神。（《孟子·尽心下》）

这里不仅对什么是"美"，什么是"大"，什么是"圣"，什么是"神"这些概念没有清晰的界定，更没有指明四者之间的关系和逻辑层次，因而读下来除了觉得气势很盛外头脑中是一片模糊，无法回答为什么最高的境界是"神"而不是"美"、不是"大"等更进一步的提问。除了用心领神会来描述读者的这种理解状态，无法找到更好的词，因为受中国文化传统熏染的读者早已习惯了像"天命之谓性，率性之谓道，修道之谓教"（《中庸》）这类以气势而不是以清晰取胜的表述方法。在诗学中，这种表述方式更为盛行。比如严羽在评价盛唐诗人的创作特征和美学追求时，就使用的是这种极为朦胧的语词：

  盛唐诗人惟在兴趣，羚羊挂角，无迹可求，故其妙处莹彻玲

珑，不可凑泊，如空中之音，相中之色，水中之月，镜中之象，言有尽而意无穷。(《沧浪诗话·诗辨》)

这里用"兴趣"归结盛唐诗人的审美风格，但对什么是"兴趣"没有进一步的界定，而是用"羚羊挂角，无迹可求"来形象地描述其所达到的空灵无迹的境界；同样，对什么是"羚羊挂角，无迹可求"也没有进一步的分析，而是连用四个比喻来对其所达到的境界做进一步描述，最后用"言有尽而意无穷"归结整个评价的主旨。读者感到这一段落写得很华丽，虽然能感到语意上的不断向前推进，但理不出逻辑的层次，因此这种表述是"描述"而不是"分析"。司空徒《二十四诗品》代表着这种表述方式的极端情形，完全采用诗化的语言，用一幅幅图像的叠置来描述各种不同的美学风格，如用"采采流水，蓬蓬远春；窈窕深谷，时见美人；碧桃满树，风日水滨；柳荫路曲，流莺比邻"来描述"纤秾"，用"不著一字，尽得风流"来描述"含蓄"，用"素处以默，妙机其微；饮之太和，独鹤与飞"来描述"冲淡"。这一方法往往通过将相近似的形象叠置在一起从不同的侧面把同一美学风格的特征淋漓尽致地描述出来，比如，用平居的淡素、静默、幽微来描述"冲淡"的外部特征后，紧接着又用"饮之太和"来进一步描述这些外部特征所具有的充盈深厚的内在支撑，然后用"独鹤与飞"这一意象来描述"冲淡"的最高境界：鹤本淡逸，而又独飞，一片令人神往的悠逸冲远之境。这种表述方式具体、形象而生动，对微妙的意味具有极大的包孕性，但缺点是含混，不明确，正如有学者所指出的，让人一看就懂，一深思就糊涂，一想译成外文就不知所措。由于其内在具有的这种含混性和不确定性，因此读者阐释的角度不一样，理解也会出现很大的差异，导致同一概念在不同时代含义常常不尽相同，随阐释者的不同解释而出现诸多不同的面目，甚至在同一著作中，也可能前后不同。如"气"这一概念。"气"首先是一哲学上的概念，被视为万物之本源，人秉自然之气乃有生命，气乃集义所生，因此可"养"，可"聚"。曹丕《典论·论文》将这一哲学概念应用于文学，使其由自然的领域延展到人文的领域。但《论文》中气就有不同用法：比如在说到"文以气为主，气之清浊有体，不可力强而致……虽在父兄，不能以移子弟"时，指的是基于自然的先天气质和个人才情；在说到"徐干有齐气"时，又指的是基于地域的集体精神与风格。

中国诗学表述方式所具有的不确定性给中西诗学的相互理解和相互交流带来很大障碍，因此如何把中国古典诗学中描述性极强的概念和范畴用分析性的语言重新表述出来，以使非东方文化体系的读者也能充分认识到其中所蕴涵的微妙而丰富的意义可能性，乃中国比较诗学研究者所面临的一个基本而迫切的问题。

三、二元互动

用分析性语言对中国古代诗学的术语和范畴进行现代意义上的重新表述不只是使中国诗学进行传统与现代的历时性对话、使中国古典诗学实现现代转换的问题，也是使中国诗学与西方诗学进行共时性横向对话的问题。中国比较诗学研究者一开始即认识到对中国古典诗学的概念和范畴进行现代解释的重要性，如曹顺庆《中西比较诗学》就对中西诗学中一些具有某种对应关系的范畴，如"迷狂"与"妙悟"、"风骨"与"崇高"的同异关系进行了对比分析；[①] 黄药眠、童庆炳主编的《中西比较诗学体系》也将重心放在中西诗学一些重要范畴的同异比较分析上，因为编者认识到，"诗学范畴作为诗学观念的'网上扭结'，正是文化的集中的或内在的话语凝聚"，[②] 因此术语和范畴可以作为进一步探讨诗学话语深层内蕴的出发点；乐黛云等主编的《世界诗学大辞典》对中国、印度、阿拉伯、日本、欧美各自文化体系的诗学术语、概念、范畴和命题进行了初步汇集，编者对自己的意图有清醒的自觉意识，力图在尊重各文化体系传统思维方式的同时，"利用当代社会科学与人文科学知识，对之进行必要的考察与阐释"，使其"既能保存原有诗学体系的特色，又能在汇通与类比中达到相互生发的目的。"[③] 这是第一步。在对中国古典诗学的术语、概念和范畴进行基本界定后，接下来就是进一步探讨由这些概念和范畴所表述的诗学观念和理论，乃至整个诗学的体系和结构。无论是在对概念范畴进行现代解释还是在对诗学观念、诗学体系结构进行整理的过程中，都不可避免地会涉及与西方诗学之间的关系。如何处理中西两种文学体系之间的关系问题，是比较文学最重要

[①] 参见曹顺庆：《中西比较诗学》，北京出版社，1988年版。
[②] 黄药眠、童庆炳主编：《中西比较诗学体系》"前言"，人民文学出版社，1991年版，第4页。
[③] 乐黛云、叶朗、倪培耕主编：《世界诗学大辞典》"序"，春风文艺出版社，1993年版，第1页。

的理论问题之一,如何处理中西两种诗学体系之间的关系也是中西比较诗学研究的核心问题之一,是进行具体研究之前必须解决的一个认识论前提。

从逻辑的角度而言,这种关系只可能有两种基本存在形式,"同"或"异",或者是这两种基本形式的组合,"同中有异"(或"异中有同")。对于中国与西方这两种渊源不同、发展各异的诗学体系而言,不可能存在完全的同;由于中西诗学,如上文所述,都必须面对和解释许多相同的文学现象和问题,因此也不可能存在完全的异,往往是呈现出同中有异或异中有同的复杂关系。在诗学内容方面自不必说,即使在差异非常明显的表述方式方面,也不可一言以蔽之,因为中国诗学还存在像荀子、名家这样重逻辑分析的理论流派,尽管由于种种原因这一理论倾向在后来并没有获得非常充分的发展,但思维的基因潜含在中国诗学的思维方式之中。同样,西方诗学也不只是冷冰冰的逻辑分析,还有像海德格尔(Martin Heidegger)这样用诗性呈现的方式来表达对理论思考的派别。因此,更准确地说,这一复杂的同异关系中的"同"不是完全等同的"是"而是部分相同、部分不同的"似"。正如柏拉图所言,"同"和"异"并不是单个事物自身的属性,虽然每个物都分有着"同"和"异",但却不是"同"或"异"本身,因此,"同"和"异"只是一种相对的"关系"。他以"动"和"静"这一对概念为例,无论是"动"还是"静"本身都无所谓"同"或"异",但在某种程度上而言,它们既是"同"又是"异"("不同"),这是因为:

> 我们说它是"同"和说它不是"同",是从两个观点着眼的。说它是"同",是因为从它本身看,它分有着"同";说它不是"同",是因为它与"异"相通,这就使它有别于"同",异于"同",所以说它不是"同"也是正确的。①

物自身无所谓"同"和"异",一物只有在与他物发生关系时才出现"同"和"异"。同样,一种诗学也只有在与另一种诗学相对而言时,才会出现同异关系的问题,同异关系的基础是一种"二元"相对的关系,

---

① 柏拉图:《智者》篇,见北京大学哲学系编《西方哲学原著选读》(上卷),商务印书馆,1981年版,第102页。

第五章　比较诗学：文学理论的跨文化研究

因此，如何处理中西诗学之间的同异关系可以转化为如何处理中西诗学之间的二元关系这一核心问题。

中西诗学之间的二元关系是一种动态对话的关系。我们用"互动"来描述这一关系的动态本质。所谓互动，是指双方在积极主动地寻找共同理论话题、在对共同问题进行探讨的过程中不断补充、不断更新自己原有的理论视域，以一种动态的方式共同向前发展。下面，拟从人类理解过程的动态性特征出发探讨中西诗学二元关系的动态性。

人的理解过程有一个显著的特点，就是在认识和理解外在于自己的事物时，总是会从自己已有的经验出发，以自身的经验为模型去认识他物。用阐释学的术语来说，理解者总是带着"先在的视域"进入理解过程的。叶维廉曾用"模子"一词来指称这一先在视域。他通过青蛙和鱼的寓言来说明这种先在的"模子"，在认识过程中的重要作用：

> 话说，从前在水底里住着一只青蛙和一条鱼，它们常常一起泳耍，成为好友。有一天，青蛙无意中跳出水面，在陆地上游了一整天，看到了许多新鲜的事物，如人啦，鸟啦，车啦，不一而足。他看得开心死了，就决定返回水里，向他的好友鱼报告一切。他看见了鱼便说，陆地的世界精彩极了，有人，身穿衣服，头戴帽子，手握拐杖，足履鞋子；此时，在鱼的脑中便出现了一条鱼，身穿衣服，头戴帽子，翅挟手杖，鞋子则吊在下身的尾翅上。青蛙又说，有鸟，可展翼在空中飞翔；此时，在鱼的脑中便出现了一条腾空展翼而飞的鱼。青蛙又说，有车，带着四个轮子滚动前进；此时，在鱼的脑中便出现了一条带着四个圆轮子的鱼……

这则寓言说明，所有认识和理解活动，总是有意无意地以某种"模子"作为起点。鱼没有见过人，所以必须依赖它自身这个"模子"、用它最熟悉的模式去构思和想象人。[①] 可见，这种先在的"模子"在人的理解过程中具有非常强大的制约力。关于这一点，苏轼也讲过如何让一"眇者"认识太阳的故事：

---

① 参见叶维廉：《东西比较文学中模子的应用》，见《比较诗学》，台北：东大图书公司，1983年版，第1—2页。

> 生而眇者不识日，问之有目者。或告之曰："日之状如铜盘。"扣盘而得其声。他日闻钟，以为日也。或告之曰："日之光如烛。"扪烛而得其形。他日揣龠，以为日也。日之与钟、龠亦远矣，而眇者不知其异，以其未尝见而求之人也。道之难见也甚于日，而人之未达也无以异于眇，达者告之，虽有巧譬善导，亦无以过于盘与烛也。①

在这个故事中，作为理解的模子的铜盘的声音、蜡烛的形状都极大地妨碍了眇者日后对日的真正认识，使其理解向此先在模子所规定的方向发生错误的偏离。这是两个不成功的例子，说明了先在视域对正确理解的弊害。然而，我们不能因为先在视域存在对理解造成弊害的可能性而否定它在理解过程中的重要作用。鱼对地面上事物的理解虽然有误，但这一理解过程毕竟是已经开始发生了，如果没有这一次经历，也许它永远都不会知道有一精彩的外面世界的存在；眇者对日的认识尽管完全错误，但可以通过改变用以描述的参照物而不断纠正他认识中的这一偏僻，最后实现对日的正确理解，如果根本上就没人对他进行"巧譬善导"，他也许就会永远失去认识太阳的机会。因此，如果换一种角度，从积极的方面看待先在视域在理解过程中的作用，我们就会发现，它实际上是理解过程必不可少的构成要素，是一切理解过程赖以发生的前提，是意义生成的基点和出发点。现代阐释学正是通过对此先在视域在理解过程中积极意义的肯定而实现了对古典阐释学的超越。以狄尔泰（Wilhelm Dilthey）等人为代表的古典阐释学力图用重构作者心理的方法克服先入之见对理解的危害，力图超越"现在"以达到绝对客观的历史真实，为了肯定作者对于理解过程的决定性作用，否定了阐释者根据自身语境进行解释的可能性。由于无法解决作者的历史性与读者历史性在形式逻辑上所存在的二难困境，因此古典阐释学把先在视域视为有碍理解的消极因素。现代阐释学通过肯定阐释者的历史性将先在视域作为一个积极的因素引入理解过程之中，使其获得肯定性的意义层面，由理解的障碍成为理解得以发生的基本方式。海德格尔充分论证了存在所具有的时间维度，作为存在物的理解活动不可避免地是在特定时间中进行

---

① 苏轼：《日喻说》，转引自郭绍虞主编《中国历代文论选》（一），上海古籍出版社，1979年版，第50页。

的，不可能超时间。伽达默尔在此基础上进一步肯定了理解的历史性，认为"历史性"是人类存在的基本事实，因此真正的理解不是去克服历史的局限，而是去正确评价和适应这一历史性。理解的历史性上升为阐释学的基本原则后，先在视域就获得了新的肯定性内涵。任何理解都必须以先在视域作为其出发点和前提条件。这是伽达默尔阐释学批判性的出发点之一，也是我们用以论说中西诗学二元动态关系的一个基本出发点。此先在视域对理解过程的重要作用同样可以在王夫之下面这段论有无的话中得到证明：

> 言无者，激于言有者而破除之也。就言有者之所谓有，而谓无其有也。天下果何者而可谓之无哉。言龟无毛，言犬也，非言龟也。言兔无角，言麋也，非言兔也。言者必有所立，而后其说成。①

王夫之这段话主要意思落在最后那句话"言者必有所立，而后其说成"上，说的是认识任何事物都必须有某种与之相对待的前提，无中虽不能生有，但有中却可以生无；绝对的"无"是不存在的，"无"是与"有"相对而言的，"无"即没"有"，是对"有"的破除，因此"无"的前提是"有"，是从"有"生发出来的。② 比如当我们说乌龟没有毛时，所隐含的一个参照前提是某种有毛的东西，比如犬，如果没有有毛的犬作为对照，便无法产生"龟无毛"的意义。因此，在这个意义上说，当我们说"龟无毛"时，说的实际上并不是没有毛的龟，而是有毛的犬。同样，当我们说兔子没有角时，所隐含的前提参照是某种有角的东西，比如麋，如果没有有角的麋作对照，便无法产生"兔无角"的意义。因此，当我们说到"兔无角"时，说的实际上并不是无角的兔，而是有角的麋。

我们理解一个东西，总必须从某个先在视域出发，必须"立"于某个已有的东西。然而，尽管我们必须从某个已有的东西出发，但却不可"据执"于此一既有的前提，要做到"立而不据"，"立而不执"。立，指任

---

① 王夫之：《思问录》内篇。转引自钱穆《中国近三百年学术史》，中华书局1984年影印台湾商务印书馆1980年本，第106页。
② 这里的"无"并非指虚无，而是指在"有"的基础上产生的新认识和新意义。

何理解活动都不可避免地具有某种先在的视域，这是理解之可能发生的必要条件。"据"与"执"则指固守某个先在视域而不动，而拒斥他物，意味着静止和僵化。那么，如何才能既"立"而又不"执"、不"据"呢？只有通过此先在视域与对象之间的相互作用。我们知道，如果只有一个元素存在，理解自然会局限封闭在此元素特有的视域之内，要想不据不执是不可能的；只有当新的元素加入，与自身构成二元关系时，据执状态的打破才有可能。在两个元素相互作用、相互运动的过程中，可以产生一种反观自身的力量，这种力量可以不断丰富、补充和修改原有的视域，这样就激活了二元关系的静止状态，使理解在动态的运动过程中不断深入。伽达默尔用"视域融合"来描述理解的这种动态过程。人类总是在时间中存在的，时间总是不断向前流逝的，因此人类不可能具有任何静止不变的视域，人类的视域总是处于不断运动和变化之中，理解总是过去视域与现在视域、自身视域与他性视域不断"融合"的过程。①

理解的过程是这样，中西诗学对话的过程同样如此，同样是以互动的方式进行的。对话双方总是不可避免地带着自身的理论视域和话语方式进入对话过程，这是对话得以进行的基础。尽管各自理论视域和话语方式的差异会给对话带来一定困难，但是，我们不能为此而否认相互理解、相互认识的可能性，而必须通过相互对话和相互交流，在动态的过程中不断以对方话语为参照反观自身，不断吸收对方话语以丰富自身。另一方面，一种诗学所具有的视域与另一诗学所具有的视域通过接触、碰撞后有可能产生一个中介性的新视域，这个新的视域在对话过程中被不断修改，不断调整，渐臻完善，在它的基础上有可能形成一种具有普遍意义的新话语。这种新话语既能解释、容纳双方的差异，又有共同的理论整合力。这种带有理想色彩的新话语的形成当然需要漫长的过程，但我们并不能因为这一过程的漫长和艰难而放弃这种努力。特别是在目前西方话语占优势的情况下，要想不失去自己独特的声音，中国诗学研究者必须付出加倍的努力。刘若愚在谈到他所理想的"普遍性的文学理论"的建立时说过的一段话值得我们深思。他说：

事实上，我并非如此天真，以致相信我们终会达到一个普遍接

---

① 参见伽达默尔：《真理与方法》（上），洪汉鼎译，上海译文出版社，1992年版，第388—393页。

受的文学定义,犹如我并不相信我们将会达到一个普遍接受的人生之意义的定义;但是,正像我们无法希望找到一个普遍接受的人生之意义的定义这种认识,并不导致我们放弃对寻求人生意义的尝试一样,关于文学的这种认识,并不一定阻止我们企图以试验的方式,提出比现存的更适切、应用更广的文学理论。①

尽管认识到我们终将达到一个普遍接受的文学定义这一信念不无理想色彩,但作者认为不应因此而放弃提出比现存的更"适切"、应用更"广大"的文学理论的尝试和努力。不因艰难而放弃尝试和努力的情怀正是一个人文学者最可宝贵的情怀,在艰难困苦的情况下为未来的希望和理想而努力正是人文精神的集中体现。从某种意义上说,所谓人文精神,其精髓就完全体现在这"希望"二字之上。正是基于这一点,伽达默尔呼吁在一片愁云惨雾中欣然期望红日重升的朝霞,他满怀激情地反问:"当科学发展到全面的技术统治,并因而导致……尼采曾预言的那种虚无主义时,难道我们要目送黄昏落日那最后的余晖,而不欣然转身去期望红日重升的第一道朝霞吗?"②

既然中西诗学相互理解和沟通的过程是一个漫长而艰难的过程,既然可贵的并不在于最后的结果而在于尝试的过程,那么,我们完全可以暂且不考虑某种既有的或特定的尝试是否合适,可以暂且不考虑这种尝试会带来什么结果。在目前阶段,中西比较诗学研究完全可以尝试种种不同的方法,以期为将来的话语整合打下坚实的基础。以西方诗学为出发点来整理和观照中国诗学,或以中国诗学为出发点去观照和阐释西方诗学,都不失为有效的方法,都有其存在的合理性,因为这样做不仅会使被整理、被阐释、被观照的对象的性质和特点更加清晰可见,而且会使用以整理、阐释和观照的东西自身的特点更加清晰可见。在相互阐发的过程中,我们并没有丢弃自己,而是将自己暂时置放到对象之中。这种置放既不是将个体自身完全移入对象之中,也不是使对象完全受制于我们自身的标准,而是通过这一过程实现双方视域和话语的重组和更

---

① 刘若愚:《中国文学理论》,杜国清译,台北:联经出版事业公司,1981年版,第4页。
② 伽达默尔:《真理与方法》"二版序言",洪汉鼎译,上海译文出版社,1992年版,第15、16页。

新，以期向一个更高、更具有解释力、更具有包容力的整体视域和话语的提升。比较诗学的最终目的正是为了获得这种更有效的整体视域。

四、二元动态关系的扩展与演变

中国的思维传统是一个富含动态因子的思维传统，中国哲学向来把宇宙万物的运动视为一个周而复始、循环往复的过程，把体现这种运动过程的"复"和"反"视为宇宙运动的基本规律，像"复其见天地之心乎"（《易·复》），"无往不复"（《易·泰》），"反者，道之动"（《老子》四十章）这样的观念和表述在中国哲学原典中随处可见。"复"与"反"的观念强调的是，认识过程并非一次所能完成的，而要经历无数次循环往复的运动，它要求思维永远处于运动状态，在不断运动中逐渐向前发展。在这种哲学思想的影响下，中国思维形成了自己独具特色的事物认知方式和审美观照方式，其根本目的是为实现人与世界之间的沟通与交流，在相互运动中实现对对象的认识和把握。诗学是这种观物方式的很好体现，比如心物论不仅强调物对心的感发，而且强调心对物的回应，情景论也强调情景之间相生相融的动态关系。

然而，动态性只是问题的一个方面，只是中国思维传统潜含的因子之一。我们同时也知道，中国思维中还隐伏着许多僵化封闭的因子。自信而乐观的先哲曾不无自豪地宣称："万物皆备于我"（《孟子·尽心上》）。由于认为"我"是完备而自足的，因此会导致对"他"的忽视，对"他"的忽视有可能使"我"失去丰富自身和发展自身的机会。在文本阐释实践中，往往追求绝对的客观性，有时甚至人为树立某种阐释的权威，对权威的质疑会遭致群起而攻之。对权威的依恋实际上是对确定性的依恋，因此会对不确定的东西产生排斥，甚至是恐惧。《淮南子·说林训》所载"墨子见炼丝而泣之，为其可以黄，可以黑"，"扬子见达路而哭之，为其可以南，可以北"是这种恐惧的极端形式，受多元观念和不确定性观念熏染的现代读者也许会为扬墨二哲的执着与真诚所感动，但却很难完全认同和赞许其中所隐含的对确定性的过分痴迷。

这就使我们思考一个问题：为什么一个富含动态因子的思维传统会产生对确定性的过分执着与痴迷，为什么一个富含动态因子的思维传统在实际运作中会走向僵化与封闭？除了中国古代社会结构、政治体制等多方面的原因是外，从思维的内在结构上说，一个非常关键的原因是，二元关系结构本身很不稳定，很容易向"一元"滑动或转化。

二元向一元发生转化，往往是二元的某一方获得优势地位，获得控制另一方的权力，或者是人为设置一个凌驾于二元双方之上的第三个元素，致使建立在平等对话与交流基础上的二元动态关系失去内在的动态机制，发生向一元的转化。比如《周易》的"道"是阴阳二元相互作用所达成的高度和谐与均衡的统一体，它基于阴阳二元，但又超越（但不凌驾）于阴阳二元之上，所谓"一阴一阳之谓道"（《系辞上》）。但是另一概念"元"却缺乏对立双方相互支撑、相互作用的动态机制，显然具有人为设置的色彩："大哉乾元，万物资始，乃统天"（《乾·彖》）中的"乾元"和"至哉坤元，万物资生，乃顺承天"中的"坤元"（《坤·彖》）成为统领天地万物的终极，一个绝对的"一"。

对终极和本原的追溯是内在于人类本性中的一种普遍倾向。一旦人的意识范围从自身扩大到外在时空，外在时空的浩渺无垠与内在生命的微渺有限之间的冲突便不可避免。人要在个体生命的有限与宇宙时空的无限的冲突中避免失落的苦痛，必须找到某种终极的、确定的东西作为依托。这一追寻可以在两个方向上进行：其一，从现在指向过去，这表现为对"起源"的追问；其二，从现在指向未来，这表现为对"终极"的追寻。对终极和本原的追寻自有其存在的合理基础，西方思维从柏拉图到黑格尔，要么通过理念要么通过绝对精神来进行这种追问，中国思维同样充满着追寻事物本原的精神。作为儒家学说原典之一的《大学》用"格物"来描述这一追寻的过程：

> 古之欲明明德于天下者，先治其国；欲治其国者，先齐其家；欲齐其家者，先修其身；欲修其身者，先正其心；欲正其心者，先诚其意；欲诚其意者，先致其知；致知在格物。

正心诚意修齐治平最后都归结到"格物"，所谓格物就是推格事物之理，推究事物的本质。格物中所蕴涵的这种追寻事物本质的精神是中国哲学不懈的追求和永恒的主题之一。"原道"是这一主题的另一表现形式。高诱在注《淮南子·原道训》时对"原"做出了以下具有代表性的解释：

> 原，本也。本道根真，包裹天地，以历万物，故曰原道。

这里的"道"指的是潜含于天地万物之中的真理与意义，格物所要追寻的正是这种真理与意义。

关键在于对"道"做什么样的解释。如果将"道"理解为蕴涵于天地万物中的意义和本质，那么由于天地万物在不断发生变化，对"道"的理解就包含着变化的可能性。但如果将"道"设定为某个既定不变的终极意义，排除变化发展的可能性，原道的精神便会发生质的变化。从"原"到"源"的转化就典型地体现出这种变化："原"乃事物的本质，"源"则是事物的源头，尽管事物的本质离不开其源头，但却决不等同于其源头。这一转化往往是潜在地发生的，有时虽同用一个"原"字，意义却有本质的区别。比如，刘勰《文心雕龙》也有《原道》篇，但这里的"原"实际上已经发生了向"源"的转化，因为"道"在这里被限定在儒家之道的范围内，与"圣"建立起了单向对应的关系；通过在"道"、"圣"、"文"三者之间建立起"道沿圣以垂文，圣因文以明道"的单一路线，"原道"便降至与"征圣"、"宗经"同等的地位，实际上使原道这一古老的命题发生了根本性改变，不是去推原事物的本质，而是寻找圣人之意，因为作者认为只有圣人之意才是意义产生之"源"。

我们可以通过"作者"这一概念在中国古代理论语境中的特殊含义来说明确立稳定不变的阐释权威在中国诗学中有多么根深蒂固。作者概念的产生对于诗学体系的建立来说是至关重要的，因为用作者的名字对作品进行命名不仅标明了作品的著作权，而且意味着对作者独特创作风格的确认。中国儒家先哲们赋予了"作者"一个独特的含义，设置了一个至高无上的"作者"概念，这一最高"作者"的权威是不容辩驳的，而且只能存在一个"作者"（即圣人），所有其他的创作者都只能被命名为"述者"，所谓"作者之谓圣，述者之谓明"（《礼记·乐记》）。朱熹对述与作的关系做了非常明确的界定："述，传旧而已；作则创始也。故作非圣人不能，而述则贤者可及"（《论语集注》），将创始的荣誉、将唯一的"作者"归于圣人，后代阐释者的任务就只是对此唯一的"作者"的作品进行复述和阐释，在限定的范围内阐述圣人之旨意，圣人之意因此便成为意义的最终根源。对"述"与"作"这一区分实际上否定了圣人之外他人的创造能力，在很大程度了限制了个人创造性的发挥。孔子说他本人"述而不作"（《述而》）也许是尊敬先哲的一种谦辞，然而他也许难以想到的是，后人却把他当成了唯一的作者。有感于此，清代学者焦循将"述而不作"视为一种托词，认为孔子"述而不作"的本质在于根据当时学术发展的需要对前人的观点进行重新整合与解释,但后人却错误地将其理解为静止地转述前人的看法,因而并没有真正理解孔子"述而不作"的本质,真正的"圣人之道"是"日新而不已",是"愈久而愈精"的。[①] 虽然仍然沿用"圣人之道"的名义,但焦循在这里实际上承认对圣人之道的理解要根据时代的发展而变化。

一元结构与二元结构相比,明显的特征即是其更加稳定。然而,正是这种稳定性,使其缺乏发展的动力,容易走向静止和僵化。

以上从两个不同的角度简要讨论了作为中西比较诗学认识论前提的二元关系问题:一方面论证了中国诗学是一种蕴涵着动态因子的诗学;另一方面,又说明动态的二元关系在实际运作中容易向一元发生转化。为了实现中国古典诗学的现代转化,为了使中西诗学之间的相互理解和沟通能更顺利地进行,我们必须找到造成静止和僵化的根源,努力发现并激活中国诗学内在潜含的动态因子,用这种动态因子一方面遏制古典主义一元论所隐含的僵化封闭倾向,另一方面遏制后现代主义多元论所隐含的相对主义的消极方面。激活自身体系本身所潜含的动态因子是问题的一个方面;另一方面,当从自身体系出发不足以产生足够强大的推动力时,我们要大胆借助异质文化的力量。二元互动模式不仅可以作为中西比较诗学的认识论前提,而且可以进一步扩展应用于更大的文化的层面,因为两个文化体系之间的相互理解和沟通也是通过互动的方式实现的。

第三节 跨文化阐释:比较诗学的方法论基础

方法论与方法有联系又有区别。方法论为方法提供总体指导原则,方法是方法论的具体实现。单个的方法之间并不具有一致性,只有当用某种观念将不同的方法组合在一起时,单个方法之间才呈现出内在的一致性。这种由具体方法组成的具有内在一致性的方法体系,就是方法论。比如,比较文学像其他学科一样经常使用描述、解释、比较等诸多不同的具体研究方法,但这些方法是所有学科所共有的,其中的任何一个都不能独自成为比较文学的方法论,只有当我们用跨文化与跨学科这

---

① 参见钱穆:《中国近三百年学术史》,中华书局,1984年影印本,第471—474页。

一观念将这些具体方法组合起来形成一个方法整体时,才能形成比较文学的方法论。在方法论整体中,各个具体的方法会因其在整体中的结构和位置的不同而具有不同的意义,比如,在比较文学方法论体系中,"比较"与其他方法相比就有特殊重要的意义。这一节我们不讨论比较诗学的具体研究方法,而将重点放在其方法论基础上,也就是说,到底是什么使比较诗学在具体方法的运用上呈现出自己的特异性。

一、阐释:文学研究的主要方法论特征

在讨论比较诗学方法论基础之前,我们首先要回答一个前提性的问题:比较诗学方法论与文学研究方法论有何不同?而要回答这一问题,我们必须再进一步往前追问:人文学科的方法论与自然科学和社会科学的方法论又有什么不同,或者说,人文学科有没有自己独特的方法论基础?

有意识地思考人文学科与自然科学方法论的区别是随着西方近代自然科学的发展而出现的倾向。一般说来,自然科学的方法论基础是经验实证。通常我们假定我们的经验是获取知识、认识世界的可靠方式。一般把知识分为两类,一类需要其他的知识来证明,而另一类则可以证明其他知识而自身不需要证明。古典认识论的基础建立在后一类不需要证明的知识类型之中,认为凭经验获取的知识是知识唯一合理的根基。西方从十七世纪初法国思想家笛卡儿(René Descartes)开始,对这种凭经验得来的知识产生怀疑。笛卡儿划时代的著作《论方法》主张用怀疑作为手段,抛弃一切因袭的见解,找出完全清晰而明白的真理作为出发点,然后用演绎法,推演出完整的知识体系。"我思故我在":一切都要用思维的理性去判断。不过作为笛氏怀疑论主要对象的是宗教信仰。英国哲学家洛克(John Locke)的怀疑则更进一步,怀疑的对象伸展到了由经验而来的整个人类知识。洛克想要弄清楚的是:我们也许知道我们自己感觉的性质,但我们怎样能从此获知他人的感觉的性质呢?我们也许能得到关于现在的知识,但我们怎样能从此得到关于过去和未来的知识呢?"尽管太阳亿万次地从东方升起,但我们能否确切地知道太阳明天仍然会从东方升起?"另一英国哲学家大卫·休谟(David Hume)举过一个很有趣的例子,大意是:如果我想证明我的日记本在桌子里面,必须依赖两个基本的假定:第一,我记得五分钟前曾把日记本放在那儿,并且记得此后没有再动过抽屉;第二,没有经验过的事与已经经验

过的事是"相似"的。这两个假定都依赖于人的经验。他坚持认为经验是知识的可靠保证这一点是不合理的。怀疑论要怀疑的是从经验到知识这一过程是否可靠,这实际上是对整个自然科学的方法论基础提出质疑。[①] 而正是这种怀疑引起欧洲近代自然科学方法论上的革命。由于这种怀疑,学者们就必须努力为自然科学找到比经验更加坚实可靠的方法论基础。康德的《纯粹理性批判》就是这种努力的一种突出体现,其目的是为自然科学确立稳固可靠的理性基础。十九世纪德国理论家狄尔泰则受康德的启发,试图通过"历史理性批判"为精神科学(Geisteswissenschaften)也就是我们所说的人文学科建立可靠的方法论基础,使人文学科的知识像自然科学那么确凿可靠。这是十九世纪理论家的一种总体倾向,试图以自然科学为标准建立人文学科的方法论基础。二十世纪的理论家对这个问题的思考在方向上发生很大转变,不是试图以自然科学为基础确立人文学科的方法论,而是力图证明人文学科方法论相对于自然科学的独特性。原因之一是他们对现代科学,特别是伴随现代科学而来的现代技术的发展对整个社会发展的积极作用已经没有二十世纪以前的理论家们那么自信,开始反思其负面作用。如海德格尔认为,"脱缰的技术狂热"导致了"我们这个时代的精神沉沦"。法兰克福学派认为,科学话语获得超越其他话语方式之上的优势地位,科学成为一种"意识形态"、获得至高无上的"霸权"后,会形成对人性的极大压制甚至摧残。基于这一认识,许多理论家提出精神重建,重新思考人文学科的作用。伽达默尔《真理与方法》有个鲜明的主题:"方法"并不能穷尽"真理"。这里的方法指的就是自然科学的方法。他认为自然科学的方法是非常有限的,真理并不是这种方法所能穷尽的。而艺术是补救自然科学方法偏蔽的有效途径。《真理与方法》即从艺术出发,大力提倡以艺术的方式而得到的真理,并希望以此为出发点去建构人类知识与真理的大厦。可以说,人文学科方法论不同于自然科学方法论,这是二十世纪许多理论家所得出的一致结论。

人文学科方法论之所以有异于自然科学方法论,首先是因为人文学科与自然科学相比,研究对象的性质不一样。人文学科的对象并非实际存在的物体,而是人类创造出的精神产品。梵高所画的"向日葵"和农

---

① 参见琼森·丹西:《当代认识论导论》有关"怀疑论"的部分,周文彰、何包钢译,中国人民大学出版社,1990年版,第7—25页。

妇的"鞋"与实际的向日葵和鞋不一样。艺术家并不因为描画得真而成其为艺术家，画家不是在消耗颜料，而是使颜料本身所蕴涵的色彩充分焕发出来。艺术的价值就在于这种"焕发"，用海德格尔的话来说，是一种"显耀"："显耀自身并使他物显耀。"怎样使物体自身的光华焕发出来而成其为艺术品呢？俄国形式主义者曾提出"陌生化"的方法，其代表人物之一的维克多·什克洛夫斯基（Viktor Shklovsky）认为这种使事物陌生化的方法能够使人重新感受到事物：

   艺术之所以存在，正是为了唤回人对生活的感受，使人感受到事物，使石头更成其为石头。……艺术的手法是使事物陌生，使形式变得困难，增加感觉的难度和时间长度……①

在此意义上，他认为艺术的对象与现实世界的实际物体不同："艺术永远是独立于生活的，它的颜色从不反映飘扬在城堡上空的旗帜的颜色。"②

  研究对象性质的不同导致研究者与研究对象之间的关系也不同。在自然科学中，研究主体与研究对象之间的关系是征服与被征服的关系。而对于人文学科而言，主体与对象之间是一种相互影响、相互作用的关系。刘勰用"目既往还，心亦吐纳……情往似赠，兴来如答"（《文心雕龙·物色》）这样的词句来描述审美过程中"心"与"物"之间的关系，这同样可以用来描述人文学科研究者与其研究对象之间的互动关系。

  如果我们接受人文学科方法论具有不同于自然科学的独特性这一结论，那么接下来要问的是，这种独特性究竟在哪？

  如果说自然科学的目的是为了寻找对自然现象的合理解释并因而使人类更加有力地控制自然、更有效地改造自然，那么，人文学科的目的则主要是为了寻找人生的意义，在某种意义上说，人文学科是一种寻找"意义"的学科，我们可以将人文学科界定为由文学、艺术、宗教、哲学等组成的负责阐释人生"意义"的部门。人文领域作为"意义的领

---

  ① 什克洛夫斯基：《作为手法的艺术》，见《俄国形式主义文论选》，方珊等译，三联书店，1989年版，第6页。译文稍有修改。
  ② 什克洛夫斯基：《文艺散论》，转引自《俄国形式主义文论选》"前言"，方珊等译，三联书店，1989年版，第11页。

域"，其功能便是以文学艺术这些象征性的符号系统去阐释世界的意义，去体现诸如生命、死亡、爱情、痛苦这类从人的生存困境中产生的、人类永远面对、人人都无法回避的问题，为人类生命过程、为人生的意义提供合理的解释系统。因此，对于人文研究者而言，首先必须回答"什么是意义"的问题。

"意义"是一个非常复杂，非常抽象，很难有明确、统一定义的概念，它是人类生活中最普遍、最常见、须臾不可或缺的东西，没有"意义"，人类社会也许便无法存在。人类社会存在的本质决定了对"意义"的理解，包括对世界、对历史的理解以及人与人之间甚至不同文化之间的相互理解，是人类所面临的基本问题之一。就其最抽象的意义层面而言，"意义"体现的是一种"关系"，因为事物自身并不能独自产生意义，事物只有在与别的事物发生关系时才能产生意义：意义是在"关系"中产生的。与"意义"密切相关的另一个词是"理解"。同样，"理解"体现的也是一种关系：作为理解主体的人与作为理解对象的世界之间的关系。而要获得理解必须靠"阐释"，阐释是意义的实现方式。在此意义上，伽达默尔将人文学科的方法论特征归结为"阐释"，阐释学也因而从方法论上升为具有认识论意义的本体论。阐释学所要探究的，一方面是阐释者与阐释对象之间的关系——大而言之，是人与世界之间的关系，具体到文学研究而言，则是读者与文本（包括书面文本与口头文本）之间的关系——另一方面，是文本与意义之间的关系。

在人文研究领域，文本与意义之间并没有一一对应的确定关系。我们知道，对同一个人文现象的阐释往往会得出差异很大的结论。一个简单的例子是，当纽约的帝国大厦和世界贸易中心这两座摩天大楼刚出现时，现代主义理论家们欢呼其顶天立地的宏伟气势完美地体现了现代主义精神，而后现代主义思潮兴起后，又有后现代主义理论家在它们几乎完全雷同的外表中发现了"复制"这一后现代主义的因素。之所以会出现阐释的差异，除了文本本身包含着诸多意义可能性外，一个重要的原因是阐释者不同，用以阐释的参照框架也不同。以《周易》的阐释为例。《周易》阐释之所以在历史上出现很大差异，首先是《周易》文本本身具有多义性，如"鼎"卦既可解为"覆鼎"又可解为"革故鼎新"，"井"卦可解为"困"亦可解为"养"。《周易》使用的是一个复合的符号体系，这一符号体系有三个主要元素：数、象、辞。数乃秘不可测的神意与天机的体现，象乃"观物取象"、"立象尽意"的结果，辞指卦辞和爻辞。数乃象的前提，是天意对象的限定；辞乃对象的阐释和解读。三者之中，象最复杂，它又可分为三个层级：奇偶阴阳的排列组合构成的基本卦象（乾坤艮兑）；基本卦象所代表的自然物象（天地山泽）；自然物象所蕴涵的人文事象（农事、畜牧、畋猎、行旅、征伐、争讼、婚娶）。① 由于《周易》的文本既包括卦"象"又包括卦"辞"，因此，据象还是据辞遂成为周易阐释中一个长期引起争论的问题。比如《周易古筮考》载，有人占问父病，得"泰"卦。泰卦卦辞是"小往大来，吉，亨"，根据这一卦辞判断，为吉；但泰卦乾下坤上，乾为父，坤为土，根据卦象（"父入土中"）判断，不吉。据辞还是据象竟然会得出如此截然相反的结论！除了文本本身的原因外，阐释者不同，阐释者用以阐释的参照物和经验视域不同，阐释的结果也会大相径庭。如《论衡·卜筮》载："鲁将伐越，筮之，得'鼎折足'。子贡占之以为凶，鼎而折足，行用足，故谓之凶。孔子占之以为吉，曰：越人水居，行用舟，不用足，故谓之吉。"对"鼎"卦同一爻辞（九四："鼎折足"）的阐释，阐释者经验视域（是"行用足"还是"行用舟"）的不同，致使得出的结论迥异。②

　　《周易》阐释当然是很特殊的例子，然而其中所体现的阐释的处境则具有普遍性。阐释差异是普遍存在的现象，它既给阐释活动带来许多不确定的因素，又为阐释活动提供了广阔的空间。因为人文研究的目的不是寻找文本与意义之间的一一对应关系，而是力图从文本中解读出尽可能多的意义。

　　努力寻找阐释的多种可能性也正是文学批评家的主要任务之一。文学作为人文领域中异常活跃的部门，人文领域所面临的阐释问题在文学文本的阐释中表现得更为突出。文学研究离不开文本阐释。文学文本的阐释应遵循什么样的方法论原则？文学文本的阐释有没有一定的限度，阐释的有效性有没有某种绝对客观的标准？这些问题是阐释必须面对的核心问题。根据形式逻辑的排中律，答案只有两种：有或者没有。然而，对于文学文本的阐释而言，这两种回答都过于武断，历史的发展实际上常常处于"有"与"没有"的中间状态。我们尽管承认对同一文本的阐释存在多种可能性，但阐释的多样性必须以文本为基础，不能随阐

---

① 参见汪裕雄：《意象与中国文化》，见《中国社会科学》，1993年第五期。
② 参见刘大钧：《周易概论》，齐鲁书社，1986年版，第138—140页。

释者性之所之，任意而为。在为德里达（Jacques Derrida）《文字学》一书英文版所作的译者序言中，斯皮瓦克（Gayatri Chakravorty Spivak）曾把德里达所描述的世界比作一个"逃学儿童的世界"（a truant world），把逃学者所享有的那种快乐称作一种狂喜中夹着惊惧的"惶惶之乐"（fearful pleasure）。[①] 逃学之所以有快感，是因为逃学是对束缚的一种解脱；然而，如果没有束缚的存在，也就无所谓解脱，那种独特的"逃学"的快乐也就无从发生。同样，文学阐释的目的既不在于追求没有任何约束和限制的无限阐释，也不在于寻找唯一确定有效的有限阐释，文学阐释的快乐存在于有限与无限之间；文本意义的生成虽然无穷无尽，但它必须以立足于文本为其基本前提。

二、跨文化阐释：比较诗学方法论的特异性

比较诗学属于文学研究的一个分支领域，因此其方法论具有文学研究方法论的共性。它同样必须处理文本与意义之间的关系，寻求阐释的多种可能性。对一种诗学体系理论文本的阐释不仅应从其自身的理论资源出发，充分发掘其所蕴涵的丰富意义可能性，而且应广泛参照其他文化体系的理论资源，从多种角度、多个层面对此理论文本进行多方位的阐释。阐释不仅是文学研究方法论的首要特征，也是比较诗学方法论的内在基础。然而，同样不可否认的是，由于研究对象的性质不同——比较诗学的研究对象不是文学文本而是理论文本——比较诗学在方法论上显然又有不同于文学研究的特异性。

比较诗学方法论的特异性首先与比较诗学的认识论前提密不可分。方法论与认识论具有内在的关联，认识论体现在具体的研究过程中，就变成了方法论。方法论与认识论的密不可分具体体现在两个互相联系的方面：第一，方法论上的革命性突破往往有赖于认识论上的突破，有赖于人类认识能力的不断进步；第二，有什么样的认识论，就会有什么样的方法论。自然科学是这样，人文学科也是这样。作为人文学科核心组成部分之一的文学研究当然也不例外。本世纪中期建立在"细读"基础上的新批评方法论的产生就源于对文学整体认识的改变。为什么要对文

---

① 参见德里达：《文字学》（Jacques Derrida, *Of Grammatology*. trans., Gayatri Chakravorty Spivak. Baltimore and London: The Johns Hopkins University Press, 1976），"译者序"，第72页。

本进行"细读"？源于这样一种认识：对于文本意义的产生至关重要的不是产生文本的社会历史语境，不是作者的意图，不是读者的感受，而是文本本身的内在形式、内在"肌质"，因此要对文本的意义作出合理的解释必须从文本自身出发，通过对文本内在特性的细致解读而实现。尽管结构主义也将关注的重点放在文本的形式上，但其方法论又有不同于新批评方法论的显著特征，它从寻找单个文本的内在特性转向了文本与文本之间的结构关系，转向了"故事后面的故事"。为什么会出现方法论上的这种转变？原因在于对文学认识的改变：整体结构和关系制约着对单个文本的理解，整体结构对意义的产生比文本自身的特性更重要。可见，方法论的转变实际上根源于认识论的改变。方法论与认识论乃一体的两面，比较诗学的认识论前提运用到具体的研究对象，就变成了比较诗学的方法论基础。二元互动既是比较诗学的认识论前提，又是其方法论基础。

比较诗学方法论之所以有特异性还因为它是一种跨文化的诗学研究，因此其方法论就必然受到两个重要因素的限定：首先是受到"跨文化"的限定，其次是受到"诗学"的限定。"跨文化"不仅是比较文学的总体特征，也是比较诗学的总体特征。由于比较诗学是跨越两种或多种文化体系的文学理论研究，因此它必须处理不同文化体系中形成的诗学体系之间复杂的同异关系。由于中西诗学体系在表述方式上存在许多差异，因此中西比较诗学研究很容易产生的一个倾向是求"同"，寻找能够解释差异但又超越于差异之上的具有普遍性的理论话语。但求同内在隐含着以一方的价值标准强加于另一方、以普遍性遮盖独特性的危险，稍不小心即会落入文化中心主义的窠臼。正是基于对求同这一内在危险的认识，许多学者开始对此进行反思和批判，并因而产生强烈的求"异"倾向，努力为各自文化传统和诗学体系的特殊性寻找理论证明。最近一段时期由西方学界所引发的关于种族、阶级、性别、身份认同的全球范围内的讨论以及后殖民主义、女性主义等理论思潮的兴起即与此密切相关。无论是寻找自己独特的阶级身份还是寻找独特的性别身份都根源于寻找独特的文化身份。但这种求"异"、求"特殊性"的活动又暗含着另一危险：如果过于强调自身的独特性，会导致各以自己的标准为标准，拒绝吸收、接纳与自己有异的东西，最终会导致文化本土主义甚至文化部落主义。这实在有违比较文学不断超越自身、发展自身，不断在更广大的范围、更多元的视野中认识自身的初衷。同时，也会为部分人将异质文化视为供自己观赏与消遣的历史陈迹、不愿意看到其现代发展的心理提供借口。鲁迅早就对这种倾向发出过警惕的信号:"外国人中……还有两种,其一是以中国人为劣种,只配悉照原来模样,因而故意称赞中国的旧物。其一是愿世间人各不相同以增自己旅行的兴趣,到中国看辫子,到日本看木屐,到高丽看笠子,倘若服饰一样,便索然无味了,因而来反对亚洲的欧化。"① 这并非危言耸听,直到现在,仍有一些西方学者抱着这一目的在强调东西方文化的差异,有时甚至为了某种目的假想出实际并不存在的差异。比如,阿根廷作家博尔赫斯(Jorge Luis Borges)曾在一篇文章中讲到某一中国百科全书将动物做了如下荒诞而混乱的分类:皇帝所有的;进行过防腐处理的;已驯化的;雏猪;半人半兽;传说中的;野狗;……刚打破过水罐的;远远看去像苍蝇的。法国学者福柯(Michel Foucault)在其《词与物》一书的序言中曾引述过这一实际上并不存在、完全是出自虚构的分类法,以此证明东方文化是与西方文化相异的、不可理喻的文化,东西方文化之间存在着不可逾越的鸿沟。② 这种过分强调甚至有意强调他文化与自身文化相异性的做法所隐含的弊端我们在讨论两种或多种诗学体系之间复杂的相互关系时不可不察。因此,比较诗学中的同异关系问题与文化中心主义与文化相对主义的关系问题纠结在一起,求同与求异的矛盾困境可以转化为文化中心主义与文化相对主义的困境。这实际上是一二难困境。就中西比较诗学研究而言,面对这样的二难困境,该采取什么样的策略呢? 一方面,我们既要努力阐释中国诗学独特的价值,阐释其所蕴涵的丰富意义可能性,但又不应过于强调中国诗学与西方诗学的差异;另一方面,我们既要为获得具有更普遍解释力的文学理论、为中国古典诗学的现代转化而努力,但又不应过于强调这种普遍性。既不固守独特性,又不放弃对普遍性的追求。坚持独特性并不意味着否认沟通与共同

---

① 鲁迅:《灯下漫笔》,见《鲁迅全集》第一卷,人民文学出版社,1981年版,第216页。

② 参见米歇尔·福柯:《词与物》"序言"(Michel Foucault, *The Order of Things: An Archeology of the Human Science*. New York: Vintage, 1973)。转引自阿列克斯·加里尼克斯《反后现代》(Alex Callinicos, *Against Postmodernism: A Marxist Critique*. St. Martin's Press, 1990)第69页。关于福柯引述这一动物分类法的用意,可参见张隆溪:《道与逻各斯:东西方文学阐释学》(*The Tao and the Logos: Literary Hermeneutics, East and West*. Durham & London: Duke University Press, 1992)"序言",第16页。

发展的可能性，寻找普遍性也不意味着中国诗学最终与西方诗学"融合"为一。在相互吸收、相互交流的过程中，实现互补、互识、互鉴。中国诗学曾吸收了许多外来的因素，比如印度诗学，但中国诗学仍然是中国诗学，日本诗学曾大量吸收了中国诗学的精华，但并没有失去自身的特色。橘逾淮虽变为枳，但它仍然保留了橘的本质特征。自然界的一草一木尽管各有各的特性，但由于都以土壤作为生长的母体，以阳光作为能量的来源，所以不同的草木之间又有着共性，在"根干丽土而同性"与"臭味晞阳而异品"（《文心雕龙·通变》）之间达到了一种微妙的平衡，所以才能呈现出千枝竞秀、百态争荣的和谐景象。中西比较诗学研究所要达到的正是这样一种中西诗学和谐发展的理想境界。这种理想境界的获得，正如我们所言，必须依靠二元双方的互动。

比较诗学方法论的特异性不仅受到"跨文化"这一因素的限定，而且受到"诗学"这一因素的限定。"跨文化"使其与同一文化体系内部的诗学研究区别开来，"诗学"则将其与比较文学的其他研究领域，比如主题研究、文类研究、文学运动与思潮研究，区别开来。比较诗学也研究不同文学理论之间的相互影响，但理论之间的相互影响与作家作品之间的相互影响相比，显然有不同的特征。如果说西方文学作品之所以能为中国读者所接受一个主要的原因是因为它可以为中国读者提供自身文学中"缺失"的东西，那么，西方理论能为中国所接受的一个主要原因并不在于这种"缺失"，而在于它对中国的文学现实是否具有解释力，能否适应中国的理论语境。文学理论在不同文化间的旅行原因虽复杂多端，涉及许多偶然的机遇，但内在的原因在于是否能在另一文学中找到生长点，如果缺少这一生长点，理论自身再完美，也可能遭遇失败。比如，美国学者白璧德主均衡、尚中节的新人文主义文学思想虽然有其中国弟子梅光迪、吴宓等人的大力倡导但却未能在三十年代的中国学界站稳脚跟，终以落寞收场，重要的原因并不在于白氏理论本身的不足，而在于其与中国当时的理论语境不合，在政治、社会、文化各方面都已百病丛生、亟需改革的古老土地上，学衡派诸公"论究学术，阐明真理，昌明国粹，融化新知"的美好愿望在当时只能成为泡影。[①] 与此相反，日本学者厨川白村的理论本身并不怎么高妙，只不过是对弗洛伊德精神分析学说的一种通俗化应用，但经鲁迅等人的大力译介却在三十年代的

---

① 参见李有成《白璧德与中国》，见《中外文学》，第20卷第三期（总第231期）。

中国文坛产生了意想不到的巨大影响，原因并不在于理论本身，而在于，正如鲁迅所言，厨川白村所开的药方——文艺应面对严酷的现实，走出象牙之塔，走向十字街头——既可以治日本人的疟疾，也可医治"同病的中国"（《出了象牙之塔》译后记）。因此，一种诗学要获得超越自身文化体系的更大解释力，不仅应完善这一诗学自身的理论体系，而且应该寻找与其他诗学的契合点和生长点。有影响与被影响关系的理论尚且如此，更不必说不存在影响与接受关系的理论了。就中西比较诗学而言，大部分研究面对的是这种在各自文化体系内随文学的发展而发展起来的不存在影响与接受关系的理论，因此理论之间的相互阐释就成为研究的主要内容。对中国研究者来说，我们一方面要对中国诗学的内在丰富性进行现代阐释；另一方面，还必须寻找中国诗学与西方诗学的结合点，这样才能使中西诗学的相互阐释更有成效地进行。在目前阶段，选用合适的西方理论对中国诗学的概念、范畴和命题进行系统的阐释，仍有其重要的现实意义，同时也将为中国诗学未来的新发展奠定基础。

第四节　实例分析：中国诗学文本阐释模式的特征

　　以上我们从比较抽象和理论化的角度探讨了比较诗学的认识论前提和方法论基础。下面准备从一个具体的例子出发，探讨作为比较诗学认识论前提和方法论基础的二元互动观念在实际研究中的运用。

　　我们选用"如何描述中国诗学文本阐释模式的特征"这一题目，不仅因为用新的方法对中国诗学的理论体系进行现代描述是中西比较诗学一个至关重要的问题，更重要的是因为中国诗学的文本阐释模式是我们在本书中所大力倡导的"互动"这一观念的极好体现。中国诗学的文本阐释模式具有极强的动态性，这种动态性表现为：对一个文本进行阐释时，既从文本自身出发而又超越于文本自身的局限，使文本内的意义与文本外的意义处于一相互运动又相互制约的动态过程之中。我们首先将这一动态的文本阐释模式的特征归纳为"内外互动互制"，然后从"以意逆志与知人论世"、"本文与互文"等方面对此特征做进一步的论证与说明。

一、内外互动互制

　　传统认识论有一关于内与外的重要假定：内在真理须借助外在形式

才能显现出来。这一假定又隐含着另一更基本的假定：内在真理与外在形式之间"必然"存在着某种联系。语言作为最常见、最明显的显现形式，完满地体现了内与外之间的对应关系。现代认识论框架中的语言观，比如海德格尔的语言观，尽管对传统的语言观有所质疑，但仍然继承了上述关于内与外的传统假定。在海德格尔看来，人不仅在本质上是一个言说者，而且是唯一的言说者，人存在的意义即在于通过言说、通过对世界的命名使内在真理和意义不断显现出来。

这一关于内与外的假定在诗学中向两个方向展开：从意义生成的方向上说，是一个"从内到外"的问题，作者把他内心所认识和感受到的一切用外在语言符号表现出来；从文本阐释的方向上说，是一个"由外到内"的问题，阐释者从外在语言符号出发解读出文本的内在意义。这是有关意义生成和阐释的同一问题的两个方面。如果借用中国诗学的命题，前者可以用"诗言志"来概括表述，后者可以用"以意逆志"来概括表述。这里不准备涉及意义生成过程中的内外关系，而将讨论的重点放在文本阐释过程中的内外关系上。这一内外关系虽仍基于上述假定，但论说的角度和范围却有所变化。这里的"内"不是指与"外在符号"相对而言的"内在意义"，而是说由文本产生的"内在意义"本身又有内外之分："内"包括文本本身原有的意义和作者赋予的意义，"外"包括文本在具体语境中获得的意义，阐释者读出的难以言传的意义，与其他文本相参照而产生的意义。所谓"内外互动互制"是指在解读文本自身蕴涵的意义与寻求文本之外意义的过程中不固守任何一个方面，文本阐释既以文本自身为根据，又寻求阐释的无限可能性，二者相互运动又相互制约，达到一种理想的和谐与均衡。

如果我们对"内外互动互制"的文本阐释模式进行分解，可以发现它由"因内及外"、"由外反内"、"内外互动"这三个阶段组成。在意义生成的实际过程中，这三个阶段往往是相互交织在一起、在瞬间之内就完成的，这样区分只是为了论说的方便。

"因内及外"要求阐释者在对文本进行阐释时，不仅读出文本本身原有的和作者赋予的内在意义，而且借助自身的阅读经验、特定的语境和相关文本的参照，读出某种文本之外的意义。文本之外的意义具有不同的层级。最基本的层级是与作者及作者生活的语境有关的意义。我们可以将这种从社会历史语境中产生的意义称为文本的"语境意义"。在中国诗学创生之初，由于诗学还没有从整个学术体系中独立出来,还没有获得自主性,从文本中读出与社会语境有关的意义乃文本阐释的主要内容。让我们来看一看吴公子季札是如何解读音乐文本的:

> 吴公子札来聘……请观于周乐。使工为之歌周南、召南,曰:美哉!始基之矣,犹未也。然勤而不怨矣!为之歌邶、鄘、卫,曰:美哉,渊乎!忧而不困者也。……为之歌王,曰:美哉!思而不惧,其周之东乎?……(《左传·襄公二十九年》)

季札用"勤而不怨"、"忧而不困"、"思而不惧"等来描述自己观乐的感受,他从音乐文本中解读出的不是音乐本身在节奏、旋律、风格等方面所具有的内在特质,而是根据当时流行的艺术欣赏方法联想出来的与社会政治语境有关的内容。孔子在和弟子的谈话中经常引用《诗经》的句子,其解读方法更典型地显示出对文本外语境意义的追寻。比如子贡对"如切如磋,如琢如磨"的解释就深受老师的赞扬:

> 子贡曰:"贫而无谄,富而无骄,何如?"子曰:"可也,未若贫而乐道,富而好礼者也。"子贡曰:"诗云'如切如磋,如琢如磨',其斯之谓与?"子曰:"赐也,始可与言《诗》已矣,告诸往而知来者。"(《论语·学而》)

这段对话的话题是人格修养,在语意上可分为三层。首先,子贡颇为有些得意地问老师是不是做到"贫而无谄,富而无骄"就可以了,孔子回答说:还行,但却不是最高境界。因为两个"无"字纯从防止人格修养中可能出现的两种错误倾向("谄"与"骄")这一角度立论,多少显得有些被动与消极,而孔子本人提出的"贫而乐道,富而好礼"却是一种对"道"和"礼"的主动追求,因此其境界自非"贫而无谄,富而无骄"可比。接着,子贡为老师的境界所折服,并主动引用《诗经》中的诗句来印证老师的话。"如切如磋,如琢如磨"出自《卫风·淇奥》("瞻彼淇奥,绿竹猗猗。有匪君子,如切如磋,如琢如磨"),用美玉的切磋琢磨过程隐喻美好人格修养的过程。最后,孔子肯定了子贡对诗句的解释是合适的,并且将子贡解释诗句的方法归结为"告往知来"。"告往知来"要求从已知的内容推知未知的内容,从过去推测未来,从诗歌文本中读出字面意义之外的意义。这种从诗歌文本出发不断向外推求其他方面更丰富含义的"外求"解诗方法乃孔子解诗的基本方法,下面这段对话更为典型:

> 子夏问曰:"巧笑倩兮,美目盼兮,素以为绚兮。何谓也?"子曰:"绘事后素。"曰:"礼后乎?"子曰:"起予者商也!始可与言《诗》已矣。"(《论语·八佾》)

这段对话与上面的相比尽管在内容上都与"礼"有关,但在阐释的方向上却发生了重要的变化:在上面那个段落中,是用诗句来"印证"自己的想法,先有关于人格修养的想法,而后有诗;在这一段落中,不是用诗句来印证已有的想法,而是先有诗句,然后再引证其他方面的东西使诗句的解释层层推进,因此从这里可以更加典型地看出其诗歌解读方法。细加分析,可以发现这里包含着两个层次的"外求"解读。子夏所引三句诗的前两句①出自《卫风·硕人》("手如柔荑,肤如凝脂,领如蝤蛴,齿如瓠犀,螓首蛾眉。巧笑倩兮,美目盼兮"),是对一个美人巧笑倩盼的美的生动描写。子夏问老师这两句诗应怎么解释,孔子没有直接回答子夏的问题,而是将自己的回答隐含在"绘事后素"短短四个字之中:正如巧笑美目的倩盼乃出自天生之丽质一样,绘画的绚丽全仗着底子的素白。孔子对诗句的解读由"美人"外求至"绘事",这是外求解读的第一个层次。子夏在此基础上进一步将解读由"绘事"推至"礼":绘画的绚丽全仗底子的素白,仪式纷繁的礼乐也同样要靠质朴的人心来维持。这是外求解读的第二个层次。这两个层次的解读在语意上相递进,但其隐含的解读方法却相同。

无论是季札观乐还是孔门师徒解诗,所求的"外"都与文本本身的意义没有直接的联系,而与具体社会历史语境(季札观乐时的社会情势)或问题语境(萦绕于孔子师徒心中的礼乐诸问题)直接相关。随着中国诗学的发展和成熟,文本解读的重心由寻找这种"语境意义"逐渐转向寻找与具体社会历史语境关系不大的空灵神妙的"非语境意义"。对于中国诗学而言,这一意义层级乃文本外意义最有价值的层级,对文

---

① 子夏引诗的第三句出处不明,王先谦《三家诗义集疏》以为《鲁诗》有此一句;有学者干脆把三句诗作为一个整体看待,断为"逸诗",比如朱熹在《论语集注》中就是这么做的。

本外神妙的非语境意义的不懈追求是中国诗学所谱写的最美妙的篇章之一。

中国诗学对这种文本之外的神妙的非语境意义有很多经典的理论表述，比如，"文已尽而意有余"（钟嵘《诗品序》）；"文外之旨"（皎然《诗式》）；"韵外之致"，"味外之旨"（司空徒《与李生论诗书》）；"象外之象，景外之景"（司空徒《与极浦书》）等。这些表述强调文字本身所引起的不尽的联想，与类比思维方式有关，也与"言不尽意"的哲学认识论密切相关。语言一方面具有强大的显现能力，这种显现能力把抽象复杂的意义召唤到当下状态，敞开于我们面前。但在这种敞开和呈现的同时，由于受文字符号这一表现手段的制约，又必然会对意义造成一定程度的遮蔽和切割，使一些微妙的意义的表达光靠文字符号本身无法实现。为了解决这一表述的困境，中国哲学特别看重言外之意，认为许多隐秘的、被语言符号所切割和遮蔽掉的意义必须依靠读者的联想到语言之外去寻找。与此相应，中国诗学在文本阐释时非常重视文本之外的意义，特别是与语境关系不大、主要是由于读者的想象而产生的神妙的意义。阐释是这样，创作也有同样要求。文本中所蕴涵的意义可能性越多，越与实际语境无关，就越为读者和批评家推崇，比如梅尧臣对诗歌创作最高境界的描述是"状难写之景如在目前，含不尽之意见于言外"（欧阳修《六一诗话》引），叶燮也认为最好的诗是那些含蓄蕴藉、"言在此而意在彼"的诗："诗之至处，妙在含蓄无垠，思致微渺，其寄托在可言与不可言之间，其指归在可解不可解之会，言在此而意在彼，泯端倪而离形象，绝议论而穷思维，引人于冥漠恍惚之境"（《原诗》）。诗歌等抒情性作品如此，叙事性作品亦然，如唐代史论家刘知几认为，理想的叙事必须"用晦"，做到"事溢于句外"，达到"言尽而旨远，辞浅而义深，虽发语已殚，而含意未尽。使其读者，望表而知里，扪毛而辨骨，睹一事于句中，反三隅于字外"（刘知几《史通·叙事》）的效果。

"因内及外"是内外互动互制的文本阐释模式最重要的方面，但却不是唯一重要的方面。因为意义外求的过程并不是可以毫无限制地进行下去，"外"到一定程度后就会受到"内"的牵引而回复到"内"。"外"——不管是与具体历史社会语境有关的"外"还是与具体语境关系不大、以"象外之象"、"景外之景"为特征的"外"——必定会受到与文本以及阐释者有关的许多因素的限定和制约。在上引"如切如磋"

例中,子贡读出"贫而无谄,富而不骄",孔子再将其外引至"贫而乐道,富而好礼"就停止了;对"巧笑倩兮,美目盼兮"的解释同样没有超出"礼"的范围;阐释必须在文本自身以及阐释者所属时代的阐释观念与阐释理论所能容许的范围内进行,任何阐释都有一定的边界,一旦逸出了此范围和边界,一旦"过度",就会失去其有效性。在此过程中,存在两种力量的牵引:一为阐释者所属时代的阐释成规;一为文本自身。所谓阐释者所属时代阐释成规的牵引,是指不管你对文本做哪种解释,都必须受到阐释者自身时代的理论发展以及与这一时代的理论发展密切相连的大家默认的阐释规范的制约,都只能从此时代所能接受的阐释理论和方法出发,没有无来由的阐释,也没有无来由的方法。所谓文本的内在牵引,是指从文本引发的意义不管如何玄妙莫测,都是文本潜在提供的、暗含于文本之内的,没有这种潜在的意义基础,对言外之意的寻求就可能超过某种限度。受文本牵引最基本的一个方面是,把诗当作诗去读,把小说当作小说去读。比如,不管你从华兹华斯《昏睡蒙蔽了我的心》一诗中读出的是回归自然的欢乐还是失去心上人的哀伤,还是像美国批评家杰奥弗里·哈特曼(Geoffrey Hartman)那样从中读出"丧葬"的母题,由于这些解读都在文本潜含的意义范围之内,所以都应该被认为是有效的;而如果像有的读者那样把华兹华斯另一首诗《孤独的割禾女》干脆当作电文去读,由于这一解读显然超出了文本自身所能容纳的意义范围,所以就应该被视为无效的"过度"阐释。①

  概而言之,一方面,应力图尽可能多地读出文本字面意义之外的意义;另一方面,这种意义外求的过程又必定会受到文本内在特性的制约。"内"与"外"之间的相互作用和相互运动形成一个"张力场",这一张力场使文本的阐释永远处于动态的过程之中,具有无限的动态性和生成性。文本是静态的符号,阐释者带有历史的以及个体的视域局限,因而只有通过二者的相互运动,阐释者视域的局限性才能不断被克服,文本意义的丰富性才能不断被发掘出来。也只有通过二者的相互运动,对文本的理解才会不断深入。但这一切都必须以文本自身为基础和前

---

  ① 关于对华兹华斯这两首诗的解读,可参见赫施:《解释的有效性》,王才勇译,三联书店,1991年版,第171页;以及艾柯等:《诠释与过度诠释》,王宇根译,香港:牛津大学出版社,1995年版,第60—63页。

提。也就是说,"互动"为意义生成的丰富性提供动力,而"互制"则为阐释的有效性提供保障。理想的阐释境界是在"互动"与"互制"之间实现一种均衡,使文本阐释在二者的张力作用下和谐地进行。我们可以在此意义上理解宋代江西诗派的"活法"这一概念,其代表人物吕本中对"活法"的解释是:

> 学诗当识活法。所谓活法者,规矩备具,而能出于规矩之外;变化不测,而亦不背于规矩也。(吕本中《夏均父集序》)

基于规矩而能出于规矩之外,出于规矩之外而又能不背于规矩:这正是一种"互动"而又"互制"的微妙境界,正如司空徒所言,既能"超以象外",又能"得其环中"(《二十四诗品·雄浑》),也如孔子所言,既"尽心所欲",而又不"逾矩"(《论语·为政》)。

二、以意逆志与知人论世

我们可以举几个例子对这种互动互制的阐释境界做进一步的说明。首先是孟子提出的"以意逆志"与"知人论世"。孟子在和弟子咸丘蒙讨论《诗经》诗句的阐释时提出著名的"以意逆志"的原则:

> 咸丘蒙问曰:"语云:盛德之士,君不得而臣,父不得而子。舜南面而立,尧率诸侯北面而朝之,瞽瞍亦北面而朝之。舜见瞽瞍,其容有蹙。孔子曰:于斯时也,天下殆哉,岌岌乎。不识此语诚然乎哉?"孟子曰:"否。此非君子之言,齐东野人之语也……"咸丘蒙曰:"舜之不臣尧,则吾既得闻命矣。诗云:普天之下,莫非王土,率土之滨,莫非王臣。而舜既为天子矣,敢问瞽瞍之非臣,如何?"曰:"是诗也,非是之谓也。劳于王事而不得养父母也。曰此莫非王事,我独贤劳也。故说诗者,不以文害辞,不以辞害志;以意逆志,是为得之。如以辞而已矣,云汉之诗曰'周余黎民,靡有孑遗',信斯言也,是周无遗民也。"(《孟子·万章上》)

咸丘蒙首先向老师提出一个伦理上的悖论,孟子对这一悖论做了解释,咸丘蒙不满意老师的解释,并且引用"溥天之下,莫非王土,率土之滨,莫非王臣"(《诗经·小雅·北山》)来证明自己的观点。孟子指出咸丘蒙的理解有误，不应割裂上下文而断章取义，对诗经文本的解释应立足于文本本身，应"不以文害辞，不以辞害志"。怎样做到"不以文害辞，不以辞害志"呢？孟子的回答是"以意逆志"。这里的"意"指的是读者从诗中读出的意义，"志"指的是作者创作时想要表达的意义。《说文》对逆的解释是："逆，迎也"；郑玄注《周礼》中的"逆"字时说："逆受而钩考之"；朱自清进一步解释说："以己之意'迎受'诗人之志而加以'钩考'"。①"逆"描述的是读者读出的意义与作者在文本中所表达的意义相互迎受、相互调节的动态过程。如何才能保证这一动态过程的顺利进行，换言之，怎样判别读者所逆之"志"就是作者想要表达的意义呢？孟子提出"知人论世"的原则，认为要保证"以意逆志"的有效性，必须有"知人论世"这一前提，也就是，从作者以及作者所处的时代出发去推知作者想要表达的意义：

> 孟子谓万章曰：一乡之善士，斯友一乡之善士；一国之善士，斯友一国之善士；天下之善士，斯友天下之善士。以友天下之善士为未足，又尚论古之人。颂其诗，读其书，不知其人，可乎？是以论其世也，是尚友也。（《孟子·万章下》）

"知人论世"要求对文本进行解读之前应充分了解作者这个人及其所处的时代，只有在此基础上，才能保证在"颂其诗，读其书"时正确理解诗书所表达的意义，才能保证"以意逆志"过程的顺利进行。正如读者之意与作者之志之间存在相互运动又相互制约的关系一样，"知人论世"与"以意逆志"之间也存在着这样一种动态的张力关系，二者互为前提，互为因果。王国维曾精辟地点明了二者之间这种互为前提的关系：

> 美哉，孟子之言诗也，曰："说诗者，不以文害辞，不以辞害志；以意逆志，是为得之。"顾意逆在我，志在古人，果何修而能使我之所意，不失古人之志乎？此其术，孟子亦言之曰："颂其诗，读其书，不知其人，可乎？是以论其世也。"是故由其世以知其人，

---

① 朱自清：《诗言志辨·比兴》，见《朱自清古典文学论文集》（上），上海古籍出版社，1980年版，第259页。

由其人以逆其志，则古诗虽有不能解者寡矣。①

尽管强调从作者及其所处的时代出发去推知作者之意或多或少忽视了文本自身的特性对理解文本的重要性，但它对阐释过程中读者与作者之间动态关系的揭示对我们所讨论的问题具有非常重要的意义，这种动态关系是中国诗学文本阐释模式动态性的一个有力例证。

三、本文与互文

"知人论世"要求阐释者在进行阐释活动、在接触具体的文本前，首先了解作者这个人及其所处的时代，这样可以为阐释者提供一个理解文本所必需的视域。这种理解视域的获得，对于与作者生活在不同历史时代的阐释者而言，主要依靠对相关文本的大量阅读。中国诗学非常看重这种广泛阅读对理解具体文本的作用，正如刘勰所言，"凡操千曲而后晓声，观千剑而后识器；故圆照之象，务先博观"（《文心雕龙·知音》）。只有在"博观"的基础才能获得深厚博大的理解视域，才能透彻理解特定文本中深含的内蕴。

博观将许多事物整合在一起，在此整合的过程中，可以发现事物之间的内在联系。具体到文学文本的阐释而言，对相关文本的广泛阅读可以使读者将待阐释的文本置于与其他文本的意义网络之中，这样可以避免阐释过程中可能出现的偏失。现代西方诗学非常关注文本之间这种相互联系的特性，把"互文性"（intertextuality）视为文学文本一个非常重要的内在特征。互文所隐含的前提是：文本是不自足的，文本的意义是在与其他文本交互参照、交互指涉的过程中产生的，一个文本中实际上隐含着许多其他文本。叶维廉对文学文本交互指涉、交互引发的特性有过这样生动的描述：

打开一本书，接触一篇文，其他的书的另一些篇章，古代的、近代的，甚至异国的，都同时被打开，同时呈现在脑海里，在那里颤然欲语。一个声音从黑字白纸间跃出，向我们说话，其他的声音，或远远的回响，或细语提醒，或高声抗议，或由应和而向更广

---

① 王国维：《玉谿生诗年谱会笺序》，转引自郭绍虞主编：《中国历代文论选》（一），上海古籍出版社，1979年版，第38页。

的空间伸张，或重叠而递变，像一个庞大的交响乐队，在我们肉耳无法听见的演奏里，交汇成汹涌而绵密的音乐。①

由于文学文本具有极强的互文性，"一首诗的文、句不是一个可以圈定的死义，而是开向由许多既有的声音交响、编织、叠变的意义的活动"，"文辞是旁通到庞大时空里其他秘响的一度门窗"，② 为了实现意义生成的丰富性，我们在阐释时就要努力去发掘表面文本下面潜藏的文本，发掘文字符号下面潜含的意义。汉代经学家郑玄说："欲知源流清浊之所处，则循其上下而省之；欲知风化芳臭气泽之所及，则旁行而观之，此诗之大纲也"（《诗谱序》），将"上下而省"、"旁行而观"视为《诗经》阐释的大纲，只有广泛参照相关文本，只有对意义生成之源流有所了解，才能保证具体文本阐释的合理性和有效性。乾嘉朴学解释经文时在方法论上的一个重要特征是求实证，其中很重要的一个方面是广求他书之"旁证"。③ 柳宗元下面这段话中所说的"参"和"旁推交通"也是同样意思：

> 参之谷梁氏以厉其气，参之《孟》《荀》以畅其支，参之《庄》《老》以肆其端，参之《国语》以博其趣，参之《离骚》以致其幽，参之太史公以著其洁。此吾所以旁推交通而以为之文也。（《答韦中立论师道书》）

只有广泛参照其他著作，只有"旁推交通"，才能写出好的文章。尽管柳宗元这里说的是作文之道，但其原理同样适用于解文之道，对文本的诠解同样必须"旁推"于其他文本，才能实现意义的互通。严羽在论及如何评价诗歌好坏时尽管非常重视"妙悟"的重要作用，但同时也认为"妙悟"必须建立在"熟参"的基础之上：

> 取汉魏之诗而熟参之，次取晋宋之诗而熟参之，次取南北朝之

---

① 叶维廉：《秘响旁通：文意的派生与交相引发》，见温儒敏、李细尧编：《寻求跨中西文化的共同文学规律》，北京大学出版社，1987年版，第168页。
② 同上书，第185、175页。
③ 参见钱穆：《中国近三百年学术史》，中华书局1984年影印台湾商务印书馆1980年本，第134页。

诗而熟参之，次取沈、宋、王、杨、卢、骆、陈拾遗之诗而熟参之，次取开元、天宝诸家之诗而熟参之，次独取李、杜二公之诗而熟参之，又取晚唐诸家之诗而熟参之，又取元和之诗而熟参之，又取大历十才子之诗而熟参之，又取本朝苏、黄以下诸公之诗而熟参之，其真是非亦有不能隐者。（《沧浪诗话•诗辨》）

只有"熟参"历史上各朝各代各流派的诗歌文本，才能判别特定诗歌文本的"真是非"。只有在"熟参"基础上得出的感悟才是"透彻之悟"，而不是"一知半解"之悟。如果"见诗不广"，"参诗不熟"，则只会落入"第二义"的末流。诗歌创作如此，诗歌阐释又何尝不是如此！

"熟参"也好，"旁推交通"也好，"上下而省"也好，"旁观而行"也好，都强调文本之间的交互作用和交相引发。然而，这种交相引发并不能脱离文本实际，不能天马行空般地任性而为，它必须从文本自身出发，受文本内在特性的制约。比如柳宗元认为"旁推交通"还必须有所"本"，将"本"视为自己的"取道之原"：

> 本之《书》以求其质，本之《诗》以求其恒，本之《礼》以求其宜，本之《春秋》以求其断，本之《易》以求其动。此吾所以取道之原也。（《答韦中立论师道书》）

也就是说，既要有所"参"，又要有所"本"，只有在"本于文"基础上的"互文"才能使意义的生成有坚固的根基，只有超越"本文"的局限才能实现意义生成的多样性和丰富性。"本文"与"互文"之间存在着动态的张力关系，这一张力关系是"内外互动互制"这一文本阐释模式动态性的又一具体体现。

以上对中国古典诗学的文本阐释模式进行了概括描述。在结束讨论之前，有一个与方法论有关的前提值得稍加说明。我们在描述的过程中尽管没有直接参引西方理论，但不可否认，西方理论是作为描述的背景贯穿于我们的讨论之中的，我们的问题是在世界诗学发展的当代语境中、是在与西方诗学的潜在对话中提出的，也就是说，西方理论是作为一种"缺席的在场"而存在。在讨论中国诗学文本阐释模式的特征时，我们有两个出发点可供选择，既可以从西方理论资源出发，也可以从中国自身的理论话语出发。我们采用的是后者。但这并不意味着我们对从西方理论资源出发研究中国诗学问题这一做法的否定或拒斥。我们所力图去做的,是将借自西方诗学的观念与中国诗学自身的理论资源结合在一起,比如,被我们视为中西比较诗学认识论前提和方法论基础的"二元互动"观念即是一个以中国诗学为母体吸收西方现代诗学中"视域融合"的观念、"互为主体"的观念之后的一种新的整合。不管这一目的能否实现,我们认为,这种整合的努力本身对中西诗学比较研究是有意义的。

思考题
1. 什么是比较诗学?中西比较诗学研究的必然性何在?
2. 简述比较诗学研究的二元动态模式及其演变轨迹。
3. 从跨文化阐释的角度说明比较诗学的方法论有何特异性?

第六章
比较文学与世界文学：疆界与融合

一、学科创构与整合张力

在进一步展开关于比较文学与世界文学之间学科关系的讨论之前，首先必须指出的是，自从比较文学与世界文学被国家教育管理部门整合确定为同一个二级学科，即所谓中国语言文学一级学科之下的"比较文学与世界文学"学科以来，学界关于这种整合的学科合法性和比较文学与世界文学学科关系的争论，尽管观点五花八门，立场各自相异，但是，有一个基本的论述逻辑和叙述框架却是各方都无意间受限其中却不自知的，那就是大家都事先已经假定了各自学科在世界上学术存在的"历史独立合法性"和在中国学界的"挪移建构合理性"，然后才在如此似乎是不言自明的固化基础上去讨论自身学科在相关学科结构之内的"存在正当性"和"不可替代性"。于是，主要的争论始终局限于从自身学科在中国的历史生成和积累去展开，完全无意关涉其在世界上曾经的历史生成过程中所遗留的问题，其在世界上目前的发展现状和存在的种种争议，以及学科挪移至中国本土后需要面对的文化水土和学术意义问题等等。也正是由于这种自我设限，所有的争论基本只是属于指向本土学界的学科内战。其中主要的争论点包括：通过学科在中国过去的发展和成就以图证明它在学术上的有效需求？它们的学科位置，譬如应该身处外语学科群抑或是中文学科群？这种安排是否恰当？它们学术队伍的知识结构和外语能力是否能够担当相应的学科使命？它们的研究对象应该是理论侧重还是经典作品读解？它们的学术疆界各自在何处以及有多大的整合可能等等。

我们不可否认这类学术论争的价值，也正是因为通过不断论争，才提醒我们注意各自学术疆域的问题和不足，并在学术实践中去不断加以修正弥补，甚至在一定程度上去实现相互间的包容与发展。这也是十多年来，似乎对立的双方在学术上却依旧能够相安无事，各自发展的原因之一，而且近些年似乎还表现出学术上不断靠近、理性交流增多和有限整合不断加强的趋势，从而使得具有一定比较意识的世界文学研究和更加注重经典文本分析的比较文学研究的渐次萌生。但是，这两个曾经各自独立的学科在整合之后存在的核心学理问题却始终没有得到真正合理的解决，因此，在本章中，我们将面对这一问题展开进一步探讨。

学科史的研究告诉我们，没有一个学科的存在和疆界是一成不变的，它们总是不断处于生成、演变、整合以及生长为其他新学科形态的过程中，没有哪个学科天生具有亘古不变的学术格局。同时，我们也不能满足于这样一种基于并非完全自觉的学术选择和学术共识性不强的包容性存在状态，以中国今日社会和文化发展的趋势，以中国学界正在成长的国际学术对话能力和学科建设需求，类似比较文学和世界文学这种具有国际性特征学科的相互整合，既是为了超越欧洲中心主义的学科藩篱，也更是为着跨文化时代文学研究的未来。一方面它应该通过直接面对和介入世界文学研究的学术嬗变，以逐渐改变和增强学科自身参与世界对话的地位；另一方面，在建构中国现代学术的未来进程中，作为学科的"比较文学与世界文学"更应该是义不容辞的先行者，从而理应有更重要的学术担当，因为这一整合性的学科在性质上首先就是面对国际学界和具有跨文化交流特征的。但是它目前的发展现状相对而言却有些满足于国内学科疆界内的建构，自给自足，自我设限，情不自禁地总是在本土学术的圈子里打转，似乎总是被迫在数字化学术管理的重压下从事机械性的论著生产，想当然地自设和解释着各种学术主题，却较少从学术前沿和热点问题意识的层面上去主动关注和参与国际学术对话。

譬如我们作为英国文化的中国读者，选择研究十九世纪英国小说家哈代的创作，如果罔顾这位作家在其英国本土和国际学界研究的现状和经典建构变迁的实际情形，罔顾读解的文化差异，而是只管自己埋头读解阐释，四十年前可以从当中揭示出阶级斗争的残酷和资本主义的罪恶，三十年前则从里面发掘出人的异化主题和人道主义的价值，二十年前从中找到人性善恶交战的永恒文学性追问，不久之前则开始关注作者对乡村环境的描写和热爱了，并试图从中去读出各种各样的环境保护证据，似乎三个世纪前的哈代便有了明确的环保观念。我甚至怀疑，接下来一些研究者很可能会从哈代小说文本那里发现早期绿色革命的见解和

第六章　比较文学与世界文学：疆界与融合　　203

反对转基因食品的证据。即便是借助比较文学的手段，将陶渊明拉进来进行比较，难不成结论会给中外经典作家和诗人都一起去披上一件绿色环保的新衣！这样的读解发明其实多有主观臆测和过度诠释的嫌疑，因为他和经典文本自身的关系是如此的游离，即便你把哈代换成简·奥斯丁，换成夏洛蒂·勃朗台，把陶渊明化成王维，解释似乎也一样能够成立。

我们迫切需要改变这种闭门造车，难如人意的比较文学与世界文学虚假繁荣局面，如果呼吁学科研究回归文学的倡导是要回到这样一种完全外在于经典文本及其历史语境状态的研究，那还是暂时不回归为好。即便是我们确信雅各布森和德·曼之类的文学性理论有道理，相信通过区分文学语言与日常普通语言可以从语义模型分析的精确层面去判断文学与非文学的差别，然而，在真正比较文学的意义上我们还是没有把握，即当阅读的文化语境发生了根本性跨越之后，我们是否还能对自己的分析确定不疑。一如钱钟书先生所说：

> 在中国诗里算是"浪漫"的，和西洋诗相形之下，仍然是"古典"的；在中国诗里算是痛快的，比起西洋诗，仍然是含蓄的。我们以为词华够鲜艳了，看惯纷红骇绿的他们还欣赏它的素淡；我们以为"直恁响喉咙"了，听惯大声高唱的他们只觉得是低言软语。同样，束缚在中国旧诗传统里的读者看来，西洋诗里空灵的终嫌着痕迹、费力气，淡远的终嫌有烟火气、荤腥气，简洁的终嫌不够惜墨如金。①

我们的确有许多的问题需要研究和讨论，其目的都是为了改变中国比较文学与世界文学学科目前在国际学界只是以规模取胜的局面，更是为了在这样一次重大的转型过程中通过理性的思考去接近学科研究的真实需求。

毫无疑问，文学史、文学理论和文学经典文本的深入研究是一切的基础，但同时我们也更需要反思学科本身，需要将比较文学与世界文学这样的学科研究重新置于全球学术对话的语境下，从思想史、学术史和

---

① 钱钟书：《中国诗与中国画》，载《七缀集》，上海古籍出版社，1985年版，第16页。

学科史等不同方面去认真加以审视和思考，使其对外能够真正成为国际学术发展的有机部分，对内能够贴近现实的学术文化诉求并发出自己的声音，进一步认真去探寻学科的未来发展之路和价值目标，争取实现学科和学术上的世纪性提升。

二、历史命名与实践悖论

众所周知，无论是比较文学还是世界文学，它们都是十九世纪欧洲知识的学科化产物，它们作为一门学科"发生"和"建构"的历史，总是与欧洲资本主义和现代西方文明在全球的崛起以致一家独大的历史密不可分地纠结在一起。而今日作为非西方社会的现代学术建构，譬如我们中国的许多同样学科则无疑都是在对方的学科遗产框架基础上的整体挪移、延伸性生长和套用式的建构，这是历史发展时空差异化的结果，是没有选择和无可回避的非西方国家学科发展的无奈现实处境。用达姆罗什的话说就是："经过主要在北美和西欧的长期实践之后，比较文学现已在全球数十个国家里拥有其追随者。"① 的确，我们首先应该承认，在现代性历史的发展进程序列中，我们很长一段时间以来确实就是西方学术主要的学习追随者之一。其实，观察中国现代人文学科的研究和大学教育领域，从西方复制来的学科规模相对于由自己原创的学科，前者始终就占据了绝对优势的地位。由于在相当长一段时间之内，面对这种具有压倒性优势的学科机制和发展态势，我们总是匆匆忙忙地在师法西方，在忙着学习和搬用，并且一直在追问和质询这种学习学得像不像，学习得是否正宗。天长日久，潜移默化，这些学科的结构体制，研究范式，知识标准和方法论体系似乎就成了被自然接受的学科"真理"，成了放之四海而皆准的普适性学科。学科所包含的学术普遍性要素被无限放大，学科的观念性错位、价值背离、根本性的结构缺陷却被掩饰和缩小，所谓的学科革新被理解成了一种拾遗补缺性的经典文本的搭配性补充和文学史章节的有限添加，学术范式的格局大致不变或略有调整，而原先的价值标准和体系整体却始终是毫发无伤。

这里问题的关键正好就在于，本来出生和成长于欧洲的所谓世界文学和比较文学学科从一开始就不是"世界性的"，而是属于欧洲那个

---

① 达姆罗什：《21世纪的比较文学》，载《新方向：比较文学与世界文学读本》，北京大学出版社，2010版，"前言"，第3页。

"地区性"的学科门类,从一开始他们就存在着文化血统先天带来的各种文化中心主义局限,而我们偏偏却将其误读为不言自明的普适性学科了。这并不是个人作为文化他者情绪性或者文化民族主义的论述,而是西方严肃学者自我反省之后十分较真的判断。

关于比较文学学科,美国学者乔纳森·卡勒就直言不讳地说,"出现于十九世纪晚期的学术研究的这一分支是专门研究欧洲文学的,它比较的文学作品都来自有着派生关系——渊源、影响和接受等——的不同语言,那时的研究题目包括现代文学的古典源头,欧洲文学中的彼得拉克传统,莎士比亚在德国文学中的接受等等"①。因此,说到底,比较文学是门"有着欧洲中心主义传统的学科"。② 即使是在美国比较文学学界于平行研究、理论研究和文化研究等方面掀起变革热潮并取得研究进展后,也至多是将这种格局挤开个缺口,却并没有从根本上改变比较文学学科的欧洲中心格局,只不过换了一种表达,这回开始称为西方中心主义了。

而关于世界文学学科,意大利学者阿尔曼多·尼希则强调指出"我必须再次重申,欧洲文学是在十九世纪帝国殖民地的渐进征服中才完成了对世界之征服的,正如青年马克思和恩格斯在1848年所了解的那样,而非歌德和F.施莱格尔所梦想的从欧洲心脏德国勃然而兴的那种'普世诗歌'。爱德华·赛义德在他的《文化与帝国主义》一书中已明确指出了介于欧洲文学与殖民主义的这一结合点。"③ 尤其应该指出的是,欧洲文学对世界这种征服的结果比政治、经济和社会体制的殖民要来得巧妙得多,它抓住人类文学阅读审美想象的可培养性、生长性和多元性特点,通过媒介传播,学校教育和浸染性影响,将欧洲文学的基本价值理念以及诸如文艺复兴、古典主义、现实主义、浪漫主义、现代主义等关于文学的理论和历史观念进行跨文化灌输……也包含种种艺术范式和审美习惯持续不断地影响,不断使之深入人心,并渐次成为我们的审美无意识,成为批评的标准性元话语,令你想摆脱也难!于是,欧洲文学便在非西方的中国成了世界文学的代名词,即便是此后一段现代历史中

---

① 乔纳森·卡勒:《比较文学的挑战》,载《中国比较文学》,2012年第一期,第2页。
② 同上,第4页。
③ 阿尔曼多·尼希:《全球文学和今日世界文学》,载《中国比较文学》,2002年第二期,第129页。

陆续有美国文学强势挤占了欧洲文学的一些地盘，还有个别属于亚洲、非洲和拉丁美洲的非欧洲文学点缀性的穿插其间，可依旧没有也不可能从根本上改变所谓世界文学的欧洲基本盘面。

然而有些令人费解的是，在今日非西方的中国，历史上和现实中比较文学和世界文学的这种实际存在的地区性学科实践真相与虚假的世界性学科命名之间的错位却很少有人去正视，也缺少类似的针对性热点话题讨论，好像谁也不愿意去指出皇帝新衣的虚幻性。我们似乎在以西方为主体的文学经典和西洋文学史，西洋文论读本的各种主义论述中被催眠了，思维被限定了。仔细阅读国外的学术论著，常见的情形是，一个欧美学者在讨论文本的时候，常常能把《奥德修斯》的出征还乡经历与西方当代社会核心价值千丝万缕的关联性讲个透彻，可以把介乎宗教哲学和文学经典的《神曲》中的宇宙本体观念与布什政府的新保守主义梳理出切切实实的精神联系，但是，认真审视我们的学术著述，面对同样的经典文本，我们的许多学者却始终只能是在机械地形象塑造、主题总结、叙事审美特征、人道主义和不着边际的哲理阐发上做机械的诠释，其间流淌不出一点经典的鲜活气和生命力。

当外面的和尚都时不时地在做着自我反省，批判自家欧洲中心主义学科历史观念的时候，这件本该由我们这些对中心主义和学术霸权主义深恶痛绝的非西方学者来推动的工作，反倒是由别人率先来提请反思了。包括尼希这样的一些西方学者均在指出要向非西方学习，要坚持不断反省、修炼和克服自己文学上的沙文主义和中心主义意识；类如乔纳森·卡勒也在反复思索"什么样的可比性能够引导比较文学从一种欧洲中心主义的学科向一种更加全球化的学科转化呢？"[①] 老实说，卡勒的心结是要从质疑所谓可比性去突出问题的所在，他这样的思路虽然有学科方法论上的价值，但是却很少质疑学科自身体制上的许多根本问题，不过，这样的反思和建构，按说，首先是应该由我们这些追随者在学科接受性建构和实践过程中率先来加以追问和批评研讨的，可是我们却很少警觉到这一点。

说得更清楚一点，从历史的反思和现实的内在要求出发，我们的追问还不仅仅是要去如何推动比较文学和世界文学从欧洲中心主义的学科走向全球化的学科，更在于要立足我们自身古老的传统资源和现代学科

---

① 乔纳森·卡勒：《比较文学的挑战》，载《中国比较文学》，2012年第一期，第9页。

建构需求所面临的众多障碍和挑战，要争取做到，既要有效的利用好资源和机遇，又要设法卸掉传统的自大心结和避免一切均被装进现代性包袱的陷阱，为学科的现代发展建构一个面向不同地域和不同发展程度族群的核心理论基础和方法论思路的平台。因为，在不久的将来，随着中国比较文学的研究深化和学术地位提升，我们很可能，或者说注定就会面临这样的追问，那就是，当比较文学真的终于走出欧洲中心主义之后，凭什么接下来就一定是中国出彩？会不会又出现一个新的中心主义学科魔障呢？抑或还有日本、印度、韩国等，以及其他同样是后发边缘文化族群的比较文学与世界文学，它们的发展机遇和学术价值诉求又应该定位在哪里？

三、学术重构与价值超越

在经历了三十多年的学术开放和外来理论冲击洗礼之后，面对学科引进和整合发展中的种种问题，一方面，理论的引进和革新对于研究深化和学术发展的意义依旧是如此的重要，但是另外一方面，当舶来的理论问题越是被深入追问的时候，其在不同的文化语境中所遭遇的处处陷阱，文化误读和如临深渊般的感觉也越是突出。近些年来，国内学界已经开始逐步地认识到，从学科根本价值理念实现的意义上去反思，也许就会酝酿出某种学科突破的可能性。这也许将意味着，学科的创立者，未必就是学科价值理念最好的实践者，而学科的挪移、承继和重建者，未必就不可能担当起学科价值理念最终得以实践和实现的历史重任。正因为意识到这样的新思路和新课题，在目前这样一个学术范式和学术伦理始终都在迅速改变的时代，作为二十一世纪中国的比较文学与世界文学研究者，我们不仅需要承继1840年以来、五四以来，尤其改革开放以来，勇于以拿来主义精神大胆坚持对外学习的传统，但是在此基础上，我们要意识一种新的历史使命，要求自身更是要不断突破自身的各种精神禁锢，打破为借鉴而借鉴，以借鉴为创新的思维误区，我们必须对一直以来被认为是不言自明的舶来学科意识和理论观点加以质询和重新认识，从而争取避免在后续发展过程中落入自设的逻辑陷阱，避免未来在面对更多非西方他者文化介入的时候，作为后发又能超越的学科承继者所可能面临的，类似今日批判西方中心主义文化他者质询和学术性尴尬。

譬如一般学科史的叙述尽管都能证明，比较文学和世界文学学科的确是十九世纪欧洲文化的产物，不过在这里也许接下来还是有必要进一步去思考和强调，如同自文艺复兴和工业革命以来欧洲文明的发展一样，它们之所以得以崛起，多多少少都是拜千年少有的历史机遇，并由此经过自身的努力而取得的时代性的成功，这种成功往往是可遇而不可求，并且也离不开其他文化的参与和共创。正因为如此，苏源熙才试图进一步指出，"但在另一种意义上，所有文学都是比较的，受到许多溪流的哺育"①。为了证明这一点，他列举了美索不达米亚的泥版文献、圣经、佛经等众多文献的内容、翻译和面向西方的传播案例，以此证明跨越文化的交流很可能才是历史上文化发展的常态之一。

那么好吧，让我们沿着这一学理逻辑继续追问，不同的，具有相应文化发展阶段和传统的非西方族群，都很容易的就可以去清理出各自文化和文学的发展成就，以及在历史上先后与其他文化传统交流共生的更多线索和事实。你也许已经听说过奥林匹斯山上的雅典娜竟然有非洲的文化基因，你也许已经风闻十四行诗体中晃动着唐诗的影子，许多著述也都在证明西方文明的现代发展很大程度上受惠于东方的历史发明。而就是目前，也有学者在开始尝试清理佛经翻译中译者群体之间的语言和思想传递关系，分析译场权利结构及其运行机制的特征，由此期望经由不同的文化间不同的翻译历史和翻译实践路径的研究，去发现与西方传统翻译学理论明显不同的译学传统，由此让人意识到，包括翻译学实践和理论在内的许多学科理论的历史建构，基本上都不是单数的，而是复数的。这无疑是非西方学术在精神上的一种突破性思维，也许，由此而加以引申思考，我们进而是不是可以尝试这样的思考，那就是设法超越西方的学科定义，积极去对比较文学的历史生成和研究理路开启一种新的理解和基于自身主题的认识呢。应该说，这一切都并非完全没有可能。

在这一意义上，将曾经是属于欧洲中心主义实践的比较文学拔出泥潭，推向真正全球化的学科研究就不再是口号式的愿景，甚至也不仅仅是面对未来的提升性努力，而同时也很可能是回过头来，真正反求于学科历史的内在要求和惯常经典阐释范式的，一种切实回归学科立身本源

---

① 苏源熙：《噩梦袭来缝精尸：论文化基因、蜂巢和自私的因子》，载《新方向：比较文学与世界文学读本》，北京大学出版社，2010版，第5页。

的学术研究思路。

这也许将进一步证明,比较文学和世界文学的学科概念尽管是出自欧洲的特定时期和语境,但是,其在诸如中国,印度,阿拉伯等地区的研究,却注定会有着明显不同的认识论基础,具有自己的价值倾向,具有属于自身的理论逻辑起点,从而也就有理由在实践中去构建自己的学术主体身份、范式结构和方法学体系,推动比较文学与世界文学学科的文化异地重组和研究深化,使其真正成为全球化时代文学研究的动力组成部分,从而使得我们真正从追随者变而为创新者,由被影响者变而为提问者,成为学科的现代研究主体部分,甚至可以反哺性地去推动曾经的学科发明者的学科意识更新和转化。

实际上,不仅对于过往学科史的深刻跨越性反思具有催生新研究领域的可能,即便是对于比较文学与世界文学国际研究的新进展和新问题意识的积极参与,只要不是照单拿下的完全接受,而是基于自身真实的学术境遇去展开思考,结论也绝不会人云亦云。

我们应该能够注意到,从上个世纪七八十年代以来,国际比较文学研究的一个阶段性重大发展就是对于当代西方新理论、文化研究和新的批评方法的译介、提倡、构建,推广和发明应用。德·曼、德里达、杰姆逊、萨义德、斯皮瓦克、克里斯蒂娃等理论家的身影不断游走于各类比较文学的学术会议,热衷后现代主义研究的荷兰学者佛克马还担任了较长时间的国际比较文学学会的主席。作为普遍的学术共识,我们必须承认,国际比较文学界对二十世纪各种新理论的这种积极推广的结果,使得人们的文本研究重心全面突破了传统的西方权威经典作品的疆界,进而逐步面向了大量当代鲜活的非经典作品,尤其是后现代主义、新历史主义、文化研究、译介学、比较的文学人类学等在比较文学领域推广和参照应用,相对于英美法德为主的国别文学系科,比较文学在西方率先开始了解构经典秩序进程,一定程度上推动了他们所谓世界文学研究的进展,疆界变迁和学术范式的演变。

但是明显与上述变化不太相同的是,诸如我们中国这样的非西方国家研究者却遭遇了不一样的尴尬,我们的学术处境首先并非是要去解构别人和自己的经典,而是迫切希望通过大声的疾呼和实际的努力,以便使得自己被近代欧洲中心主义的学术规范所淹没的传统文学经典能够被重新认识和安置,使之融入现代文学经典世界的格局,一句话,就是要解决自身的文学经典长期以来不被世界所承认的现代历史难题。

如果说在中国从事世界文学经典教学研究的学人面临的学术自我期许，是要通过自身的工作，让外国文学经典在中国这样的异己文化中为中国读者所接受，而不是像前面所说的那样，把经典过度诠释致"死"，那么，对于中国的比较文学学者而言，刚好有一个相反的任务，就是要通过比较和诠释的辛勤工作，大力推进中国的经典文学作品走入世界，而不是像西方学者那样借助解构主义和非本质主义的种种理论去消解经典，改而面向一般文学作品。

于是，中国的世界文学与比较文学学界同时遭遇了关于经典研究和诠释的双重难题。也就是说，要想不至于把外国文学的经典诠释致"死"，你就必须从本土文化的前理解和审美接受屏幕当中，去寻找到充满陌生化审美特征的外来经典能够被欣然接受和分享的入口，开启有效的理解逻辑之门。而倒过来说，一个以毕生精力研究陶渊明，对他的每一件作品都如数家珍的中国研究者，如果不能联系西方的某些浪漫主义或者乌托邦理论，与诸如华兹华斯以及梭罗之类作家和诗人的创作做出深刻的比较性联系，他又如何去引导欧美读者像理解诗僧寒山那样的去认识陶渊明作品的诗意之美呢。

经典的这种经典化过程，及其在不同的历史语境和不同文化语境中不断成长的经验事实，至少说明了一个问题，那就是经典之所以成为经典，除了本身的内涵价值之外，同时也离不开所处的、被接受的外在环境，离不开比较和诠释的功夫，人们正是在比较和诠释的过程中筛选、认定、建构和发展着经典的意义。既然闹了半天，关于经典的生成故事原来就是如此地与世界文学和比较文学联系在了一起，那么，说来也巧，现在能够将比较文学与世界文学整合成为一个学科，难道不是正好顺应了学术历史发展潮流了吗？

命运真会给人们开玩笑，你想进这个门它死活就是不让你进来，而你不愿进那个门却歪打正着地走了进去。按照一般的价值理性，我们该把经典视作为跨文化的资本，可以直接当礼物郑重地送给别人，可是局面常常是这样，那就是你送给他，人家未必有兴趣收下，倒是经过一番吆喝和讨价还价之后，他却愿意花钱买下，还说声值了。谁会说，这种文化交流的悖论不是新的比较文学与世界文学得以链接的纽带呢。

那么，这是不是意味着，在国别文学的逻辑理性认知路径和经典文本的价值确立理性之外，还有一个近于哈贝马斯式的跨文化交往和跨学科整合认知的学术理解路径呢？也许，它可能就是作为今日新的比较文学与世界文学学科建构的方法论关键之一，围绕着这一认识内核，我们显然可以期待建构起某种属于当代比较文学与世界文学新的独特方法论结构，这一方法论体系既是比较文学的，同时也是世界文学的，或者说，它们之间压根就没有本质的区分，本来就是一回事。

如果真的存在着达成这种新的跨学科整合理念和方法论共识的基础，那么，我们到何处去寻找和发现类似的尝试性研究实践呢，或者说是可以引发参照的研究范例？这里并非完全是无意和随机地，还是让我们第一时间想起了钱钟书。首先，关于他作为一个精通中外语言、经典和理论的学术奇才和成就卓著的学者，完全毋庸赘言，学界早有定论。其次，关于他对于比较文学，尤其是比较诗学的原创性贡献，使得你几乎没法用现成欧洲中心传统的比较文学学科范式去界定他的研究，所以连他自己也不愿意承认自己是如此类型的所谓比较文学家。但是，他的跨越多种文化和学科的研究实践以及学问理念，却无意间为比较文学与世界文学这一新的学科形态构建提供了某种典范式的证言。清理他的学术著述，几乎无例外的都是从中外经典的文本细读和精读出发，又都是围绕着各种丰富的中外理论去入手展开，他的分析充满似乎信手拈来的例证和比较，古今中外，风雅通俗，一片众声喧哗。他选定一个问题，譬如通感，譬如人化批评，譬如中国诗与中国画的关联，譬如诗无达诂等等，你会在他逐段逐节的研读分析中发现一种严谨而又生动有趣的论述逻辑。那就是，问题一旦呈现，往往先是中外理论大师的著述言论出场宣示观点，譬如亚里士多德和刘勰的言述；然后很可能是拉伯雷与罗贯中小说笔下的人物出来证言；接下来，中外戏曲或者书画艺术大师将走进来掺和；最后中外民间的街谈巷议和市井俚语也插科打诨出来帮忙圆场，就这样深入浅出地演出了一场又一场鲜活生动的文艺跨文化对话剧情。初看似杂乱循环无系统，其实话语底下的论述逻辑却严密得紧，不信你去改写一下他的文字理路试试，恐怕没那么容易找到缝隙。在他的论述视野中，不仅比较文学与世界文学没有了界线，甚至更多学科之间的壁垒也都纷纷坍塌，一概整合成为以文本为深耕细读基础，实现跨越性多元文艺对话的最佳场域，成为以我为主的批判性圆融理解的一种读解过程。

这，也许就是未来比较文学与世界文学研究者企望的学术境界罢。

乔纳森·卡勒断言："对世界文学发生兴趣，将其作为包含多重可能性、多种形式、多重主题、多种话语实践的包容性场域是可能的。"①这当然是就比较文学研究者而言。其实，对于一个曾经的世界文学研究者，情形又何尝不是如此呢，一旦他突破旧有的学科藩篱，在跨文化对话的场域中，在各种富于启发性的理论言述引导下，换一种眼界来面对书柜中沉睡的世界经典作品时，他完全可以期待其中的社会生活和人物形象都会幡然醒来，闹哄哄地与众人一起走向文学的未来。

本着这样的学术理想和认知逻辑去重新关注比较文学与世界文学，的确让我们预先感受到了些许的兴奋。如果沿着这样的思路去研究比较文学与世界文学，也许我们真的就愿意接受这样的学术"宿命"，因为他者的文学总是站在那里，你不得不面对、不得不比较和对话。

除此之外，难道我们还有什么别的选择？

思考题

1. 比较文学和世界文学作为学科生成的历史和疆界变迁，对于它们在当下的学术整合意味着什么？
2. 在比较文学学科的西方创立者与非西方的引进重构者之间，其所担负的学术使命有无区别？由此而对这一学科的当代发展有何积极意义？
3. 比较文学与世界文学在何种前提下可以实现学科的研究融合？

---

① 乔纳森·卡勒：《比较文学的挑战》，载《中国比较文学》，2012年第一期，第12页。

结　语
面对新世纪的比较文学

　　不了解比较文学的人们常常这样认为，比较文学就是对各种文学现象进行比较而已，而真正的比较文学研究者认为事实并非如此。诚然，作为一类跨越不同民族、语言、文化和学科的文学研究，一门从国际的视野来探讨文学及其相关文化问题的现代人文学科，比较文学不可避免地会对文学现象进行比较，但是，如果比较文学工作者除了比较什么都不做的话，那么，不仅他的研究价值将十分有限，就是比较文学学科本身，在很大程度上也将失去其存在的理由。在本书中，我们试图通过对本学科主要学术构架的历史追溯、现状清理和理论辨析，以求尽量清楚地陈述迄今为止我们对这一学科的认识和理解程度，阐明其存在发展的原因和基本的理论格局。在我们看来，比较文学作为一门学科，既不是任何人主观拼凑的学术积木，也不是对西方学术理论不分青红皂白的搬用，而是全球文化演进的理性选择，是人类人文学术发展到现代阶段的必然走势之一，是文学研究日益国际化背景下的势之所至和自然延伸，同时也是突破以往封闭式国别文学研究格局，提升文学研究水准的有效途径，自然也就被认为是现代文学研究学科的一种理想存在方式。它一百多年以来的发展历史与成就，它在本世纪风云变幻的人文学术大潮淘洗下不断更新前行的活力，它在世纪末文化转型社会中表现出来的文学和文化价值潜力，都并非是以"比较"这一概念可以涵盖和包容的。

　　如同本书前面各章所展开的分析论证所揭示，比较文学基于不断发展和动态平衡的学科定位，维系着它不断适应文化和文学研究的时代进展需求，表现出不断完善自身又不断向前开拓的学术姿态，从而始终站在文学学术研究的前沿。在方法论上，由于经历了长期的研究实践总结和广泛吸收其他理论进展的优长，结合自身的学术使命，当代比较文学早已走出了以一般事实联系和异同命题为出发点的简单比较方法模式，主动放弃了追求具有全球统一性、规律性的文学和诗学规律理想，而仅仅是从人类文化的现状和合理交往方式出发，站在多元文化共存、"和而不同"、互补共进的文化生态立场，将自己的方法论基础放到了世界性文学对话的起点上，力图将不同文学话语之间的事实联系、逻辑关联和美学精神相结合，熔铸成能够探讨本土文学和国际文学相关问题的有效方法论体系。而在研究范式的构建方面，当代比较文学十分重视在学科历史进程中形成的研究范式，视那些作为范式的具体表现形式的研究类型为比较文学理论架构的重要基石，突出的类型化研究被看作为比较文学区别于其他学科的重要特征。比较文学学科理论本身具有的开放特性，使由文化语境的转变带来的研究范式重组被视为正常的学科行为，在相当大的意义上，它不仅不应被视为学科的危机和末路，恰恰相反，却正是扩展和深化本学科研究的挑战和机遇。最近几十年以来，比较文学学科逐步走出西方文化的地域圈子和西方中心主义的理论偏见，在包括中国在内的非西方文化地域得到了长足的发展，这一历史性的发展和进步，不仅使这门学科成为真正意义上的比较文学研究，也将带来原先只是基于西方中心主义立场的学科理论的历史性革新和重组。近百年来中国本土和海外中国学人的比较文学研究实践，尤其是改革开放近二十年来，中国比较文学界在中西比较文学研究的范围确认、规模扩展、理论证明和专业化、学科化和体制化方面的不懈努力，已使国内的比较文学成为本土文学研究的推动力量之一，并且成了国际比较文学研究的重要组成部分。中国的比较文学在比较诗学、阐发研究、翻译研究、东方文学比较研究和比较文化研究等方面的创造性工作，不仅正在形成自身的研究特色，也丰富和发展了国际比较文学研究的内涵，同时进一步对西方传统的比较文学学科理论提出了质疑和挑战。既往的学科原则和理论格局，特别是某些西方中心主义色彩浓厚的观点和范式类型，已经变得越来越不适应甚至束缚现实的比较文学发展需求。世纪末全球的文化转型和非西方地区文化的发展要求，也对包括比较文学在内的传统人文研究学科及其理论提出了新的挑战。所有这些原因和理由，都使发展和建构适合当下比较文学研究需求的学科基本理论成为迫切的问题。我们正走在比较文学学科理论发展和革新的快车道上。为着二十一世纪中国和世界的比较文学进展，对过往历史的省思、对现实成果的总结、对新的学科理论的探索等等，这一系列基础性的工作必须从现在就开始进行。本书的编写正是基于这样一种动机和责任感，也是一次试图从未来比较文学发展着眼的初步理论尝试。

尽管如此，在这样一本文字和篇幅都十分有限的书中，要想论及所有当下存在和有待讨论的比较文学问题几乎是不可能，也是不现实的。面面俱到的结果，往往就是对所有的问题都不能做到深入探讨，或者在很大程度上简单重复以往著作的观点。这既不是本书的目的，也不是我们的愿望。经过反复斟酌和讨论，我们决定选择文化转型时代与比较文学发展的关系、学科定位、方法论、研究范式和比较诗学作为论述的重点，但这也并不意味着其他方面被完全置之不理。读者将会注意到，相关的学科理论的其他问题在本书各章中都有着不同程度的叙述和讨论，因而可以希望由此而触类旁通，进而通过结合其他中外同类著作的参考，能够对本学科的历史、理论格局、问题和未来进展可能，有一个较全面的了解。

从当下东方中国学人的立场来考虑比较文学的理论和前景问题，无疑并非是一桩易事。尽管如前所述，中国学者的努力已经由此被赋予了就学科理论问题提出独立见解的权利，但就一门学科而言，这毕竟是由西方学者所率先开创的学科，正如其存在的问题一样，其成就也同样是不容忽略的。我们是在别人创造的基础上去开创自己的事业，忠于和尊重学术的历史是任何学术研究者都应持的态度。但是如何看待历史、如何在多种历史现象中进行选择，则应该取决于我们今天所面临的历史使命。这就是说，我们在某一特定的历史时期内最为关切的人文使命是什么，将在很大程度上决定我们能够提出什么样的学术命题，也决定着我们能否在更接近真实需求的意义上构建出当下学科的学术目标和理想前景。忠于历史和现实，可以使学科理论和方法的建构立足于可以有效地展开研究实践的基础之上；而合乎时代需求的命题和目标的提出，则使相当一个时期内将要展开的学术追求变得具有理性的可感觉性和可把握性；二者之间的配合、变动和再调适，正好成为不同时期内的学科理论研究者总是要重写学科理论专著和教科书的原因和理由。当然，这同样也是我们要积极编写本书的原因和理由。一本原理性的入门著作既是对过往的研究实践的经验总结和体系化理论总结，但它同时也是对纷纭复杂、丰富多彩的学术实际工作的切割和简化。同理，在描述学科未来发展的可能性时，它一方面有着提供前述有目标可循的前景的长处，引导后来的研究者尽快进入状态和接近学术的前沿，但另一方面，它所描绘的图景也许会有限地接近未来现实的形态和色彩，但却注定不会与其重合。无论如何,作为学科理论构建的学术工作终究有其自身存在的理由和意义,因为对于每一个在位的研究者而言,都需要有系统总结和梳理思想的机会;而对每一个新的入门者而言,又总是希望有一个更接近现状的开端。不管二十一世纪的比较文学会如何起伏发展和风云多变,但由这一时代的社会文化特征、知识状况、理论进展和学术现实所决定的文化语境,由全球更大范围内的比较文学拓展所昭示的学术热点和难点,毕竟多少已有理路可寻,那种已经能够感觉和捕捉到的今日比较文学学科的某种趋势当然不是空穴来风。也就是说,无论具体细节和详情如何,未来一段时间内中西比较文学的基本走向和可能的结构格局,在相当的程度上注定会与本书所着力论述和证明的现象发生关联。

首先,新世纪的比较文学应该建立在使世界各种民族和地区文化平等对话的原则基础上,任何欧洲中心主义、西方中心主义、地区中心主义和民族沙文主义的霸权和偏见都是不可取的。在价值目标上,从总体上寻求统一的文学和诗学规律的设定有悖于多元文化共存发展的现实要求,当下比较文学的合理价值取向更应该看重"和而不同",即采取一种既为着自身文化发展,也为着他种文化发展的,众声喧哗的学术研究范式,以和平、发展、进步为无形指挥的多声部合唱。在方法学原则上,当是以对话为基础,兼容事实的、逻辑的、美学的和文化的各种联系,通过互识、互证和互补而达到共同的发展。因而,除了基本的知识、语言和其他学术装备外,问题意识、对话意识、跨文化和跨学科意识将是从事比较文学研究工作的学术前提。为了实现比较文学的学术对话,我们不仅需要相互认同和理解的话题,也需要能够相互沟通的话语方式。众多已存在而且仍旧有生命力的学科理论、研究方法和研究范式,均能够被规范和统摄于这一基本理论框架之内。在具体的学术实践中,实现上述任何一方面都要付出艰苦漫长的努力。即使是最具有操作性的共同话题和话语方式的寻找,也将是一个需要反复探索和磨合的时间过程。因此,我们应当有长期奋斗的思想准备。比较文学是顺应时代文化潮流和现代学术精神的学科,是一项富于探索性和创造性的工作,正如中国比较文学的前辈学者钱钟书先生在第一次中美双边比较文学讨论会上的发言中所说:

> 我们不但开创了记录,而且也平凡地、不铺张地创造了历史。

但同时比较文学又是一项艰难和冒险的工作。另一位中国比较文学研究的前辈、为本书作序的季羡林先生就曾多次告诫后辈学人，要把比较文学研究的学术目标定位得高一些，把工作想得困难一些。诸多前辈学者的工作和著述，无疑为我们提供了可以师法的范例。在学习学科历史和理论的同时，了解和认识国内外学者的成功经验和学术成果，将是通向比较文学之路的正确坐标。作为一个面向新世纪的比较文学工作者，除了要具备合格的知识、语言、理论，方法等装备和素养之外，更需要一种严谨求实的探索精神。如果你对比较文学不断拓展的学术研究范围尚不能够确切把握的话，不妨放下关于什么是比较文学的争论和困扰，先探讨和追问一下，哪些东西不是比较文学？哪些领域是比较文学不必去涉足的？从而找到你大致可以接受的范围和边界。比较文学在研究范式上毕竟是一门与传统学术区别甚大的学科，因此，一个比较文学工作者，要能够冷静地面对来自各方面的怀疑和叩问，勇于走自己的路。正如法国著名比较文学学者谢弗莱尔（Yves Chevrel）引证其他学者对比较文学既挖苦又不失同情的评价亦即谢氏的学者自况，所谓比较文学学者，即是：

  凿穿边界的钻工，在从不相对看的河两岸之间架桥梁——虽然有时只是为了视界的探寻，并非只是为了想促进流量。虽然如此，搭起桥梁仍意味着冒着改变人们惯于熟知的景物之险。

在现代工业生产中，钻工的工作是相当艰苦和冒险的，尤其当他们在矿井深处开掘穿透一层层坚硬的岩石边界的时候，其劳动的强度和危险性都是不言而喻的，但是，在历经千辛万苦之后发现新视野和高价值矿床的欢乐，又并非是常人能够体会得到的。用钻工来形容比较文学研究者的工作，真是再妥帖不过了。

附录一

比较文学学科发展大事记

1827　歌德提出"世界文学"概念。
1829　维尔曼在法国巴黎大学开设"十八世纪法国作家对外国文学和欧洲思想的影响"的第一个比较文学性质的讲座。
1886　在新西兰奥克兰大学执教的英国学者波斯奈特发表第一部比较文学专著《比较文学》。
1897　法国里昂大学设立第一个正式的比较文学教席(约瑟夫·戴克斯特主持)。
1899　美国哥伦比亚大学成立第一个比较文学系(1910年后并入英文系)。
1900　法国学者路易-保尔·贝茨出版了第一本《比较文学书目》。
1904　美国哈佛大学成立比较文学系。
1921　法国《比较文学研究》杂志创刊。
1924　中国学者吴宓在南京东南大学开设中国第一门比较文学性质的课程"中西诗之比较"。
1929　英国批评家瑞恰兹在清华大学开设中国第一门以"比较文学"命名的课程。
1952　美国《比较文学与总体文学年鉴》创刊。
1954　国际比较文学学会在英国牛津大学举行的国际现代语言文学联合会大会上成立。
1955　国际比较文学学会第一届大会在意大利威尼斯举行,议题为"现代文学中的威尼斯"。
1956　印度加尔各答雅加普尔大学建立比较文学系。
1958　国际比较文学学会第二届大会在美国北卡罗来纳教堂山举行。
1960　美国比较文学学会成立。
1961　国际比较文学学会第三届大会在荷兰乌特勒支举行。
1964　国际比较文学学会第四届大会在瑞士弗里堡举行。
1967　国际比较文学学会第五届大会在南斯拉夫贝尔格莱德举行。
1968　以保守著称的英国牛津大学授予其历史上第一个比较文学博士学位。
1970　国际比较文学学会第六届大会在法国波尔多举行。
1971　中国台湾大学比较文学博士班开始招生。

1973　国际比较文学学会第七届大会在加拿大蒙特利尔和渥太华举行。
1976　国际比较文学学会第八届大会在匈牙利布达佩斯举行。
1979　国际比较文学学会第九届大会在奥地利因斯布鲁克举行，主题为"文学的接受"。
1981　北京大学成立"比较文学研究会"，出版会刊《北京大学比较文学研究会通讯》。
　　　同年，北京大学成立比较文学研究中心，并开始编辑出版
　　　"北京大学比较文学研究丛书"（北京大学出版社出版）。
1982　国际比较文学学会第十届大会在美国纽约举行。中国学者首次派代表参加，杨周翰当选为学会理事会理事。
1983　第一届中美双边比较文学讨论会在北京举行。
1984　《中国比较文学》创刊，该刊 1985 年中国比较文学学会成立后成为学会的机关刊物，1996 年开始全国公开发行。
1985　中国比较文学学会成立并在深圳举行第一届大会。
　　　同年，教育部批准成立北京大学比较文学研究所，是为中国第一个正式的比较文学研究结构。
　　　同年，北京大学比较文学硕士点开始正式招生。
　　　同年，国际比较文学学会第十一届大会在法国巴黎和英国萨塞克斯举行。杨周翰当选为学会副会长。
1987　中国比较文学学会第二届大会在西安举行。
　　　同年，由北京大学、南京大学联合编辑出版"中国文学在国外丛书"（花城出版社出版）。
1988　国际比较文学学会第十二届大会在德国慕尼黑举行，主题为"文学中的时间与空间"。
1990　中国比较文学学会第三届大会在贵阳举行。
1991　国际比较文学学会第十三届大会在日本东京举行，主题为"欲望与幻象"。
1993　中国比较文学学会第四届大会在湖南张家界举行，主题为"多元文化语境中的文学"。
1993　中国第一个比较文学博士点在北京大学比较文学研究所设立，并于第二年开始正式招生。
1994　国际比较文学学会第十四届大会在加拿大艾德蒙顿举行，主题为"多元文化语境中的文学"。
1995　北京大学比较文学与比较文化研究所接收第一个博士后研究者。
　　　同年 10 月，北京大学比较文学与比较文化研究所和中国比较文学学会在北京大学举办"文化对话与文化误读"国际学术研讨会。
1996　中国比较文学学会第五届大会在长春举行。

1997	国际比较文学学会第十五届大会在荷兰莱顿举行,主题为"作为文化记忆的文学"。中国比较文学学会在此次大会上正式申请主办2000年第十六届国际比较文学大会。
1999	中国比较文学学会第六届年会暨国际学术研讨会在四川大学举行,主题为"迈向新世纪——多元化时期的比较文学"。
2000	国际比较文学学会第十六届大会在南非比勒陀利亚举行,主题为"多元文化时代的迁移与越界"(Transitions and Transgressions in an Age of Multiculturalism)。
2002	中国比较文学学会第七届年会暨国际学术研讨会在江苏南京举行,主题为"新世纪之初:跨文化语境中的比较文学"。
2004	国际比较文学学会第十七届大会在香港举行,主题为"边缘处:文学与文化的空白、前沿和开端"。
2005	中国比较文学学会第八届年会暨国际学术研讨会在深圳举行,主题为"比较文学与当代人文精神——中国比较文学20周年回顾与反思"。
2007	国际比较文学学会第十八届大会在巴西里约热内卢举行,主题为"超越二元主义"(Beyond Binarism)。
2008	中国比较文学学会第九届年会暨国际学术讨论会在北京举行,主题为"多元文化互动中的文学对话"。
2010	国际比较文学学会第十九届大会在韩国首尔举行,主题为"拓展比较文学的边境"(Expanding the Frontiers of Comparative Literature)。
2011	中国比较文学学会第十届年会暨国际学术研讨会在上海举行,主题为"当代比较文学与方法论结构"。
2013	国际比较文学学会第二十届大会在法国巴黎举行,主题为"作为一种批评方法的比较文学"(Comparative Literature as a Critical Approach)。

附录二

主要参考书目

(按作者姓名音序排列)

一、中文部分

(1) 北京大学比较文学研究所编：《中国比较文学年鉴：1986》，北京大学出版社，1987年版。

(2) 北京大学比较文学研究所编：《中国比较文学研究资料：1919—1949》，北京大学出版社，1989年版。

(3) 北京大学比较文学研究所、中国比较文学学会编：《中国比较文学通讯》（内部交流）。

(4) 北京师范大学中文系编：《比较文学研究资料》，北京师范大学出版社，1986年版。

(5) 勃兰兑斯：《十九世纪文学主流》，张道真、刘半九、徐式谷、李宗杰、高中甫等译，人民文学出版社，1980—1986年版。

(6) 布吕奈尔、比叔瓦、卢梭：《什么是比较文学》，葛雷、张连奎译，北京大学出版社，1989年版。

(7) 曹顺庆：《中西比较诗学》，北京出版社，1988年版。

(8) 陈惇、刘象愚：《比较文学概论》，北京师范大学出版社，1988年版。

(9) 陈惇、孙景尧、谢天振主编：《比较文学》，高等教育出版社，1997年版。

(10) 陈铨：《中德文学研究》，商务印书馆，1936年版。

(11) 陈寅恪：《金明馆丛稿二编》，上海古籍出版社，1980年版。

(12) 大塚幸男：《比较文学原理》，陈秋峰、张国华译，陕西人民出版社，1985年版。

(13) 狄兆俊：《中英比较诗学》，上海外语教育出版社，1992年版。

(14) 范存忠：《中国文化在启蒙时期的英国》，上海外语教育出版社，1991年版。

(15) 梵第根：《比较文学论》，戴望舒译，上海商务印书馆，1937年版。

(16) 干永昌、廖鸿钧、倪蕊琴编：《比较文学研究译文集》，上海译文出版社，1985年版。

(17) 歌德：《歌德谈话录》，朱光潜译，人民文学出版社，1982年版。

(18) 古添洪、陈慧桦编：《比较文学的垦拓在台湾》，台北：联经出版事业公司，1976年版。
(19) 广西师范大学中文系等编：《东方丛刊》，广西师范大学出版社。
(20) 郭绍虞主编：《中国历代文论选》（四卷本），上海古籍出版社，1979—1980年版。
(21) 赫施：《解释的有效性》，王才勇译，三联书店，1991年版。
(22) 黄药眠、童庆炳主编：《中西比较诗学体系》，人民文学出版社，1991年版。
(23) 基亚：《比较文学》，颜保译，北京大学出版社，1983年版。
(24) 季羡林：《佛教与中印文化交流》，江西人民出版社，1990年版。
(25) 伽达默尔：《真理与方法》，洪汉鼎译，上海译文出版社，1992年版。
(26) 金丝燕：《文学接受与文化过滤——中国对法国象征主义诗歌的接受》，中国人民大学出版社，1994年版。
(27) 科恩主编：《文学理论的未来》，程锡麟等译，中国社会科学出版社，1993年版。
(28) 李达三：《比较文学研究之新方向》，台北：联经出版事业公司，1978年版。
(29) 利奇温：《十八世纪中国与欧洲文化的接触》，朱杰勤译，商务印书馆，1962年版。
(30) 刘波主编：《中西比较文学教学参考书》，高等教育出版社，1990年版。
(31) 刘若愚：《中国文学理论》，杜国清译，台北：联经出版事业公司，1981年版。
(32) 孟而康（厄尔·迈纳）：《比较诗学：文学理论的跨文化研究札记》，王宇根、宋伟杰等译，中央编译出版社，1998年版。
(33) 孟华：《伏尔泰与孔子》，新华出版社，1993年版。
(34) 浦安迪：《明代小说四大奇书》，沈亨寿等译，中国和平出版社，1993年版。
(35) 浦安迪：《中国叙事学》，北京大学出版社，1996年版。
(36) 钱钟书：《管锥编》，中华书局，1979年版。
(37) 钱钟书：《谈艺录》，中华书局，1984年版。
(38) 什克洛夫斯基等：《俄国形式主义文论选》，方珊等译，三联书店，1989年版。
(39) 孙景尧选编：《新概念、新方法、新探索：当代西方比较文学论文选》，漓江出版社，1987年版。
(40) 王元化：《文心雕龙创作论》，上海古籍出版社，1979年版。
(41) 韦斯坦因：《比较文学与文学理论》，刘象愚译，辽宁人民出版社，1987年版。
(42) 温儒敏、李细尧编：《寻求跨中西文化的共同文学规律——叶维廉比较文学论文选》，北京大学出版社，1987年版。
(43) 伍蠡甫、胡经之主编：《西方文艺理论名著选编》，北京大学出版社，1985年版。
(44) 亚里士多德：《诗学》，罗念生译；贺拉斯：《诗艺》，杨周翰译，人民文学出版社，1962年版。
(45) 严绍璗等主编：《中日文化交流史大系》，浙江人民出版社，1996年版。
(46) 杨周翰：《镜子与七巧板》，中国社会科学出版社，1990年版。
(47) 叶维廉：《比较诗学》，台北：东大图书公司，1983年版。
(48) 伊格尔顿：《二十世纪西方文学理论》，伍晓明译，陕西师范大学出版社，1986年版。
(49) 乐黛云：《比较文学与中国现代文学》，北京大学出版社，1987年版。
(50) 乐黛云：《比较文学原理》，湖南文艺出版社，1988年版。
(51) 乐黛云主编：《中西比较文学教程》，高等教育出版社，1988年版。
(52) 乐黛云、叶朗、倪培耕主编：《世界诗学大辞典》，春风文艺出版社，1993年版。
(53) 乐黛云等编：《独角兽与龙——在寻找中西文化普遍性中的误读》，北京大学出版社，1995年版。
(54) 乐黛云、陈珏编选：《北美中国古典文学研究名家十年文选》，江苏人民出版社，1996年版。
(55) 张法：《中西美学与文化精神》，北京大学出版社，1994年版。
(56) 张京媛编：《新历史主义与文学批评》，北京大学出版社，1993年版。
(57) 张隆溪选编：《比较文学译文集》，北京大学出版社，1982年版。
(58) 赵毅衡：《远游的诗神——中国古典诗歌对美国新诗运动的影响》，中国社会科学出版社，1985年版。
(59) 赵毅衡、周发祥编：《比较文学研究类型》，花山文艺出版社，1993年版。
(60) 中国比较文学学会、上海外国语大学编：《中国比较文学》，上海外语教育出版社。
(61) 周英雄：《比较文学与小说诠释》，北京大学出版社，1990年版。
(62) 朱徽编著：《中英比较诗艺》，四川大学出版社，1996年版。
(63) 朱光潜：《诗论》，三联书店，1984年版。

二、外文部分

(1) Bakhtin, M. M. et al, *Freudianism: A Marxist Critique*. trans. I. R. Titunik. New York: Academic Press, 1976.

(2) Bassnett, Susan, *Comparative Literature: A Critical Introduction*. Oxford and Cambridge, Blackwell Publishers, 1993.

(3) Bernheimer, Charles, ed., *Comparative Literature in the Age of Multiculturalism*. Baltimore and London: The Johns Hopkins University Press, 1995.

(4) Bourdieu, Pierre, *The Field of Cultural Production: Essays on Art and Literature*. ed., Randal Johnson. Cambridge: Polity Press, 1993.

(5) Callinicos, Alex, *Against Postmodernism: A Marxist Critique*. St. Martin's Press, 1990.

(6) Chevrel, Yves, *Comparative Literature Today: Methods and Perspectives*. trans., Farida Elizabeth Dahab. Kirksville: The Thomas Jefferson University Press, 1995.

(7) Clements, Robert J., *Comparative Literature as Academic Discipline: A Statement of Principles, Praxis, Standards*. New York: The Modern Language Association of America, 1978.

(8) Etiemble, René, *The Crisis in Comparative Literature*. trans. Herbert Weisinger and George Joyaux. East Lansing: Michigan State University Press, 1966.

(9) Gadamer, Han-Georg, *Wahrheit und Methode*. Tuebingen: 1960 (*Truth and Method*, revised translation by Joel Weinsheimer and Donald G. Marshall. New York: Seabury Press, 1989).

(10) Habermas, Jürgen, *The Philosophical Discourse of Modernity: Twelve Lectures*, trans. Frederick Lawrence, Cambridge: Polity Press.

(11) Herkovits, Melville J., *Cultural Relativism, Perspectives in Cultural Pluralism*. New York: Random House, 1972.

(12) Miner, Earl, *Comparative Poetics: An Intercultural Essay on Theories of Literature*. Princeton University Press, 1990.

(13) Owen, Stephen, *Readings in Chinese Literary Thought*. Cambridge: Harvard University Press, 1992.

(14) Plaks, Andrew H., *Archetype and Allegory in the Dream of the Red Chamber*. Princeton: Princeton University Press, 1976.

(15) Rorty, Richard, *Objectivity, Relativism, and Truth*. Cambridge: Cambridge University Press, 1991.

(16) Said, Edward W., *Orientalism*, New York: Vintage Books, 1979.

(17) Wang, Zuoliang, *Degrees of Affinity: Studies in Comparative Literature*. Beijing: Foretgn Language Teaching and Research Press, 1985.

(18) Zhang, Longxi, *The Tao and the Logos: Literary Hermeneutics, East and West*. Durham & London: Duke University Press, 1992.

1998年初版后记

编写一本北大版的比较文学原理教材一直是北大比较文学与比较文化研究所以及乐黛云教授的心愿。

众所周知，北大是中国最早从事比较文学教学和研究的院校之一，前后几代学者为这一学科在中国的开创、发展和繁荣做出了不懈的努力。近二十年来，比较文学在中国的复兴以至成为一门"显学"，也同样与北大学人的工作密切相关。国内第一个比较文学研究会，第一个比较文学研究所，第一个比较文学硕士点、博士点和博士后工作站，第一套比较文学丛书，都是诞生在北大。中国比较文学学会的日常办事机构和一些相关二级专业学会也设立在北大。北大学者曾连续四届担任过国际比较文学学会的副会长职务。国际比较文学学会曾经在北大成功地召开过理事会和学术研讨会。多年来，在这片学术的沃土上，培养出一批又一批的比较文学教学和研究人员，他们中多数正活跃在当今国际国内的比较文学教学和研究部门。在北大的中国文学学科教学体系中，比较文学原理是一门必修课程，也是其他一些学科的选修课程。在北大比较文学与比较文化研究所的研究生教学方案中，学科理论也是研讨的重点之一。然而令人遗憾的是，北京大学比较文学研究丛书已出版了近二十种，却恰恰缺少一本自己编写的比较文学原理教材。多年的教学工作，基本上是以乐黛云教授所著，湖南文艺出版社1988年出版的《比较文学原理》为基本教材，再参以国内外的相关著作。现在《比较文学原理》一书早已售罄，每当开课，无论教师和学生双方都颇感不便。况且，十年来，国际国内的比较文学发展迅速，学科理论也有了较大的变化，需要加以修改、更新和补充。另外，历年来分别由乐黛云、孟华、陈跃红、王宇根担任的"比较文学原理"课程教学，还获得了1997年北京市普通高等学校教学成果一等奖，长期积累的教学成果有待于系统化的整理。总之，编写一部能够反映九十年代以来比较文学进展、进一步深化学科理论且又精炼适用的北大版比较文学教材，成为当务之急。

近两年来，乐黛云教授不断在大力倡议此事，写出了初步的纲目，并经多次讨论修改。在北大建校一百周年的前夕，由于北大出版社及其总编辑温儒敏教授的支持，本书被列入北大系列教材出版计划，编写者的工作和时间也由于本所同仁的支持而得以妥当安排，终于促成此事。自去年九月初以来，在乐黛云先生的统筹指导和督促参与下，我们三个陆续留在比较文学与比较文化研究所工作的弟子配合先生分工合作，全力投入编写工作，其间经过了分章试写、前期部分章节论证、初稿讨论修改、问题研讨和改写、定稿论证等严格的学术自审过程，最后由乐黛云先生通读定稿，王宇根进行文字处理，最后统一出样交稿。具体写作分工是：乐黛云：第一章；陈跃红：第四章、结语和后记；王宇根：第二章、第五章、大事记和参考书目；张辉：第三章。著名学者、比较文学前辈季羡林先生和李赋宁先生应请欣然为本书作序，教诲深刻，鼓励有加，深表敬意和感激。书中所引他人著作和观点，已在注释中加以注明，在此也一并致谢。由于所涉理论和问题多有新的认识，所反映的是我们近期的思考和一家之说，在其他研究者看来难免悖谬和疏漏，因此真诚地欢迎批评指正。

最后需要提醒读者注意的是，本书之所以称为"新编"，一方面是相对于乐黛云教授的旧著《比较文学原理》而言，新书的编写承续和发展了该书的观点，是一种更新；另一方面，本书所力图反映的是近年来比较文学学科理论建设的新进展，新认识。有此二意，故名为新编。也正因如此，本书的编写原则并不求历史、类型和方法上的全面论说，而是围绕重要的学科理论问题作深入的清理和探讨，希望读者们能够举一反三，大家一起来推进中国的比较文学事业。

第二版补记

《比较文学原理新编》于1998年初版面世，目前已累计印刷近二十次，并被教育部评为普通高等教育"十五"、"十一五"国家级规划教材，在北京大学和全国很多所高校使用。

为了适应新的教学需要，也为了因应比较文学学术的新发展，我们决定对初版进行修订。此次修订主要做了四方面工作，一、增加了第六章（由陈跃红执笔）；二、补充了各章思考题；三、对少数字句和说法做了润色和改订；四、对附录一"比较文学学科发展大事记"做了适当增补（主要由张辉完成）。

感谢各位同仁和同学多年来给予我们的支持与帮助，以及所提出的宝贵意见和建议。

世界越来越多元而丰富，而比较文学与比较文化研究也将与时俱进、"振其徽烈"。是所望也。谨补记于此。

编者

2014年4月15日

于北京大学人文学苑六号楼